El rastro de Cthulhu

Biblioteca temática

August Derleth

El rastro de Cthulhu

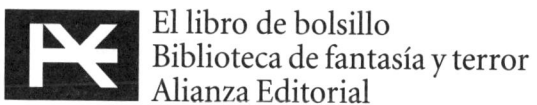

El libro de bolsillo
Biblioteca de fantasía y terror
Alianza Editorial

Título original: *The Trail of Cthulhu*
Traductora: Nazaret de Terán Bleiberg

Primera edición en «El libro de bolsillo»: 1988
Primera edición en «Biblioteca temática»: 2005

Diseño de cubierta: Alianza Editorial
Proyecto de colección: Rafael Sañudo
Ilustración: Rafael Sañudo

Reservados todos los derechos. El contenido de esta obra está protegido por la Ley, que establece penas de prisión y/o multas, además de las correspondientes indemnizaciones por daños y perjuicios, para quienes reprodujeren, plagiaren, distribuyeren o comunicaren públicamente, en todo o en parte, una obra literaria, artística o científica, o su transformación, interpretación o ejecución artística fijada en cualquier tipo de soporte o comunicada a través de cualquier medio, sin la preceptiva autorización.

© Arkham House Publishers, Inc.
© Alianza Editorial, S. A., Madrid, 1988, 2005
 Calle Juan Ignacio Luca de Tena, 15
 28027 Madrid; teléfono 91 393 88 88
 ISBN: 84-206-5983-5
 Depósito legal: M. 42.260 2005
 Composición: Grupo Anaya
 Impreso en Fernández Ciudad, S. L.
 Catalina Suárez, 19. 28007 Madrid
 Printed in Spain

La casa de Curwen Street, que es «El manuscrito de Andrew Phelan»

(El discutido Manuscrito Phelan, encontrado en la habitación de donde desapareció Andrew Phelan de forma tan extraña durante la noche del 1 de septiembre de 1938, ha sido por fin entregado condicionalmente para su publicación por la Biblioteca de la Universidad Miskatonic de Arkham, Massachusetts, que lo había solicitado a los archivos de la policía de Boston. Lo reproducimos aquí gracias al permiso expreso del doctor Llanfer, del personal de la biblioteca, con la sola excepción de ciertos párrafos suprimidos cuyas implicaciones eran demasiado horribles y cuyos conceptos resultaban demasiado ajenos a la humanidad contemporánea para permitir su publicación.)

1

El hombre debe estar preparado para aceptar conceptos del cosmos, y del lugar que él mismo ocupa en el turbulento vórtice del tiempo, cuya sola mención resulta petrificadora. Debe también ponerse en guardia contra un peligro específico y acechante que, aunque nunca abarcará a toda su especie, puede hacer sufrir monstruosos e insospechables terrores a algunos miembros audaces de la misma.

H. P. LOVECRAFT

No sería un error afirmar que mis recientes experiencias fueron consecuencia directa del anuncio de la columna «Por Palabras» del *Saturday Review,* ya que dicho anuncio era poco común y provocativo. Lo vi por primera vez un día en que no estaba muy seguro de cómo iba a pagar mi alojamiento de la semana siguiente; era modesto, pero tenía un curioso tono de desafío que me fue difícil pasar por alto. Leí toda la columna y volví a él.

«Joven fuerte, inteligente y de poca imaginación. Si tiene alguna capacidad secretarial, solicite información en el 93 de Curwen Street, Arkham, Mass., que puede redundar en ventajas económicas.»

Arkham sólo estaba a unas pocas horas de Boston –una vieja ciudad cuyos apiñados tejados de estilo holandés habían ocultado en tiempos a brujas perseguidas, cuya inmutabilidad se prestaba a extraños relatos de encantamientos y leyendas, cuyas angostas calles a lo largo del río Miskatonic vibraban con la pura presencia de siglos pasados, de personas que habían vivido allí y llevaban largas décadas convertidas en polvo– y fue agradable encontrarme de nuevo dentro de sus límites al caer aquella tarde de junio. Había recogido resignadamente todos los bienes terrenales que me pareció que podrían ser necesarios para mantenerme en el puesto –si yo le convenía al anunciante–, hasta que yo mismo estuviera seguro de poder desempeñarlo a mi entera satisfacción, y los llevaba en una sólida maleta, que deposité en la estación de autobuses nada más llegar allí. Tras un ligero refrigerio, busqué una guía telefónica de la ciudad y comprobé la identidad de quien vivía en el 93 de Curwen Street, cuyo nombre era doctor Laban Shrewsbury.

Siguiendo la convicción intuitiva de que el doctor Shrewsbury podía ser persona de cierta importancia, me llegué a las salas de referencia de la Universidad Miskatonic e hice algunas pesquisas, como resultado de las cuales obtuve no sólo un archivo local sobre él, sino también un libro que había escrito y publicado dos años atrás. El archivo resultó extremadamente iluminador: descubrí que el doctor Shrewsbury era un estudioso del misticismo, conferenciante sobre ciencias ocultas, profesor de filosofía, una autoridad sobre el mito y las pautas religiosas de los pueblos antiguos. Su libro, me avergüenza confesarlo, resultó mucho menos informativo: en gran parte estaba fuera de mi alcance. Tenía el formidable título de *Una investigación sobre los modelos mitológicos de los primitivos actuales con especial referencia al Texto de R'lyeh,* y las ojeadas meramente superficiales que pude echarle no me dijeron nada en absoluto, salvo que mi presunto patrón estaba inmerso en un tipo de investigación que, si no caía precisamente dentro de mi especialidad, al menos no había de serme desagradable. Armado con esta información, me dirigí a Curwen Street.

La casa que buscaba se diferenciaba poco de las demás casas de su calle: en realidad, tenía un aspecto tan parecido que podría haber sido una más de toda una hilera diseñada por el mismo arquitecto carente de imaginación y edificada por los mismos constructores. Era grande sin dar impresión de gran tamaño; sus ventanas eran ventanas de bisagra, y pequeñas; sus numerosos aguilones subían hasta convertirse en tejados que parecían oscilar y hundirse; y estaba ajada por las estaciones sin tener aspecto de necesitar con urgencia una mano de pintura. Además, se alzaba entre dos árboles retorcidos, ambos de edad indeterminada, pero aparentemente muy viejos, de hecho más viejos que la casa, la cual despedía una atmósfera de vejez que resultaba casi tangible. A esta hora del día –era esa última hora del anochecer, cuando el crepúsculo más profundo invade los caminos vecinales y las calles de la ciudad como una especie de humo apenas perceptible– la casa tenía un aire casi siniestro, pero yo sabía que esto era el efecto inevitable de los cambios continuos de luz.

No salía resplandor alguno por ninguna de las ventanas, y me detuve un momento en la escalinata de entrada preguntándome si habría escogido un mal momento para visitar a mi presunto patrón. Pero no era así, ya que en el instante en que levantaba la mano para llamar a la puerta, ésta se abrió, y me encontré frente a un hombre mayor de largo pelo blanco, pero sin barba ni bigote, revelando así una barbilla firme, casi prognata, unos labios medio fruncidos y una gran nariz aguileña. Sus ojos no se veían en absoluto, pues llevaba gafas oscuras con cristales laterales que impedían verle los ojos incluso de lado.

–¿El doctor Shrewsbury?

–Sí. ¿Qué desea?

–Me llamo Andrew Phelan. He venido por su anuncio del *Saturday Review*.

–¡Ah! Pase. Llega justo a tiempo.

No atribuí ningún significado especial a esta críptica frase, simplemente supuse que había estado esperando a otra persona –como en efecto así era, pues no tardó en decírmelo– y que únicamente quería decir que llegaba en un buen momento para una entrevista, antes de que se presentara el visitante que esperaba. Lo seguí a un vestíbulo mal iluminado, tan oscuro que tuve que caminar con tiento para evitar tropezar, y al momento me vi en el estudio del anciano, una estancia de techo alto que contenía muchos libros, no sólo en estanterías, sino también esparcidos por todo el suelo, las sillas y el escritorio del anciano. El profesor me indicó una silla y él se sentó ante su escritorio. Inmediatamente procedió a hacerme un torrente de preguntas.

¿Sabía leer latín y francés? Sí, yo podía leer ambas lenguas con cierta facilidad. ¿Sabía boxear y jiu-jitsu? Por suerte, yo sabía algo de ambas cosas. Parecía especialmente preocupado con respecto a mi imaginación, y continuamente me hacía curiosas preguntas destinadas a revelarle si me asustaba fácilmente, sin preguntarme nunca de forma directa. Explicó que a veces debía llevar a cabo sus estudios en lugares extraños y aislados, y a menudo corría peligro personal por culpa de matones y criminales, y por esta causa solicitaba un compañero secretario que hiciera de guardaespaldas en caso de que —si bien no era probable— surgiera una necesidad. ¿Podía tomar nota de conversaciones? Yo pensaba que podía hacerlo razonablemente bien. Tenía la esperanza de que conociera algunos dialectos, y pareció satisfecho cuando le dije que había estudiado filología en Harvard.

—Puede que le parezca raro —dijo entonces— que insista tanto en la falta de imaginación, pero mis investigaciones y experimentos son de una naturaleza tan extraña que un compañero demasiado imaginativo podría llegar a comprender suficientes cosas sobre los fundamentos como para intuir las revelaciones cósmicas que podrían derivarse de mi trabajo. Con franqueza, debo tomar precauciones para que nada de eso ocurra.

Llevaba un rato notando algo vagamente inquietante en el doctor Shrewsbury; no podía determinar lo que era, ni en qué se basaba mi impresión. Quizá fuera que no conseguía verle los ojos; ciertamente resultaba desconcertante estar frente a aquellas opacas gafas negras que no daban indicios de que hubiera vista tras ellas, pero no parecía ser eso: más bien parecía ser algo casi psíquico y, de haber sido de los que se entregaban fácilmente a las intuiciones, me habría ido. Porque aquí había algo notablemente extraño; no me hacía falta ningún tipo de imaginación para notarlo; había un ambiente de miedo y pavor en la habitación en la que estaba sentado, un ambiente que contrastaba extrañamente con el rancio olor a libros y papeles viejos, y sobre todo tenía la insistente y absurda impresión de estar en un lugar aparte y aislado de todo otro contacto humano, como una casa terrorífica en un bosque remoto, o un lugar inseguro en una frontera entre la oscuridad y el día en vez de una prosaica y vieja casa en una de las calles ribereñas del viejo Arkham.

Como si percibiera este principio de duda que me había invadido la mente, mi presunto patrón se expresó tranquilizadoramente en el tono conciliador con que habló de su trabajo, y parecía aliarnos en contra de la curiosidad predadora del mundo que acaba por caer inevitablemente sobre los investigadores y los intelectuales, y proyecta sobre toda su obra y pensamiento la sombra insidiosa de la duda y el menosprecio. Por esta razón, dijo, él prefería trabajar con alguien como yo, que había venido libre de todo prejuicio, y no tardaría en ser protegido contra el mismo.

—Muchos de nosotros buscamos cosas extrañas en lugares extraños —dijo—, y hay aspectos de la existencia sobre los cuales ni siquiera los grandes de nuestro tiempo se han atrevido a especular aún. Entre los científicos, Einstein y Schrödinger han llegado cerca; el escritor ya fallecido, Lovecraft, se acercó aún más.

Se encogió de hombros.

–Pero hablemos de negocios.

Sin dilación me hizo una oferta de salario tan tentadora que habría sido una locura dudar siquiera de aceptarla, y yo no dudé. Nada más aceptar, me advirtió seriamente que no hablara con nadie de lo que podría pasar o parecer que pasaba en la casa –«Pues las cosas no siempre son lo que parecen», explicó enigmáticamente– y que no me sintiera asustado, aunque no se me diera una explicación inmediata de los hechos. Daba por sentado que ocuparía una habitación de la casa; además, le gustaría mucho que empezara a trabajar al momento, tan pronto como se hubiera sacado mi equipaje de su lugar de depósito –mandaría que lo trajeran– porque deseaba que se transcribiera cuanto fuera posible de la conversación con el visitante al que esperaba. Las notas debían tomarse desde la habitación contigua o desde algún otro escondrijo, ya que no era probable que el visitante hablara si sospechaba la presencia de alguna otra persona que no fuera su anfitrión, a quien le había sido dificilísimo convencerlo de que viniera desde el puerto de Innsmouth para hacerle esta visita.

Sin darme ocasión de hacer preguntas, puso a mi disposición lápiz y papel y, tras mostrarme dónde debía ocultarme –detrás de una mirilla ingeniosamente ideada en una de las estanterías–, el profesor me condujo escaleras arriba hasta una pequeña y estrecha buhardilla que sería mía mientras durase mi asociación con él. Sentí difusamente que resultaba halagador haber sido ascendido de mero compañero secretario a asociado, pero no tuve mucho tiempo para meditar sobre esto, pues cuando apenas había regresado al piso de abajo, el profesor comentó que su visitante debía de estar a punto de llegar. Apenas había hablado, cuando la gruesa puerta resonó con el golpe de la aldaba y el profesor, indicándome que ocupara mi escondrijo, fue a abrirla y a hacer pasar a su visitante nocturno.

Cuando mi jefe mencionó por primera vez que iba a venir un visitante, yo había pensado como algo natural que se trataría de alguien ocupado en investigaciones parecidas; por ello no estaba en absoluto preparado para el aspecto del invitado del profesor que percibí desde mi mirilla, pues no era en modo alguno la clase de individuo que habría esperado ver en casa del doctor Shrewsbury. Era un hombre que apenas había entrado en la mediana edad, pero esto no se notaba de forma inmediata, pues era de tez morena, tan morena, de hecho, que lo tomé por un lascar, y hasta que no comenzó a hablar no caí en la cuenta de que era de origen sudamericano. Era claramente un marinero, pues iba vestido como tal, y era evidente que ésta no era la primera vez que veía al profesor, aunque también estaba claro que era la primera vez que venía a la casa de Curwen Street.

Hubo una conversación en un tono demasiado bajo para que me fuera posible oírla, pero evidentemente esto no me atañía, pues hasta que los dos no estuvieron sentados en el estudio del profesor, el doctor Shrewsbury no habló en un tono de voz normal, lo mismo que su visitante. La conversación que apunté entonces fue la siguiente:

—Desearía que me contara usted desde el principio, señor Fernández, lo que sucedió el verano pasado.

Sin hacer caso, al parecer, de esta sugerencia, el marinero comenzó su relato en una curiosa aunque no inculta mezcla de español e inglés en un punto donde debía de haberlo interrumpido anteriormente.

—Era de noche y estaba muy oscuro. Me separé del grupo, y venga a caminar y caminar, no sé a dónde...

—Estaban ustedes en algún lugar cerca de Machu Picchu según su mapa, ¿no es cierto?

—Sí. Pero no sé dónde, y después, sabe usted, no pudimos encontrar el lugar, ni siquiera el camino que yo seguí. Pero entonces, se puso a llover. Yo iba caminando bajo la lluvia, y entonces me pareció oír música. Era una música extraña. Era como música india. Sabe usted, los antiguos incas vivían allí y tenían...

—Sí, sí. Ya sé todo eso. Conozco lo de los incas. Quiero saber qué vio usted, señor Fernández.

—Caminando mucho tiempo, no sé en qué dirección ni nada, pero me parecía que la música iba sonando más fuerte, y en una ocasión pensé que la tenía justo delante, pero cuando voy hacia allá, me topo con un peñasco. Noté que era roca sólida. Lo rodeo un poco, palpándolo. Luego hubo un relámpago, y vi que era una colina elevada. Entonces ocurrió aquello. No sé cómo decirlo. De pronto fue como si la colina ya no estuviera allí, o quizá yo estaba en otro sitio, pero juro que no había bebido nada. No deliraba, no estaba enfermo. Me caí por una cosa y aparecí ante una puerta: eran rocas que tenían forma de puerta, y allí abajo había agua negra, e indios medio vestidos, ya sabe, como se vestían en tiempos de los Conquistadores, y había algo en ese lago. De ahí era de donde salía esta música.

—¿Del lago?

—Sí, señor. De dentro del agua y de fuera también. Había dos tipos de música. Un tipo era como opio, por lo dulce y embriagador que era; el otro lo hacían los indios: era música salvaje, de flautas, no era agradable de oír.

—¿Puede describir lo que vio en el lago?

—Era grande —aquí hizo una pausa, frunciendo el ceño—. Era tan grande que no sé cómo decirlo. Parecía tan grande como una colina, pero, claro, eso no puede ser. Era como gelatina. No hacía más que cambiar de forma. A veces era alto. A veces era achaparrado y gordo con tentáculos. Soltaba una especie de silbido o gorgoteo. No sé qué estaban haciendo los indios con él.

—¿Lo estaban adorando?

—Sí, sí. Podría ser eso —parecía excitado—. Pero yo sé lo que era.

—¿Ha regresado allí alguna vez?

—No. Me pareció que me seguían en aquella ocasión. A veces todavía me lo parece. Miramos al día siguiente. De algún modo conseguí dar con el camino de vuelta al campamento por la noche, pero no logramos encontrar nada.

—Cuando dice que le pareció que lo seguían, ¿sabe usted qué era?

—Era uno de los indios —movió la cabeza pensativamente—. Era como una sombra. No sé. Puede que no.

—Cuando vio a esos indios, ¿oyó usted algo?

—Sí, pero no lo entendí. No era ninguna lengua que yo conociera, sólo en parte su propia lengua. Pero había una palabra, tal vez un nombre...

—¿Sí? Continúe, por favor.

—Srooloo.

—¡Cthulhu!

—Sí, sí —asintió vigorosamente con la cabeza—. Pero lo demás no eran más que gritos y chillidos, no sé qué decían.

—Y la cosa que vio en el lago... ¿conoce usted el amorfo y horrible dios de las profundidades oceánicas, Kon, Señor del Terremoto, de los pueblos preincas?

—Sí.

—¿La cosa que había en el lago se parecía a Kon?

—No lo creo. Pero Kon tenía muchas caras, y lo que yo vi salió del agua.

—¿Era como el Devorador, el dios de la guerra de los quechuas? Supongo que habrá visto usted la Piedra de Chavin, ¿verdad?

—Nuestro grupo la examinó muchas veces antes de adentrarnos en territorio inca. Está en el Museo Nacional de Lima. De allí fuimos a Abancay y nos dirigimos por los Andes hacia Cuzco, luego por la cordillera de Vilcanota hasta Ollantaytambo. Luego a Machu Picchu.

—Si la examinaron, deben de haber observado que el bloque de diorita representa serpientes que salen de diversas partes del cuerpo del Devorador. Ahora, con respecto a la masa gelatinosa que vio usted en el lago subterráneo, ¿no tenía también apéndices en el cuerpo?

—Serpientes no, señor. Muy pocas veces se muestra así a Viracocha. Pero, como la cosa del lago, también representa el mar, igual que Kon. Mucha gente dice que Viracocha significa «Espuma Blanca de las Aguas».

—¿Pero tenía apéndices? Eso es lo que quiero dejar claro.

—¡Sí!

—¿Estaba usted cerca de la fortaleza de Salapunco cuando le sucedió esto?

—La habíamos pasado ya. Ya sabe cómo es el territorio allí. La fortaleza está en la margen derecha del río. Es muy grande, pero está construida de una forma distinta de la mayoría, pues está hecha con grandes bloques trapezoidales de granito de tamaño creciente y todos con la misma forma, todos bien colocados y encajados, sin argamasa. La muralla tiene casi quince pies de altura y da al río. Debajo de este sitio, en los terribles y profundos barrancos de las montañas de granito, vivían los quechua-ayares, que construyeron la extraña ciudad abandonada de Machu Picchu, que se levanta en la cima de un promontorio rocoso en un recodo del río. El profundo cañón la rodea por casi todos los lados. Estábamos entonces acercándonos a este lugar cuando acampamos esa noche. Dos de nosotros no querían ir, uno quería ir en cambio a Sacsahuamán. Pero la mayoría había decidido ir a Machu Picchu.

—¿Como a cuántas millas estaban de Salapunco?

—Quizá a una milla, o dos. Estábamos en terreno bajo, y el lugar era muy pedregoso, aunque había árboles y matorrales en abundancia.

En este punto de la conversación, tuvo lugar un incidente curiosísimo que la interrumpió. El doctor Shrewsbury, con la boca entreabierta para hacer otra pregunta, de repente notó algo de lo que yo no era consciente; sacudió la cabeza imperceptiblemente, como si hubiera oído algo; sus labios se cerraron con firmeza; se levantó y dijo con gran apremio a su invitado que debía marcharse con el máximo sigilo, y que debía tener enorme cuidado de no ser visto al regresar a Innsmouth; y diciendo esto, lo condujo a toda prisa a la puerta de atrás. Apenas se había cerrado la puerta tras el marinero, cuando regresó el doctor Shrewsbury.

—Señor Phelan, dentro de un momento vendrá un caballero preguntando por Fernández. Cuando suene la aldaba, conteste a la llamada; dígale que no ha visto a Fernández, que no sabe quién es, que no conoce usted a nadie que se llame así.

No tuve tiempo de oponerme a estas órdenes; en cualquier caso, no me correspondía hacerlo; me sometí a la mano extendida del doctor Shrewsbury y puse en ella mis notas en el momento en que el golpe de la aldaba resonó por toda la casa. Mi jefe hizo un gesto seco con la cabeza; fui a la puerta y la abrí.

Nunca he sentido un asco tan extremado e inmediato como el que sentí al ver al hombre que había en la escalinata de entrada. Bien es cierto que no había ninguna farola cerca, y la luz que salía del vestíbulo era tan débil que más contribuía a confundir que a aclarar, pero estoy dispuesto a jurar que no sólo la cara de aquel tipo tenía un algo grotesco de batracio –irracional y quizá no del todo inoportunamente, recordé al instante el dibujo curiosamente fascinante hecho por Tenniel del lacayo rana de la duquesa en *Alicia en el País de las Maravillas*– sino que sus dedos, visibles porque tenía una mano apoyada en el pasamanos de hierro de la escalinata, eran *palmeados*. Lo que es más, destilaba un olor casi abrumador a mar: no ese olor asociado tan a menudo con las zonas costeras, sino un olor a profundidades marinas. Se podría haber pensado que de su boca extrañamente ancha saldrían unos ruidos tan asquerosos como su aspecto, pero, por el contrario, habló en un inglés perfecto y preguntó con una cortesía casi exagerada si un amigo suyo, un tal señor Timoto Fernández, había pasado por aquí.

—No conozco a ese señor Fernández –contesté.

Se quedó allí parado un momento, clavándome una mirada contemplativa que, de haber sido yo propenso a los miedos imaginarios, con toda seguridad me habría dejado helado; luego asintió, me dio las gracias, me deseó buenas noches y se volvió echando a andar hacia la brumosa oscuridad.

Regresé al estudio del profesor. Sin apartar la vista de las notas que tenía en las manos, el doctor Shrewsbury me pidió que describiera a nuestro inquisitivo visitante. Así lo hice, sin omitir detalle de su atavío según lo había visto a aquella escasa luz, y sin olvidar mencionar también el curioso asco que había sentido al verlo.

Asintió, sonriendo inexorable.

—Esos seres están en todas partes —dijo misteriosamente. Pero no me dio ninguna explicación sobre este singular incidente. En cambio, insinuó una razón de su interés por el relato del marinero Fernández.

Sin duda yo estaba algo perplejo, dijo, con respecto a su paciente investigación, pero hacía mucho tiempo que parecía evidente que podría haber una conexión entre ciertas formas de culto de las grandes mesetas de la desconocida Asia central, especialmente la de Leng, un lugar oculto y secreto, y la de culturas más antiguas y primitivas de otros continentes, algunas de las cuales sin duda habían sobrevivido de maneras diversas hasta el presente.

—Kimmich, por ejemplo, afirma que la civilización chimú de Khmer no pudo venir más que de lugares remotos dentro de lo que hoy es China. Y los drávidas que fueron a Malasia y Polinesia, para mezclarse más adelante con estos mismos blancos y trasladarse hacia el este hasta la Isla de Pascua y Perú, deben de haber llevado con ellos algunos extraños ritos y modelos de culto. Resumiendo, cada vez estoy más convencido de que existe una relación básica entre muchas culturas antiguas y creencias religiosas de las que sólo poseemos un conocimiento fragmentario; en este momento, lo que me interesa es el posible papel dual del dios de la guerra de los quechua-ayares, el Devorador, y la supervivencia de una época monstruosa, prehumana, del ente acuático, Cthulhu, cuyo culto parece tener espantosas raíces incluso en el presente, enquistadas con tanta fuerza, de hecho, entre ciertas sectas poco conocidas por el hombre, que existe un propósito profundamente intenso y conscientemente maligno de mantener fuera del alcance del resto del mundo cualquier conocimiento que pudiera llevar a su desenmascaramiento antes del momento que estos devotos de cultos extraños consideren oportuno para el nuevo advenimiento de Cthulhu.

Siguió hablando en estos términos un buen rato, y la mayor parte de lo que dijo no lo comprendí, cosa que quizás él sospechaba, aunque no dio más detalles. Sin embargo, era evidente para mí que su preocupación por el marinero Fernández era consecuencia de su conocimiento sobre las costumbres de los adeptos a los cultos, de los cuales uno presumiblemente –aunque el doctor Shrewsbury no dijo que fuera así– había sido nuestro segundo visitante. No obstante, a pesar de su imprecisión y de las generalidades de su monólogo, no pude evitar enterarme de un concepto que expresaba no sólo una inmensidad paralizadora, ya que implicaba el culto de eras prehumanas, sino también un miedo entumecedor por los increíbles horrores y las mitologías demoníacas que evocaba. Parecía evidente que el profesor temía por la vida del marinero Fernández, aunque no llegó a expresarlo directamente; pero habló del investigador de Londres, Follexon, que se ahogó de forma inexplicable en el Támesis a las afueras de Limehouse, poco después de haber anunciado que estaba sobre la pista de importantes descubrimientos referentes a ciertas supervivencias antiguas en las Indias Orientales; de la muerte supuestamente accidental del arqueólogo sir Cheever Vordennes, después de descubrir unos monolitos negros en Australia Occidental; de la extraña enfermedad que apartó del escenario terrestre –después de publicar relatos que pretendían ser ficticios y que iban revelando progresivamente cada vez más detalles sobre los cultos a Cthulhu, Nyarlathotep y los Primordiales, en especial la novela infernalmente reveladora, *En las montañas de la locura*, que insinuaba la supervivencia de seres extraños y terribles en los desiertos árticos– a aquel gran maestro moderno de lo macabro, H. P. Lovecraft.

Pero hubo un aspecto de aquella noche singular sobre el que el doctor Shrewsbury no dijo nada, pasándolo por alto como si no existiera; tampoco pensé yo en ello hasta que hube hecho tres copias de la conversación transcrita siguiendo las órdenes del profesor, y me hube retirado a mi habitación, momento en que lo recordé mientras estaba tumbado dando vueltas en la cabeza a los extraños acontecimientos en los que me había metido tan a ciegas. Había tenido muestras de cierto poder que poseía mi jefe casi al instante y no lo había reconocido: antes de que yo llamara, me había abierto la puerta. Y también, de alguna manera, había percibido la llegada de Fernández. Pero aún más sorprendente era la forma tan curiosa e inexplicable que tuvo de adivinar la llegada del visitante que vino a preguntar por el marinero. ¿Cómo había llegado a percibirlo? Tal vez había desarrollado una capacidad hipersensorial que le permitía oír sonidos como pisadas imposibles de captar por el ser humano normal. Pero así y todo, incluso suponiendo que hubiera oído los pasos del perseguidor que se acercaba, *¿cómo podía haber sabido cuál era su propósito?*

Profundamente desconcertado, estuve meditando sobre este enigma hasta bien entrada la noche, para dormirme por fin sin el menor atisbo de solución y difusamente consciente de la atmósfera increíblemente antigua de la casa en la que ahora había establecido mi residencia, una atmósfera cargada de misterio y vejez y una ineludible emanación de terror.

2

Sin duda el primero de aquellos extraños sueños que tuve en la casa de Curwen Street fue consecuencia de lo que descubrió mi jefe en los periódicos que me envió a comprar a última hora del día siguiente, después de haber pasado horas con él asimilando información que había obtenido anteriormente de todas partes del mundo. Me había dicho que rara vez salía de su casa, que en realidad la mayoría de los habitantes de Arkham no sabían que existía, y dijo que con frecuencia debería hacerle recados menores de esta índole. Por lo general, no compraba ningún periódico, salvo el *New York Times;* los simples asuntos de la vida vulgar, incluso la marcha de los acontecimientos hacia otra guerra catastrófica en Europa, no le interesaban; pero este día buscaba una noticia en particular que estaba seguro de poder encontrar en las páginas del *Innsmouth Courier* o del *Newburyport Correspondent,* o bien en los periódicos locales.

Pero fue el del periódico de Innsmouth de donde finalmente recortó un suelto breve y conciso y me lo entregó, ordenándome que lo archivara junto con las notas de la conversación de la noche anterior. El suelto, que resultaba provocativo y asustador por lo que el profesor había insinuado en su monólogo final de la noche anterior, decía:

«El cuerpo de un marinero que murió al caer de los muelles demolidos por los agentes federales en el invierno de 1928 fue recuperado esta tarde cerca del Arrecife del Diablo. Un lugareño denunció el accidente a primeras horas de esta mañana, declarando que el marinero parecía caminar al lado o justo delante de otra persona, quien, sin embargo, había desaparecido cuando los habitantes de la localidad llegaron al lugar. Los rumores de una pelea en el agua y ciertas alusiones a unas manos palmeadas se consideran en general producto del alcohol. El marinero fue identificado como un tal Timoto Fernández, hasta hace poco tripulante del *Chan-Chan*, procedente de Trujillo».

Las implicaciones de este artículo fortuito eran amenazadoras; sin embargo, el profesor no dijo ni una palabra. Estaba claro que había esperado algo parecido; su interés en ello no estaba teñido de pesar, tan sólo de una especie de aceptación resignada y displicente; no comentó nada en absoluto sobre ello, y su actitud general me impidió hacerle pregunta alguna. Sin embargo, aquello acabó por afectarlo, pues tras pasar una hora estudiando la copia de la conversación, sacó de entre sus papeles un mapa detallado de Perú y estuvo sentado ante él otra hora, examinando cuidadosamente el territorio andino de la región donde se encuentran las ruinas de Machu Picchu, Cuzco, la fortaleza de Salapunco y la cordillera de Valcanota, marcando por fin una pequeña zona entre la fortaleza y el emplazamiento de Machu Picchu.

Sin duda el haber observado este estudio singularmente atento y callado fue en parte la causa del extraordinario sueño que tuve aquella noche –el primero de aquella asombrosa serie–, pues inmediatamente después de examinar el mapa, mi jefe dio muestras de una extraña excentricidad al decretar que ambos debíamos retirarnos, aunque aún era muy temprano; de hecho, el crepúsculo apenas acababa de dar paso a la oscuridad, y afuera todavía se oían los trinos apagados de los pájaros que se recogían para dormir. Además, antes de acostarme, debía probar un venerable y viejo hidromiel que él mismo había elaborado, un líquido de un maravilloso tono dorado, que tenía en una garrafa en su escritorio y que sirvió en unos vasitos belgas para licor en unas cantidades tan pequeñas que parecía inútil llevárselo a los labios; y, sin embargo, su aroma y su sabor eran de tal calidad que recompensaban ampliamente cualquier esfuerzo hecho para obtenerlo, pues superaba incluso al Chianti más antiguo y al mejor Chateau Yquem hasta tal punto que mencionarlos al mismo tiempo era cometer una injusticia con el licor del profesor. Aunque era muy fuerte, tuvo el efecto adicional de dejarme muy somnoliento, por lo que ya no sentí ninguna desgana de retirarme a mi habitación, y por tanto deseé buenas noches al profesor y subí las escaleras.

Debí de tirarme en la cama totalmente vestido, pues así fue como me desperté por la mañana. Sin embargo, entre la oscuridad y la luz del día, la extraordinaria intensidad del sueño que se apoderó de mí fue tan convincente que cuando, mucho después, temí por mi salud mental y consulté a un psiquiatra en relación con la serie de sueños que se inauguró con éste, pude contarle hasta el más mínimo detalle, incluso de no haber sido por aquellos descubrimientos espantosos y horriblemente inquietantes que hice más adelante.

Los datos anotados y resumidos por el doctor Asenath DeVoto narran con toda la concisión posible el material esencial del sueño, y lo mejor que puedo hacer es copiarlos en mi relato tal y como él tomó nota de ellos.

«Historial Médico.

»Andrew Phelan, 28 años, de padres blancos, nacido en Roxbury, Mass.

»Sueño I.
*»*El profesor Shrewsbury vino a mi habitación, con mi cuaderno de notas y varios lápices. Me desperté, me dio lo que traía y dijo: "Venga". Luego se acercó a la ventana

emplomada de mi habitación que daba al sur y se asomó. Hacía una noche muy oscura. Se volvió hacia mí y dijo: "Espere un minuto", como si nos fuéramos a algún sitio. Entonces se sacó del bolsillo un silbato con una forma muy curiosa y lo tocó. Después de haber provocado un sonido extraño y ululante, gritó al aire. Dijo: "*¡Ia! ¡Ia! ¡Hastur! ¡Hastur of'ayak 'vulgtmm, vugtlagln, vulgtmm! ¡Ai! ¡Ai! ¡Hastur!*".

»Luego me cogió de la mano y se subió al alféizar de la alta y estrecha ventana. Lo seguí y los dos dimos un paso en el vacío. Sentí algo debajo de nosotros, y vi que cada uno iba montado en un ser monstruoso de alas negras parecido a un murciélago que viajaba a la velocidad de la luz. Al cabo de muy poco fuimos depositados en un paraje de grandes montañas. Al principio pensé que era un territorio deshabitado, pero en seguida me di cuenta de que estábamos en una región remota, casi inaccesible, que había sido la cuna de una antigua civilización, pues estábamos cerca de un edificio de grandes bloques de granito, de forma trapezoidal, con columnas gigantescas. Se alzaba detrás de una elevada muralla, más del doble de alta que nosotros. Pero no era aquí donde al parecer nos dirigíamos, pues el doctor Shrewsbury se volvió y guió la marcha bajando por un antiguo camino, pasando ante muchas estructuras abandonadas hacía mucho tiempo que parecían ser partes de edificios megalíticos prelegendarios, metiéndose cada vez más en las profundidades de los barrancos y los desfiladeros de los valles que había entre las montañas, dejando por fin el camino y explorando las grietas y los pasajes de los rocosos acantilados y promontorios que se proyectaban hacia delante.

»Parecía que avanzábamos a gran velocidad, y daba la impresión de que ni el tiempo ni el espacio podían estorbarnos. En realidad, el tiempo no existía. Yo no notaba su paso ni ninguna otra necesidad física. Aunque era de noche, y las estrellas estaban en su sitio: reconocí la Cruz del Sur, el gran Canopo y otras más; el doctor Shrewsbury parecía saber dónde iba, pues al poco llegó al sitio que buscaba y vi cómo apretaba las manos y los dedos contra una gran pared de piedra, caminando por un lugar que estaba algo por encima de un río torrencial que corría debajo, en las profundidades del barranco.

»De repente una sección de la pared de piedra se abrió y entramos. El lugar en el que penetramos era un pasillo corto y estrecho, con una pendiente hacia abajo bastante pronunciada. El doctor Shrewsbury iba delante y yo lo seguía; parecía como si flotáramos. El pasillo no tardó en desembocar en una enorme caverna subterránea, llena de una especie de luz verdosa, subacuática y antinatural, que parecía emanar de una masa de agua no muy alejada. Era el sitio descrito por el marinero Fernández. El doctor Shrewsbury fue derecho hasta el borde del agua, la tocó con un dedo y la probó, en vista de lo cual, sentí el impulso de hacer lo mismo, a pesar del cieno negro verdoso de la tierra de la orilla, aunque poca arena había allí, únicamente una fina capa de sedimento sobre la roca. El agua era salada.

»—Lo que yo pensaba –dijo el doctor Shrewsbury–. El lago tiene canales subterráneos que dan al Pacífico, y tales pasadizos seguro que desembocan en las corrientes de Humboldt.

»Me ordenó tomar nota de este hecho y así lo hice, añadiendo por indicación suya una detallada descripción de la caverna, o de todo lo que de ella podía ver a la pálida luz.

»—Ésta es la segunda vez que aparecen las corrientes de Humboldt en relación con algo así, y por tanto no es demasiado suponer que en algún punto de su curso las corrientes entran en contacto con el sumergido R'lyeh –siguió diciendo, hablando consigo mismo, pero indicándome que debía tomar nota de todo cuanto conjeturara.

»Mientras estaba ocupado en esto, apareció un nativo de raza india. Al verlo surgir de la pared opuesta, el doctor Shrewsbury se acercó a él inmediatamente y le habló en español, ante lo cual el indio agitó la cabeza y amenazó a mi jefe con una maza pequeña que llevaba. Pero el profesor sacó de otro bolsillo una extraña piedra de cinco puntas, y la levantó mostrándosela al indio. Esto le dio a entender algo que le hizo menos suspicaz con nosotros y más tratable. El profesor habló entonces en otra lengua que no comprendí, y por fin en una tercera, que tenía un sonido horrible parecido a los sonidos que el profesor había pronunciado antes de saltar al vacío desde el alféizar de la ventana. Al hablar en esta lengua, que el indio entendía y evidentemente respetaba, mi jefe iba traduciendo, y yo apuntaba preguntas y respuestas en nuestro propio idioma.

»–¿Dónde está la puerta que lleva a Cthulhu?

»El indio señaló el lago.

»–Ahí está la puerta, pero no es el momento.

»–Ésta es una de tantas puertas –siguió el profesor–. ¿Conoces alguna otra?

»–No. Ésta es la única. Ésta es su puerta.

»–¿Cuántos de nosotros hay en este lugar?

»Haciéndonos pasar de esta forma por hermanos de culto, el profesor indujo al indio a revelar que había menos de doscientos adoradores de Cthulhu en la cordillera de Vilcanota.

»En este momento se notó una leve conmoción en el agua del lago subterráneo, y al instante la actitud del profesor sufrió un cambio notable. Se quedó un momento observando el temblor y estremecimiento del agua y esperó hasta que comenzó a borbotear y arremolinarse antes de volverse una vez más al indio y preguntarle rápidamente cuándo sería la próxima reunión.

»–Mañana por la noche. Habéis venido con un día de antelación.

»Luego el doctor Shrewsbury nos precedió en el camino hasta salir de la caverna, volviéndose en el umbral para mirar atrás. Yo hice lo mismo. Vi una cosa horrible. No puedo describirla. Era una gigantesca masa protoplásmica, que sufrió numerosas mutaciones mientras surgía del agua en todo su monstruoso horror. Parecía salir de ella una combinación de una extraña música sobrenatural y un silbido estridente e insistente. Entonces el profesor me tiró de la manga y salimos de la caverna, donde al momento el doctor Shrewsbury llamó a los extraños seres parecidos a murciélagos que nos habían traído, y regresamos como habíamos venido a la casa de Curwen Street.»

Evidentemente, no era extraño que hubiera soñado con el raro y sugerente relato del marinero Fernández; pero había algunas cosas inquietantes en ese sueño que me perturbaron, y había un ambiente en él asombrosamente realista y curiosamente detallado. Sería falso si dijera que no me preocupé; además, había tenido lugar bajo unas circunstancias desconcertantes. Por una parte, el efecto embriagador y soporífero del hidromiel del doctor Shrewsbury, que me hizo quedarme dormido inmediatamente; por otra, el no recordar en absoluto si me había quitado los zapatos antes de tirarme sobre la cama, pues por la mañana, cuando me despertó la brillante luz del sol que entraba a raudales en la habitación, mis zapatos habían desaparecido, y tuve que ponerme las pantuflas. El profesor me explicó que había mandado a limpiar mis zapatos, y, aunque atribuí esto a su excentricidad, me pareció sumamente raro que se hubiera tomado la molestia de quitármelos mientras dormía.

Durante la primera parte de ese día habló largo y tendido sobre las lenguas de esos cultos oscuros y malvados, las lenguas prehumanas de naacal, aklo y tsathoyo, y del espantoso *Necronomicón* del árabe loco Abdul Alhazred. El doctor Shrewsbury citó la traducción de un pareado que, a la luz de sucesos posteriores, adquirió un significado terrible:

No está muerto lo que eternamente puede dormir,
Y con extrañas eras aun la muerte puede morir.

Pero lo que más le interesaba era la lengua de R'lyeh. Había ciertas pistas en los pasajes menos oscuros del *Necronomicón*, así como en el escalofriante *Texto de R'lyeh*, que parecían indicar que el momento esperado para el resurgimiento de Cthulhu se estaba aproximando; y había, además, ciertas contrarreferencias inquietantes en forma de anagrama en las oblicuas profecías latinas más tardías de Nostradamus, que hablaban de catastróficos acontecimientos aún por venir; y estaba el peso adicional de la evidencia que aparecía en las notas que el profesor había tomado anteriormente y que yo había tenido que copiar, que indicaba que en la última década se había producido un amenazador y alarmante resurgimiento de cultos antiguos en todo el mundo.

Noté más que nunca el hecho innegable de que por sincero y acogedor que pareciera ser mi jefe al hablar de sus intereses, tomaba enormes precauciones, aunque sin dar esa impresión, para evitar que yo averiguara demasiadas cosas. En resumidas cuentas, dijera lo que dijese, hablaba o bien en términos tan vagos que carecían virtualmente de sentido si no se tenía la información apropiada de fondo, o bien haciendo unas referencias tan eruditas que resultaba francamente imposible reconstruir nada que se pareciese por remotamente que fuera a un relato coherente. Al final de ese día no sabía más de lo que había sabido después de mi primera conversación con el profesor: que estaba sobre la pista de ciertos cultos blasfemos de épocas antiguas, prehumanas, cuya supervivencia hasta nuestros días en lugares aislados parecía fascinarlo; las referencias que hacía a seres colosales, los Primordiales, citas de libros como los *Cultes des Ghoules* del conde d'Erlette, el *Manuscrito Pnakótico,* el *Libor Ivonie* y los *Unaussprechlichen Kulten* de Von Junzt, menciones indirectas a seres como Nyarlathotêp, Hastur, Lloigor, Cthugha, Azathoth, que, además de Cthulhu, tenían sus propias congregaciones de adoradores, en fin, en todo esto era imposible hallar la menor coherencia. Tampoco me fue posible sacar conclusión alguna de las citas de libros antiguos que el profesor me hizo copiar por triplicado, aunque estaban llenas de implicaciones extrañas y terroríficas, y algunas de ellas se me quedaron en la memoria al tiempo que me daba cuenta de qué era lo que estaba escribiendo:

«Ubbo-Sathla es la fuente, el principio no engendrado del que surgieron aquellos que osaron oponerse a los Dioses Arquetípicos que gobernaban desde Betelgeuse, aquellos que hicieron la guerra contra los Dioses Arquetípicos, los Primordiales, dirigidos por el dios ciego e idiota, Azathoth, y Yog-Sothoth, que es Todo en Uno y Uno en Todo, y que no conocen límites de tiempo ni espacio, y cuyos representantes son 'Umr At-Tawil y los Arcaicos, que sueñan eternamente con el momento en que gobernarán una vez más, a quienes pertenecen la Tierra y todo el universo del que ésta forma parte... El Gran Cthulhu se alzará desde R'lyeh, Hastur el Inefable regresará de la estrella oscura que está en las Híadas cerca de Aldebarán, el ojo rojo del toro, Nyarlathotep aullará por siempre en la oscuridad donde mora, Shub-Niggurath engendrará a sus mil crías, y éstas engendrarán a su vez y se harán con el dominio de todas las ninfas de los bosques, los sátiros, los duendes y los Trasgos, Lloigor, Zhar e Itraqua cabalgarán por los espacios interestelares, y aquellos que son sus servidores, los Tcho-Tcho, serán ennoblecidos, Cthugha logrará sus dominios desde Fomaihaut, y Tsathoggua llegará desde N'kai... Esperan junto a las puertas, pues el momento se aproxima, la hora está cerca, y los Dioses Arquetípicos duermen, soñando, y están aquellos que conocen los hechizos impuestos a los Primordiales por los Dioses Arquetípicos, así como están aquellos que averiguarán cómo romperlos, del mismo modo que ya saben cómo controlar a los servidores de los que aguardan al otro lado de la puerta en el Exterior».

En el transcurso del día, el profesor bajó a un laboratorio que había en la planta más baja de la casa, y estuvo ocupado haciendo lo que parecían ser experimentos químicos, dejando que yo me entretuviera arriba como quisiera, aunque a media tarde subió, con mis zapatos, ahora limpios y relucientes, y me encargó que fuera a la biblioteca de la Universidad Miskatonic y copiara la página 177 del *Necronomicón*.

Me alegré de salir de la casa, aunque sólo fuera para un encargo tan corto, y me fui inmediatamente. La página en cuestión estaba en el latín de Olaus Wormius, y resultaba tan ininteligible como las referencias anteriores, aunque, a decir verdad, yo empezaba a abrigar ya ciertas sospechas oscuras que no me atrevía a encarar de lleno, pues prefería seguir siendo completamente objetivo en mis opiniones, cosa que el doctor Shrewsbury me había insinuado que era lo mejor que podía hacer. La página no era larga, y al parecer había que copiarla porque mi jefe tenía algunas dudas sobre su anterior copia, que yo ya había tenido ocasión de ver aquel día.

«Pues dentro de la estrella de cinco puntas labrada en piedra gris procedente de la antigua Mnar está la defensa contra brujas y demonios, contra los Profundos, los Dholes, los Voormis, los Tcho-Tcho, el Abominable Mi-Go, los Shoggoths, los Valusianos y todos los pueblos y seres que sirven a los Primordiales y a su Progenie, pero es menos potente contra los propios Primordiales. Aquel que posea la piedra de cinco puntas podrá gobernar a todos los seres que se deslizan, nadan, se arrastran, caminan o vuelan aun hasta la fuente de la que no se regresa.

»Tanto en la tierra de Yhe como en el gran R'lyeh, en Y'ha-nthlei como en Yoth, en Yuggoth como en Zothique, en N'kai como en K'n-yan, en la Kadath del Desierto de Hielo como en el Lago de Hali, en Carcosa como en Ib, tendrá poder; pero al tiempo que las estrellas menguan y se enfrían, que los soles mueren y los espacios interestelares crecen, así mengua el poder de todas las cosas: de la estrella de piedra de cinco puntas como de los conjuros que los benévolos Dioses Arquetípicos infligieron a los Primordiales, y llegará el día como llegó hace tiempo, y se verá que

No está muerto lo que eternamente puede dormir,
Y con extrañas eras aun la muerte puede morir.»

Mientras estaba ocupado copiando esta página, me di cuenta de que estaba siendo observado por un anciano encargado, que se las arregló para acercarse aún más a mí. Como el *Necronomicón* era un libro tan raro –se sabía que existían únicamente cinco copias–, supuse naturalmente que el anciano señor estaba preocupado porque no sufriera ningún daño, pero al poco me dio la impresión de que estaba más interesado en mí que en el libro, y, al haber terminado, me eché hacia atrás y le di la oportunidad de dirigirme la palabra si se animaba a hacerlo.

Se apresuró a aprovechar la ocasión, y se presentó como un viejo habitante de Arkham. ¿No era yo el joven que trabajaba para el profesor Shrewsbury? Dije que sí. Los ojos le brillaban extraordinariamente, y le empezaron a temblar los dedos. Estaba claro, dijo, que yo no era de allí, pues circulaban historias extrañas sobre el profesor.

–¿Dónde pasó aquellos veinte años? –preguntó el señor Peabody–. ¿Se lo ha contado alguna vez?

Me quedé perplejo.

–¿Qué veinte años?

–Ah, así que usted ni siquiera lo sabe, ¿eh? Bueno, no me extraña que no quiera decir nada. Pero desapareció, con la limpieza de un fantasma, se desvaneció en el aire, como si dijéramos, durante veinte años. Regresó hace tres años. No había envejecido nada, y siguió su vida como si nada hubiera pasado. «Viajando», dice que estuvo. Pero parece muy extraño que un hombre pueda desaparecer en medio de la calle, como si dijéramos, no aparecer en veinte años, sin sacar el menor dinero del banco, y luego volver a reanudar las cosas donde las dejó como si no hubiera ocurrido nada en absoluto, sin haber envejecido, sin haber cambiado en nada; no, señor, eso no es normal. Si estaba viajando, ¿qué usó como dinero? Lo sé, porque yo trabajaba entonces en el banco.

Fue tal torrente de palabras que tardé un poco en asimilarlo. No era de extrañar que el profesor Shrewsbury fuera objeto de una desconfianza casi supersticiosa entre los habitantes del lugar: la antigua Arkham con sus techos holandeses y sus lúgubres buhardillas, con sus leyendas de brujas y demonios exorcizados, era realmente un terreno apropiado y abonado para que brotaran dudas y desconfianzas, especialmente cuando tales reacciones se referían a una persona que evidentemente era tan versada en tradiciones fabulosas como el doctor Shrewsbury.

—Nunca me lo ha comentado —dije con toda la dignidad de que fui capaz.

—No, y no lo hará. Y tampoco se lo comente usted a él. Podría costarme el trabajo, aunque nunca he oído que le hiciera nada a nadie, viviendo siempre solo como vive y sin tratarse con nadie.

No me pareció adecuado hablar de mi jefe de esta forma, así que con cortesía pero también con firmeza señalé que sin duda había explicaciones completamente lógicas de lo que había ocurrido, pasé por alto su rápida respuesta: «¡Se ha pensado en todas y ninguna encaja!», y me marché. Sin embargo, no abandoné inmediatamente el edificio. Empujado por la curiosidad que las indagaciones del señor Peabody habían despertado en mí, busqué los archivos de los dos periódicos de Arkham, la *Gazette* y el *Advertiser*.

No tuve dificultades para confirmar la curiosa historia del señor Peabody: el profesor Shrewsbury había desaparecido literalmente de una vereda al oeste de Arkham, por donde se le había visto caminando pocos minutos antes una tarde de septiembre, hacía veintitrés años. Jamás se descubrió la menor pista, ni en la vereda ni en su casa; ésta fue cerrada, a la espera de que surgiera un demandante, y, como no había aparecido ninguno, y los impuestos sobre la propiedad habían sido pagados debidamente por los abogados del doctor Shrewsbury, se quedó en este estado hasta que un día, hacía tres años, el doctor Shrewsbury salió de ella, con un aspecto estupendo, sin decir una palabra en cuanto a su paradero, y reanudó su vida normal, salvo que ahora sus investigaciones tomaron un rumbo algo distinto y sus costumbres diarias seguían un esquema ligeramente diferente. Los periódicos habían tratado la historia con mucha seriedad, pero era evidente que habían cedido a la insistencia del doctor Shrewsbury para que olvidaran el asunto lo más deprisa y con el menor revuelo posible, porque se suspendieron todos los informes y especulaciones de una forma tan repentina como el comienzo del asunto.

Por mucha curiosidad que me despertara este extraño hecho, sin embargo no pude por menos de pensar que mi jefe estaba en su derecho de mantener todo el silencio que le pareciera. No obstante, no me pude negar a mí mismo que el descubrimiento de este curioso hecho me afectaba de una manera extraña, con una sensación quizá no incómoda, pero no del todo agradable. Era evidente que la situación en la que me encontraba resultaba desconcertante en extremo. Al parecer el doctor Shrewsbury tenía más de una clase de reputación, y, aunque nadie había tenido ocasión de decirme nada en contra de él, yo percibía una desconfianza y un recelo callados hacia él.

Cuando llegué a la casa de Curwen Street encontré al profesor de nuevo en su estudio, manejando con cuidado un paquete que estaba colocando sobre su escritorio en el momento en que llegué. Cuando entré en la habitación alargó con descuido una mano para que le entregara la copia, y casi al instante me dio una lista de materiales que necesitaba, ordenándome que los comprara en la próxima ocasión que tuviera de pasarme por el barrio comercial de Arkham. Eché un vistazo a la lista de materiales y me quedé atónito al descubrir que todos eran conocidos ingredientes químicos para elaborar nitroglicerina; esto, unido al cuidado con que mi jefe manejaba el paquete que tenía encima del escritorio, parecía sugerir un campo de intereses aún mayor de lo que en principio había atribuido al profesor.

–Sí, esto es lo que quería. Mi copia estaba bien –murmuró el profesor, leyendo mi copia atentamente y repitiendo en voz alta algunas partes, aunque el efecto que producía al hacerlo con esas gafas negras que le tapaban los ojos resultaba extrañamente enervante. Pero en seguida lo dejó–. Bueno, veamos, esta noche me acostaré temprano; si quiere, puede usted trabajar aquí, tiene mucho que hacer; o puede irse a la cama, también. O si quiere salir...

–No, no me apetece salir.

–Bajo ninguna circunstancia se me deberá molestar hasta que sea de día.

Terminaba de anochecer cuando nos sentamos ante una frugal cena, e inmediatamente después el profesor se retiró a su habitación, llevándose no sólo el paquete de su escritorio, sino además la jarra de su hidromiel dorada y un vaso. Me pareció una extraña descortesía por su parte no ofrecerme otro trago de su agradable licor, pero me abstuve de decirlo. Pero no tenía mucho tiempo para pensar en ello, pues el trabajo me llamaba al estudio, y allí pasé la primera mitad de la noche.

Debía de ser cerca de medianoche cuando noté la tormenta que se estaba formando fuera, y oí los golpes de un postigo. Había visto un banco de cúmulos que oscurecía el horizonte cuando regresaba de la biblioteca de la Universidad Miskatonic; sin duda estas nubes se habían movido por el cielo y eran ahora responsables del viento y la lluvia. Sin embargo, los golpes del postigo se me metían en la cabeza con insistencia, y por fin me levanté para investigar. En cualquier caso, ya era hora de retirarme.

Recorrí la planta baja, pero allí las ventanas y los postigos estaban cerrados o firmemente sujetos; debía de ser, pues, en el primer piso, y por tanto fui arriba, primero a mi propia habitación y luego a las demás, para acabar por llegar a la conclusión de que el postigo estaba golpeando una de las ventanas del dormitorio del profesor Shrewsbury. Vacilé en entrar y sujetarlo, pero pensé que si lo hacía probablemente evitaría que se despertara con los golpes, de modo que giré el pomo de la puerta sin hacer ruido y entré en su habitación, dejando la puerta ligeramente entreabierta, pues no quería encender una luz. Llegué a la ventana, que estaba abierta, de forma que el viento hacía que la lluvia se colara en la habitación; me asomé, sujeté el postigo y me volví a meter, bajando un poco la ventana, pero sin cerrarla del todo. Al volverme, mis ojos toparon con la cama, y vi que mi jefe no estaba en ella; crucé la habitación y abrí más la puerta, desconcertado; la luz del rellano se coló dentro revelando que al parecer sólo se había echado en la cama, no se había desnudado. Por alguna razón que yo desconocía había salido, pero tan pronto como llegué a esta conclusión me di cuenta con inquietud de que no había oído ningún ruido cuando estaba trabajando en la biblioteca, y parecía totalmente imposible que el anciano pudiera haberse ido de la casa sin que yo lo notara de alguna manera.

Mientras reflexionaba sobre esto, vi la jarra de hidromiel y el vaso que el doctor Shrewsbury se había llevado a su habitación. Me acerqué y, examinando el vaso, vi que mi jefe había bebido de ello. Efectivamente, todavía quedaban una gota o dos en el delgado vaso y siguiendo un impulso me lo llevé a los labios y dejé que el fuerte licor me inundara la lengua y bajara por mi garganta. Luego salí de la habitación, firmemente decidido a no investigar el paradero del doctor Shrewsbury, ya que no tenía derecho a meterme en asuntos que no eran de mi incumbencia.

Pero mi curiosidad en cuanto a la extraña ausencia de mi jefe no tardó en ceder ante otro acontecimiento aún más extraño. Ya he indicado antes que la vieja casa de Curwen Street tenía una atmósfera casi como de terror; apenas me había acostado, cuando la percibí con enorme fuerza, incluso hasta el punto de imaginar multitudes hostiles que cercaban el edificio por todos lados, pero en especial por el lado de la casa que daba al río Miskatonic envuelto en brumas; además, apenas tuve tiempo de notar este extraño fenómeno antes de percibir con mayor fuerza aún algo más, algo todavía más extraño. Era nada menos que una ilusión auditiva en la que oía o me parecía oír ruidos raros que no podían haberse originado más que en mi subconsciente, pues no había otra explicación racional de los ruidos que ahora oía en la frontera del sueño. Comenzaron con un ruido de pasos: no unos pasos por el camino de fuera de la casa, ni por el piso, ni siquiera por el terreno de debajo de mi ventana, sino unos pasos que avanzaban arrastrándose y tropezando por lo que con toda seguridad debía de ser un sendero rocoso o pedregoso, pues de vez en cuando también se oía el ruido apagado de piedras o fragmentos de roca que rodaban o caían, y en una o dos ocasiones la clara impresión de algo que caía al agua. Cuánto duraron estos ruidos es algo que no tengo forma de saber; de hecho, me acostumbré de tal modo a ellos, a pesar de lo extraños que resultaban, que me quedé tumbado en un estado de duermevela hasta que una detonación estruendosa hizo que me sentara de golpe en la cama seguida de otras explosiones y el terrible impulso de una avalancha de rocas y piedras, y a continuación un grito penetrante: «¡Demasiado poco! ¡Demasiado poco!».

Ahora bien, no había posibilidad de alucinación salvo la originada por un delirio; yo estaba razonablemente seguro de que no deliraba; de hecho, me levanté de la cama, fui al cuarto de baño y me bebí un vaso de agua. Volví una vez más a la cama, me acomodé de nuevo para dormir y oí claramente un silbido ululante seguido de una voz que en tono de cántico pronunciaba las mismas palabras místicas del primer sueño extraño que tuve en esa casa:

«¡Ia! ¡Ia! ¡Hastur, cv'ayak 'vulgtmm, vugtlagln, vulgtmm! ¡Ai! ¡Ai! ¡Hastur!»

Entonces se oyó un ruido muy fuerte y precipitado, como de alas colosales, y luego el silencio, absoluto y total, y ningún otro ruido penetró mi consciencia salvo los sonidos normales de la noche de Arkham.

Decir que me quedé inquieto es reducir mi reacción a una insignificancia. Estaba profundamente preocupado, pero aun sumido en esa somnolencia anormal, no pude evitar pensar que la primera vez que bebí el hidromiel del doctor Shrewsbury había tenido un sueño muy vívido y extraño; y ahora, sólo con un par de gotas, ¡mi percepción sensorial había aumentado más allá de cualquier límite normal! Esta «explicación» se me ocurrió al principio con total convencimiento, pero al meditarla, me vi forzado a rechazarla por carecer de base científica. Tardé varias semanas en descubrir lo cerca que estuve entonces de la verdad, pues en ese momento sólo era consciente de la única propiedad que sabía que poseía el hidromiel: la de producirme muchísimo sueño, y me quedé dormido.

Por la mañana dudé si hablarle al profesor de mi experiencia, pero por fin decidí no decir nada; su insistencia sobre mi falta de imaginación en nuestra primera entrevista me llevaba a pensar que podría llegar al extremo de despedirme si oía un relato tal de mis labios; por la misma razón no le había dicho nada de mi extraño sueño. Tampoco el profesor ofreció ninguna explicación de su rara ausencia de la noche anterior. Estuve un poco intranquilo ante la posibilidad de que todavía estuviera fuera –sabía que las preguntas que me había hecho al principio sobre mi capacidad de defenderme físicamente tenían que ver con la posibilidad de que tuviera que actuar como un guardaespaldas cuando saliera–, pero ya había regresado; estaba enfrascado en sus estudios cuando entré en la biblioteca y me lo encontré sentado ante un mapa a gran escala sujeto con chinchetas a las estanterías, un mapa de toda la Tierra en el que había clavado alfileritos rojos aquí y allá. De hecho, en ese momento acababa de identificar un lugar de Sudamérica, cuando se volvió para saludarme alegremente a pesar de tener un aspecto bastante cansado.

Después de desayunar nos dedicamos inmediatamente a la correlación de notas y referencias anteriores hechas por el profesor, como de costumbre, acerca de antiguos cultos, curiosos vestigios actuales de extrañas veneraciones y cosas así, y advertí la misma precaución y reticencia en mi jefe que ya había notado desde el principio. Nuestro trabajo era cómodo, aunque oscuro para mí; en ningún momento hubo sensación de presión, y descubrí en mí un creciente interés por los extraños seres que, según mi jefe, habían sido adorados en la Tierra y en otros planetas por razas de criaturas prehumanas. Con el paso de los días, estos grandes seres indefinidos y sus seguidores comenzaron a tener una existencia subconsciente justo al otro lado de la frontera de la realidad, comenzaron a cobrar una tenue forma fantástica en mi imaginación, aunque no sin algunas misteriosas insinuaciones de terror y pavor espantoso que de vez en cuando me asaltaban.

Cuando llevábamos tres días trabajando así, el profesor proporcionó un sorprendente epílogo al curioso incidente del marinero Fernández y su historia. Estaba en ese momento leyendo el *New York Times,* cuando vi que sus labios se entreabrían en una leve sonrisa; alcanzó unas tijeras y recortó un suelto que me pasó, diciendo que podía añadirlo al archivo sobre Fernández y poner al archivo el letrero de *Cerrado.*

La noticia había sido telegrafiada, estaba fechada en Lima, Perú, y decía:

«Anoche un temblor de tierra reducido que se produjo en la cordillera de Vilcanota destruyó completamente una colina rocosa que se alzaba junto al río entre la ciudad inca desierta de Machu Picchu y la fortaleza de Salapunco. La señorita Ysola Montez, profesora de la escuela india que hay en una de las habitaciones de la fortaleza abandonada, declaró que el temblor se produjo con la fuerza de una explosión, la tiró de la cama y alertó a los indios de muchas millas a la redonda. A pesar de las pruebas de la colina destrozada, que al parecer se derrumbó sobre un río o embalse subterráneo que sin duda provenía del cañón, los sismógrafos de Lima no registraron ninguna perturbación de la tierra en las cercanías. Los científicos se inclinan a considerar el incidente como prueba solamente de un derrumbamiento local producido por un debilitamiento de la subestructura de la caverna de la colina de debajo de Salapunco. Unos cuantos indios de las cercanías, cuya presencia en el lugar no se ha podido explicar, resultaron muertos».

3

De nuevo fue un artículo de periódico el responsable del segundo y, también después, del último de aquellos extraños sueños que tuve en la casa de Curwen Street. Había pasado tanto tiempo desde el sueño anterior –casi dos meses, pues ya estábamos a mediados de agosto– que había llegado a considerar aquella primera aventura onírica como un curioso efecto de la propia casa, el posible resultado de un cambio en mi forma de vida al marcharme de Boston. Además, en las dos semanas que acababan de pasar, el doctor Shrewsbury había comenzado a dictar su segundo libro, que se proponía continuar, *Una investigación sobre los modelos mitológicos de los primitivos actuales con especial referencia al Texto de R'lyeh;* había titulado este segundo libro *Cthulhu en el Necronomicón,* y en su mayor parte me resultaba completamente incomprensible, pues era un libro para eruditos escrito por un erudito, pero a veces había pasajes extrañamente estimulantes, que de vez en cuando parecían tocar de forma inquietante mis propios límites de experiencia reciente. Estaba dictando párrafos de esta índole la mañana del día que iba a terminar con el segundo de aquellos notables sueños:

«Parece que ni siquiera al hombre de inteligencia superior se le ocurre nunca que estos increíbles modelos mitológicos sobrevivan actualmente y, sin embargo, no debería parecer imposible en absoluto, ya que es evidente que sus creencias se centran en seres que en su mayor parte coexisten con todo el tiempo y son coextensivos con el espacio. Además, sus propiedades extradimensionales permiten una libertad mucho mayor que las leyes dimensionales de nuestras propias ciencias. Al negar esto, niegan también, por implicación, que podría ser posible rastrear sistemáticamente y cerrar las aberturas de esa frontera: pues se ha demostrado en repetidas ocasiones que los Primordiales no pueden aparecer a menos que sean llamados por los lacayos que están siempre dispuestos a servirlos aquí y en otras estrellas y planetas. Remito al escéptico a lo ocurrido en el Arrecife del Diablo frente a Innsmouth y llamo su atención sobre los peculiares vestigios de seres batracios que todavía se pueden encontrar en lugares aislados de las inmediaciones de Innsmouth y Newburyport, así como sobre la ficción con que el fallecido H. P. Lovecraft trataba de disfrazarlo. Le recomiendo igualmente el estudio de ciertos paralelismos: una comparación entre Ithaqua, El Que Camina En El Viento de los antiguos modelos mitológicos, y el Wendigo de los indios de los bosques del norte; entre el Devorador, el Dios de la Guerra de los quechua-ayares, y el Cthulhu del mito, por mencionar sólo dos que me vienen a la mente y a los que he dedicado alguna atención. Las similitudes son evidentes casi al instante.

»Gracias a este persistente rechazo de ciertos aspectos indicadores que desafían a la explicación científica según nuestro concepto actual de la ciencia, los escépticos hacen imposible o casi imposible el empleo de las conocidas enemistades que existen entre los seres inferiores del mal que al final volverían a gobernar el destino de los planetas y que están unidos únicamente en su guerra incesante contra los inexpugnables Dioses Arquetípicos que al final deben despertar y renovar los conjuros que atenazan a esta estirpe malévola y que ahora se están debilitando con el paso de los eones desde su encarcelamiento inicial. De esta forma rechazarían la posibilidad de aumentar la tensión entre seguidores de Cthulhu como esos Profundos anfibios, que habitan en la ciudad de muchos pilares de Y'ha-nthlei en el fondo del Atlántico frente al puerto destruido de Innsmouth, así como en la sumergida R'lyeh, y los viajeros interplanetarios de alas de murciélago, que son medio hombres, medio animales, y sirven al medio hermano de Cthulhu, a Aquel A Quien No Se Debe Nombrar, Hastur el Inefable; de enfrentar entre sí a la progenie amorfa que sirve a Nyarlathotep, el dios loco y sin cara, y a la Cabra Negra de los Bosques, Shub-Niggurath, y a las Criaturas Llameantes de Cthugha, entre las que existe eterna rivalidad que bien podría transformarse en devastadora furia. Que los servidores sean llamados a su vez para acudir en ayuda de algún cerebro inteligente, de forma que los caminos de Cthulhu puedan ser obstruidos con ayuda de esos seres aéreos que sirven a Hastur y a Lloigor; que los lacayos de Cthugha destruyan los lugares ocultos dentro de la tierra donde moran Nyarlathotep y Shub-Niggurath y su horrenda descendencia. El conocimiento es poder. Pero el conocimiento también es locura, y no son los débiles los llamados a luchar contra estos seres infernales. Como escribió Lovecraft: "El hombre debe estar preparado para aceptar conceptos del cosmos y del lugar que él mismo ocupa en el turbulento vórtice del tiempo, cuya sola mención resulta petrificadora"».

En este punto, el doctor Shrewsbury había acabado el primer volumen de su segundo libro –un libro destinado a no terminarse jamás, aunque entonces yo no lo sabía– y me ordenó en consecuencia que completara mi copia por triplicado, la corrigiera y mandara el resto del manuscrito al impresor, junto con un cheque para cubrir los costes de producción, pues ningún editor arriesgaría dinero publicando un libro como éste, que, aunque pretendía estar basado en hechos reales, daba toda la impresión de ser una fantasía de lo más enloquecida e increíble, a cuyo lado las novelas tan pintorescas de Julio Verne y H. G. Wells perdían toda su importancia, pues el profesor se apartaba audazmente del escenario terrestre con tal convicción que era imposible leer lo que había escrito sin sentir una especie de recelo paralizador y una percepción mayor de la existencia de fuerzas y poderes más allá de la comprensión de los hombres.

Al comenzar yo la copia, mi jefe cogió el periódico de ese día, ojeando rápidamente cada artículo y pasando las páginas. Había llegado quizás a la sexta o la séptima página cuando soltó una exclamación entre el placer y la alarma y tomó las tjjeras para recortar un breve suelto que me pasó con la orden de abrir un nuevo archivo. Lo dejé a un lado, y sólo cuando hube terminado mi trabajo con la primera parte de *Cthulhu en el Necronomicón* volví a ocuparme de ello.

Aquello fue al atardecer, y para entonces había notado en mi jefe una excitación que iba creciendo sin parar, como si se debatiera con alguna tensión interna y no viera el momento de que se le aliviara. El suelto era corto y estaba elaborado en el lenguaje solemne del *Times*:

«Londres, 17 de agosto: Un misterio que podría haber salido de las páginas de uno de los extraordinarios libros de

Charles Fort parece envolver el caso de Nayland Massie, un trabajador portuario que ha estado ausente de su casa durante siete meses. El señor Massie apareció el otro día. Se le encontró vagando por las calles y fue identificado por algunas señales del cuerpo. No hablaba ni una palabra de inglés, pero se expresaba en una extraña lengua extranjera, que nadie ha podido identificar hasta ahora. Su estado es grave. Se ha pedido el asesoramiento del eminente especialista en enfermedades raras, sir Lenden Petra, que es un experto lingüista. No existe ninguna indicación sobre el lugar donde el señor Massie pudo haber pasado los siete meses de su extraña ausencia».

En resumidas cuentas, era una información de la que había muchos relatos parecidos en los archivos que yo había tenido ocasión de ojear alguna que otra vez, siguiendo órdenes del doctor Shrewsbury, y parecía increíble que pudiera provocar los dos sueños que se iban a producir.

Pues aquella noche tuve el segundo de aquel inaudito trío de sueños. Y fue presagiado por exactamente los mismos hechos que el primero: por la insistencia del doctor Shrewsbury de que nos retiráramos temprano para estar en condiciones de reemprender el intenso trabajo al día siguiente, por un vaso de su hidromiel dorado y por la rápida somnolencia y el sueño poblado de visiones que vino a continuación. Acudo de nuevo al relato que le hice al doctor DeVoto transcrito por él con el título de *Sueño II*.

«El profesor Shrewsbury vino a mi habitación, como la vez anterior, de nuevo con un cuaderno y lápices que me entregó después de despertarme. Todo ocurrió como en la ocasión anterior. Después de abrir las ventanas y gritar aquella orden extraña al aire, salimos y nos encontramos de nuevo montados en las enormes criaturas con alas de murciélago del primer sueño. Recuerdo haberlas examinado, pero aparte de la sensación singularmente repelente como de tocar carne humana, y de unas alas peludas, no pude comprobar cómo eran estos seres, pero ahora me parecía que el profesor Shrewsbury *hablaba* con ellos.

»De nuevo, al poco rato fuimos depositados en el suelo, pero esta vez no tardó en estar claro que no nos encontrábamos en un lugar aislado, pues a nuestro alrededor brillaban luces, y a nuestra izquierda había grandes focos y un campo iluminado. El doctor Shrewsbury parecía saber perfectamente dónde nos hallábamos y se dirigió a toda prisa hacia los edificios que se levantaban al otro lado de este campo iluminado. No estábamos lejos, y pronto me di cuenta de que seguíamos una vereda. Al acercarnos a la zona iluminada y los edificios, aquello comenzó a resultarme vagamente familiar, como si ya hubiera estado antes en este sitio, no hacía mucho. Al poco reconocí el lugar: estábamos en el Aeródromo de Croydon, que yo había visitado tres años antes cuando era estudiante. El propósito del profesor no tardó en revelarse: había ido allí sólo para coger un taxi, en el que me hizo entrar sin ceremonias y luego fue a buscar una guía telefónica de la ciudad dentro del edificio más cercano. Cuando salió indicó al taxista que nos llevara a una dirección de Park Lane y que nos esperara allí.

»Llegamos a la dirección de Park Lane y solicitamos permiso para entrar, cosa que no conseguimos hasta que mi jefe no sacó su tarjeta y escribió en ella: "En relación con el caso de Nayland Massie". Después de que la tarjeta fuera llevada dentro, nos permitieron pasar y nos llevaron ante un hombre mayor y muy serio, a quien el profesor Shrewsbury llamó doctor Petra. Mi jefe habló inmediatamente de su interés en el caso del estibador Massie, y explicó que había llegado en avión desde su casa de América para comprobar si podía identificar y traducir el idioma que el estibador misteriosamente desaparecido hablaba ahora.

»El doctor Petra se mostró enormemente dispuesto al instante. Explicó que Massie no había sido más que un hombre inculto, pero que con esta lengua que hablaba ahora, junto con una mezcla de alguna que otra palabra en griego o latín, revelaba un alto grado de inteligencia. En pocas palabras, aunque el aspecto físico del hombre que había regresado de cualquiera que fuese el lugar donde había estado seguía siendo el mismo, su estado mental era evidentemente distinto. Además, su estado físico era tal que no tenía mucha esperanza de vida, pues al parecer había estado expuesto a climas rigurosos y se había adaptado a violentos cambios climáticos, pero esa adaptación se estaba debilitando rápidamente y no podría resistir el daño que sufría su cuerpo con ese cambio. El *London Times* de ese día ofrecía un resumen bastante completo del caso, y el doctor Petra ofreció su ejemplar al doctor Shrewsbury.

»Mi jefe aceptó el periódico y me lo dio a mí. Me lo metí en el bolsillo. Mi jefe declaró entonces que le gustaría ver al paciente, si era posible. Sir Lenden Petra mandó sacar su propio coche y nos acompañó a través de Londres hasta la East India Dock Road, donde estaba alojado el estibador Massie, en una especie de coma, pero capaz a veces de contestar algunas preguntas hechas en latín y en griego.

»Su enfermera nos dejó pasar y nos llevó inmediatamente ante su lecho.

»Allí yacía un hombre de unos cuarenta y pico años, inmóvil, con los ojos abiertos y claramente irritados por la luz suavizada que salía de una lámpara cercana. Cuando entramos, aunque no volvió la cabeza, comenzó a soltar un murmullo grave, ante lo cual mi jefe me hizo señas de que estuviera preparado para tomar nota de todo cuanto él tradujera.

»–Ahí lo tienen –dijo el doctor Petra–, ése es el idioma. He observado que tiene algunos sonidos y construcciones repetitivos que indican que está hablando un idioma formal, pero no hay nadie en Londres que sepa lo que es, salvo que parece muy antiguo.

»–Sí –replicó el doctor Shrewsbury–, ¡es r'lyehiano!

»El doctor Petra se quedó atónito.

»–¿Lo conoce usted?

»–Sí, es una lengua prehumana, que todavía se habla en algunos lugares ocultos tanto en la Tierra como fuera de ella.

»Los sonidos que salieron entonces de los labios del estibador fueron los siguientes: *"Pr'nglui mglw'nafh Cthulhu R'lyeh wgahnagl fhtagn"*. El doctor Shrewsbury lo tradujo al instante como: "En su morada de R'lyeh Cthulhu muerto aguarda soñando".

»Entonces hizo una pregunta a Massie, ante lo cual el estibador volvió la cabeza y nos miró fijamente. El doctor Petra dijo que era la primera señal de conocimiento que había dado.

»Luego se produjo la breve conversación siguiente, en la que el doctor Shrewsbury hablaba el mismo idioma que el estibador.

»–¿Dónde has estado?

»–Con los que sirven a Aquel Que Ha de Venir.

»–¿Quién es ése?

»—El Gran Cthulhu. En su casa de R'lyeh no está muerto, sólo dormido. Vendrá cuando sea llamado.

»—¿Quién lo llamará?

»—Los que lo adoran.

»—¿Dónde está R'lyeh?

»—Está en el mar.

»—Pero tú no estuviste bajo el agua.

»—No, yo estaba en la isla.

»—¡Ah! ¿Qué isla?

»—Surgió por una erupción del fondo del océano.

»—¿Es parte de R'lyeh?

»—Es parte de R'lyeh.

»—¿Dónde está?

»—En el Océano Pacífico cerca de las Indias.

»—¿A qué latitud?

»—Creo que es a 49° 51' de latitud Sur, 128° 34' de longitud Oeste. Cerca de Nueva Zelanda, al sur de las Indias.

»—¿Lo viste a Él?

»—No. Pero Él estaba allí.

»—¿Cómo fuiste a parar allí?

»—Me llevó algo que había en el agua del Támesis una noche. Me llevaron ellos.

»—¿El qué?

»—Era como un hombre, pero no era un hombre. Podía nadar en todas las aguas. Tenía manos palmeadas y cara de rana.

»En este momento, Massie comenzó a respirar con dificultad, agotado, y el doctor Petra dio por terminada la conversación, disculpándose, pero el doctor Shrewsbury no hizo caso de las disculpas, diciendo que ya había oído bastante y dándole al doctor Petra el mismo tipo de explicación imprecisa que tenía costumbre de darme a mí en la casa de Curwen Street. Era evidente que mi jefe tenía mucha prisa por marcharse, y tan pronto como pudimos nos despedimos del doctor Petra y fuimos andando a una zona desierta de los East India Docks, donde, ahora en la oscuridad de la profundidad de la noche, el doctor Shrewsbury se detuvo y soltó su extraño silbido ululante y gritó: "*¡Ia! ¡Ia! ¡Hastur of'ayak 'vulgtmm, vugtlagln, vulgtmm! ¡Ai! ¡Ai! ¡Hastur!*"

»Inmediatamente nuestros corceles con alas de murciélago bajaron del cielo y regresamos a los viejos techos holandeses del embrujado Arkham.»

Aún más que los propios sueños, el intervalo entre el segundo y el tercero de este atroz trío fue lo que al final me llevó al doctor Asenath DeVoto para un reconocimiento, pues temía por mi salud mental. Porque, a pesar de que era evidente que estaba en casa del doctor Shrewsbury en Aylesbury Street, trabajando con mi jefe en la preparación de unos productos químicos, cosa en la que estuvo febrilmente ocupado durante lo que parecieron muchas horas, el detalle extraño y grotescamente inquietante sobre el período que medió entre el segundo y el tercero de los sueños era el siguiente: *¡no parecía haber ningún intervalo en absoluto!* Al parecer, había perdido el poder o la capacidad de distinguir entre sueño y realidad: ya no sabía cuál era cuál, pues todos los acontecimientos de ese inexplicable intervalo, por claros que me parecieran, tenían el mismo carácter que los sueños.

¿Estábamos en aquella casa de Curwen Street preparando esos misteriosos paquetes que el doctor Shrewsbury acababa llevando a su escritorio del estudio? ¿O estaba atrapado en las redes de un sueño tan profundo que no podía despertar a la realidad? Me preocupaba entonces, aunque ahora me preocupa menos. Pero en aquel momento había en la casa una atmósfera tal de urgencia espantosa, un ambiente tal de horrible peligro, un apremio tal, que la comida y la bebida –salvo aquel extraño hidromiel dorado y sus efectos– parecían innecesarios, y las ocupaciones normales del día se abandonaban ante la tarea que nos aguardaba, envuelta como siempre en ese secreto que el profesor mantenía para todas las cosas.

El doctor DeVoto anotó todas estas impresiones, al igual que los sueños; no comentó nada sobre ellos y las circunstancias me impidieron volver a verlo: pues los acontecimientos se precipitaron horriblemente tras la aparición del tercer sueño. No estoy seguro de que ese tercer y último sueño cataclísmico tuviera lugar aquella noche o en el curso de alguna otra; o incluso de que no ocurriera de día, o de que no fuera una parte continuada del segundo sueño. Todo lo que sé es que comenzó como las veces anteriores, con la llegada del doctor Shrewsbury a mi habitación, la llamada a esos extraños animales alados que nos portaban, y su comienzo se diferenciaba únicamente en que esta vez íbamos cargados con los paquetes que el doctor Shrewsbury había preparado.

El tercer y último sueño, según lo anotó el doctor DeVoto, era como sigue:

«Fuimos depositados en un lugar raro e inhóspito de aspecto totalmente extraño. El cielo estaba oscuro, lúgubre; me parecía que unas brumas de un extraño y sobrenatural color verde se movían eternamente en torno nuestro. De vez en cuando vislumbraba estremecido extrañas estructuras gigantescas medio en ruinas, cubiertas de algas, secas ahora, que colgaban flácidamente de las superestructuras que teníamos delante. A nuestro alrededor se oía el ruido del mar, y el suelo que pisábamos era de un limo negro verdoso; era un suelo parecido al de la caverna de mi primer sueño.

»El profesor avanzó con cautela hasta que llegamos a un portón, ante el cual había muchas piedras menores, de entre las cuales el profesor cogió una muy curiosa con forma de estrella de cinco puntas y me la entregó, diciendo:

»—Está claro que el terremoto desprendió la incrustación de estos talismanes que pusieron aquí los Dioses Arquetípicos cuando Cthulhu fue aprisionado. Ésta es una de las puertas hacia el Exterior.

»Cogió uno de los paquetes y lo desenvolvió, y vi que contenía explosivos de singular potencia. Me ordenó colocarlos estratégicamente alrededor del portón. A pesar de mi pavor ante lo que me rodeaba, así lo hice. Pues los alrededores, cada vez que las brumas se aclaraban un poco, eran de tal índole que el asombro le cortaba a uno la respiración. Las ruinas que todavía se levantaban en parte aquí y allá, incólumes tras el terremoto que había hecho que esta isla surgiese de las profundidades, eran de edificios de ángulos tan vastos y superficies de piedra tan colosales y marcadas además con unos jeroglíficos tan horribles y unas imágenes tan impías, que me venció una espantosa sensación de terror. Los ángulos y planos de esta porción de la gran ciudad sumergida no seguían la geometría euclidiana, e insinuaban repugnantemente las esferas y dimensiones sobre las que el profesor Shrewsbury había estado escribiendo hacía muy poco, dimensiones horrendamente alejadas de las nuestras.

»El portón en el que estábamos trabajando enmarcaba una gran puerta labrada, que estaba entreabierta, pero no lo bastante como para permitir la entrada. No sé exactamente en qué momento la puerta comenzó a abrirse más de forma imperceptible, pero fue el profesor quien advirtió primero las cosas que se deslizaban sobre las gigantescas rocas hacia nosotros desde el mar que se hallaba frente a nosotros. Había instalado el aparato necesario para la explosión que pensaba provocar, y señaló despreocupado a los seres escamosos de manos y pies palmeados y rasgos medio humanos, medio batracios, advirtiéndome que no tuviera miedo, ya que la piedra de cinco puntas que me había dado me protegería de ellos, aunque no de "Aquel de allá abajo".

»En ese momento notó que la puerta parecía estar un poco más abierta.

»–¿Esa puerta estaba tan abierta antes? –preguntó inquieto.

»Dije que me parecía que no.

»–¡Pues apártese, por el amor del Cielo!

»Incluso antes de echarme atrás, percibí dos cosas que me afectaron a los sentidos: un hedor putrefacto que parecía salir de la puerta que ahora se abría lentamente y un desagradable ruido chapoteante, un chapaleo húmedo que paralizaba de miedo. Fue esto último lo que nos hizo retroceder tambaleándonos. El doctor Shrewsbury corrió hasta el detonador, en el momento en que la puerta se abría de par en par y una cosa de abismal terror aparecía llenando el hueco. No puedo describirla. Era parecida a la cosa del lago subterráneo de la cordillera de Vilcanota en Perú, pero de alguna manera era más horrenda, más espantosa, pues no tenía aquella profusión de tentáculos, sino que más bien era un protoplasma informe gobernado claramente por una inteligencia que podía darle cualquier forma que quisiese. Por ello, su primer aspecto era el de una masa de carne pastosa que llenaba todo el hueco de la puerta; de pronto apareció un gran ojo maligno en medio de su masa; y al mismo tiempo la masa amorfa comenzó a rebosarse por la puerta con un nauseabundo ruido regurgitante, acompañado de un insensato silbido aflautado.

»En ese momento el doctor Shrewsbury apretó el detonador, y las piedras que rodeaban el portón estallaron en pedazos por los aires ante la fuerza terrible del explosivo que el doctor Shrewsbury había traído. Los pilares y bloques gigantescos se resquebrajaron y se desplomaron sobre la cosa que estaba en la puerta.

»Sin perder un segundo, el doctor Shrewsbury entonó su orden a las criaturas aladas, que salieron de los cielos brumosos para ayudarnos a escapar de aquella maldita isla. Pero no nos fuimos antes de que yo viera una cosa más, aún más espantosa que lo que había pasado antes. Pues la cosa que había volado en jirones por la explosión y había sido aplastada por las enormes y gigantescas piedras, se estaba *reformando* como agua que se junta, uniéndose mediante un millar de tentáculos de protoplasma rezumante, avanzando a empellones con increíble rapidez por el limo negro verdoso del suelo hacia nosotros incluso mientras ese suelo comenzaba a temblar y a estremecerse, posiblemente como consecuencia de la estruendosa y ensordecedora explosión que podía haber desencadenado una serie de estremecimientos subterráneos que amenazaban la precaria existencia de esta isla.

»Luego nos montamos en los seres de alas de murciélago y regresamos a la casa de Curwen Street».

4

Fue después de este sueño cuando acudí a consultar al doctor Asenath DeVoto en Boston. Habían ocurrido ciertos hechos, bastante prosaicos en sí, pero con unas implicaciones tan terribles que ya no podía estar seguro de mi cordura; tenía que conseguir la confianza de un psiquiatra competente, aunque, irónicamente, el único consejo inmediato que DeVoto me pudo dar después de oír lo que yo tenía que decir, fue que me marchara de la casa de Curwen Street y de Arkham tan pronto como fuera posible hacerlo, pues estaba demostrando concluyentemente, afirmó, que el doctor Shrewsbury y su antigua casa tenían un efecto perjudicial sobre mí. No trató de explicar los extraños hechos de los que me enteré cuando desperté de ese estremecedor tercer sueño, sólo les quitó importancia considerándolos convicciones alucinatorias que se habían creado para cuadrar con los sueños después de que éstos hubieran ocurrido en realidad, e insinuó que mi estado algo anormal había creado los hechos físicos que contribuían a demostrar que *¡los sueños que había tenido en la casa de Curwen Street no eran sueños en absoluto, sino horribles y grotescas fantasías en las que yo, de alguna manera, había tomado parte activa y real!*

¿Cómo, si no, podía explicar lo que había ocurrido, y lo que todavía estaba por ocurrir?

Pues los acontecimientos que se produjeron a continuación de ese trío de sueños ocurrieron ahora con tal rapidez que resultaba poco menos que pasmoso que yo no hubiera dado antes con la clave del misterio, por increíble que éste fuera, por poco dispuesto que yo estuviera a aceptarlo o incluso a reconocerlo. Incluso entonces, tal vez, de no haber sido por el nerviosismo del profesor Shrewsbury, esa profunda perturbación de su ecuanimidad que le hizo olvidarse de quitarme los zapatos, podría no haberlo sabido.

Porque cuando me desperté por la mañana, descubrí que tenía los zapatos cubiertos de un limo negro verdoso: *¡el mismo limo que el de aquella isla infernal y maldita del*

Pacífico que aparecía en mi último sueño! No sólo eso, sino que en mi bolsillo, justo donde lo había puesto en el sueño, ¡estaba aquella extraña piedra en forma de estrella de cinco puntas, cubierta de jeroglíficos totalmente fuera de mi capacidad de comprensión!

Podría, *podría* digo, haber habido una explicación lógica de estos hechos sueltos: cualquiera que pudiera haberse enterado de mis sueños podría haber manchado mis zapatos y haber preparado una piedra así; pero nadie pudo haber «colocado» el tercer hecho, tan prosaico de por sí que su mismo aspecto vulgar hizo que su aparición fuera mucho más aterradora. Pues en el bolsillo interior de mi chaqueta encontré un ejemplar del *London Times*, doblado por la página en que estaba ese mismo *Misterio Forteano* del estibador al que habíamos visitado, *un ejemplar del periódico del día anterior, ¡tan reciente que ningún poder natural de la Tierra podía haber hecho que llegara a la casa de Curwen Street!*

Este descubrimiento me llevó a hacer aquella insatisfactoria visita al doctor DeVoto, y me hizo regresar para enfrentarme al doctor Shrewsbury. Pero el nerviosismo de mi jefe era tan grande que no llegué a decir lo que quería, no sólo a causa de la palidez y el agotamiento de su cara, sino también por el torrente de palabras con que me recibió nada más regresar yo de Boston.

–¿Dónde ha estado, Andrew? Pero no importa, ahora dese prisa: lleve mis archivos a la biblioteca de la Universidad Miskatonic. Algún futuro estudiante puede hacer buen uso de ellos.

Con enorme asombro vi que había estado revisando archivos en mi ausencia, y había seleccionado diversas carpetas y cajas de material que deseaba trasladar a un lugar más permanente. Pero su nerviosismo y su extraño comportamiento no me dejaron mucho tiempo para observar lo que hacía, ya que, después de haberme instado a que fuera a toda velocidad a la biblioteca con sus preciados documentos y escritos, se movió por la estancia seleccionando más material para añadirlo al montón creciente que había en el suelo en medio del estudio: libros, el manuscrito de la primera parte de su segundo libro, textos viejos, notas que había tomado de los ejemplares prestados del *Manuscrito Pnakótico*, el *Necronomicón* y otros, en particular un infolio sellado que había sido marcado de su puño y letra como los *Fragmentos de Celaeno* y que el doctor Shrewsbury se había ocupado de dejar claro que yo no debía leer.

Se pasaba todo el rato o bien murmurando en voz alta frases como: «¡No debería haberlo llevado conmigo! ¡Fue un error!», mientras me miraba con una especie de compasión fatigada, o bien, cosa que era aún más asustadora y sorprendente, se detenía de vez en cuando y se ponía a escuchar, volviendo los ojos hacia el lado de la casa que daba a la orilla del río Miskatonic al otro lado de la calle, como si esperara oír el ruido de su perdición inminente. Esto resultaba tan enervante que cuando salí de la casa yo mismo eché una mirada furtiva y temerosa hacia la orilla del río; pero a la luz de la tarde era un panorama muy reconfortante.

Cuando regresé, encontré a mi jefe de pie y profundamente absorto ante el infolio abierto de los *Fragmentos de Celaeno*. Y una vez más tuve pruebas de su extraña sensibilidad, pues había entrado en la habitación con mucho sigilo, sin hacer ruido, y él me daba la espalda; sin embargo, se puso a hablar en el momento en que entré.

—Lo único que me pregunto es si no será peligroso entregar estas notas al mundo. Aunque no debo temer que haya muchos que den el menor crédito a las notas que tomé de estas grandes piedras. Fort ha muerto, Lovecraft ha desaparecido...

Y sacudió la cabeza.

Me acerqué a él por detrás y miré por encima de su hombro. Mis ojos se posaron sobre lo que evidentemente era una receta, pero estaba tan llena de nombres extraños que miré el texto que había debajo. Lo que allí leí proporcionó un eslabón más a la cadena irrecusable de pruebas que sugería horrendas posibilidades en los abismos del tiempo y el espacio, hasta ahora desconocidas para el hombre. Pues allí, con la pulcra letra del doctor Shrewsbury, estaba escrito este comentario: «El hidromiel... dorado de los Dioses Arquetípicos insensibiliza al que lo bebe a los efectos del tiempo y el espacio, de forma que puede viajar en estas dimensiones; además, aumenta sus percepciones sensoriales de modo que permanece constantemente en un estado rayano en el sueño...».

Hasta ahí leí antes de que mi jefe cerrara el infolio y se pusiera a sellarlo de nuevo.

–¡El hidromiel! –exclamé–. ¡Su hidromiel!

–Sí, sí, Andrew –dijo rápidamente–. ¿Cómo suponía usted si no...? Pero me olvidaba: no hay que permitir que la imaginación lo atrape a uno.

–¡La imaginación! –protesté–. ¿Acaso es imaginación el barro de esa isla que tenía en mis zapatos esta mañana, y la piedra que tenía en el bolsillo, y el *London Times* que tenía en la chaqueta? No sé, sólo sospecho, por lo que he descubierto aquí, cómo fue posible, pero sé que estuvimos allí.

Se me quedó mirando un buen rato pensativamente.

–¿No es cierto? –insistí.

Incluso entonces tenía la esperanza de que de algún modo tuviera una explicación lógica y razonable que ofrecerme: ¡Dios sabe con qué ansia la habría aceptado!

Pero se limitó a mover la cabeza con cansancio, me tocó el brazo como para darme ánimos y dijo:

—Sí.

—Y aquella noche de junio, la segunda noche, después de que estuviéramos en la cueva, usted regresó con su explosivo y voló aquel lugar infernal. Le oí bajar por las rocas, oí la explosión...

—¡Ah! Así que tomó un poco de hidromiel esa noche. Estuvo usted en mi habitación.

Asentí con la cabeza.

—Tal vez debería habérselo dicho. Pero fue equivocación mía: no debería haberlo llevado conmigo. En una fase fui demasiado cauteloso y en otra demasiado imprudente, al suponer erróneamente que usted nunca se enteraría. Pero ahora nos han visto, ahora ya saben quién está volando y sellando las puertas de su frontera eterna...

Volvió a agitar la cabeza.

—Ahora... ¡ahora es demasiado tarde!

Su tono era tan amenazador que por un momento me quedé sin habla. Luego, con la voz un poco apagada, pregunté:

—¿Qué quiere decir?

—En estos mismos momentos nos están persiguiendo. Están ocurriendo cosas debajo del Arrecife del Diablo, frente a Innsmouth, en la ciudad de Y'ha-nthlei, y han llegado grandes seres desde R'lyeh. ¡Escuche! ¡Escuche esos diabólicos pasos! Pero lo olvidaba, usted no puede, a usted no se le han agudizado los sentidos para siempre como me ocurrió a mí durante aquellos veinte años.

—Sí, aquellos veinte años —repetí, recordando de súbito aquella escena extrañamente premonitoria que ocurriera en la biblioteca de la Universidad Miskatonic–. ¿Dónde estuvo usted en aquella época?

–Estuve en Celaeno, en esa gran biblioteca de antiguos y gigantescos monolitos con sus libros y jeroglíficos robados de los Dioses Arquetípicos.

Se interrumpió de repente, inclinando la cabeza un poco hacia un lado, y tras escuchar en esa postura un instante, se echó a temblar, con la boca torcida en una mueca de asco y aborrecimiento, y se volvió a mí ordenándome secamente que me apresurara, que llevara el resto del material a la Biblioteca de la Universidad Miskatonic y que regresara más deprisa todavía, pues se acercaba rápidamente el anochecer y yo no debía pasar una noche más en la casa. Cuando volviera, dijo, todo estaría dispuesto para mi marcha.

Así era, efectivamente, y el profesor estaba más agitado de lo que lo había visto hasta entonces. Había tenido que sufrir el retraso siempre desesperante del papeleo relacionado con la admisión de los libros y documentos del doctor Shrewsbury, incluida una entrevista inquisitiva con el doctor Llanfer, el director de la biblioteca, quien, después de echar un vistazo a mi primera remesa había dicho que me hicieran pasar a su despacho para poder comunicarme que había mandado guardar los papeles de mi jefe en la cámara acorazada con la única y rara copia del *Necronomicón* del árabe loco Abdul Alhazred que poseía la Universidad Miskatonic. El resultado de este retraso fue que el tiempo se pasó más deprisa de lo que me creí, pues ya estaba cayendo el sol cuando regresé a la casa de Curwen Street.

–¡Dios mío, muchacho, dónde se había metido! –inquirió el doctor Shrewsbury.

Pero no me dio tiempo de contestarle, pues una vez más se detuvo a escuchar. Y esta vez también yo percibí lo que él debía de haber notado: esa poderosa oleada de emanación de antiquísimo mal, como si las posibilidades latentes en el ambiente de la vieja casa hubieran cobrado de pronto vida maligna; también yo lo oí: primero sólo un extraño ruido acuoso, como de algo que nadara, y luego ese terrible temblor de las entrañas de la tierra, que subían estremecidas desde las profundidades, *¡como si una gran criatura caminara por los lugares húmedos de debajo de la tierra!*

—Debe marcharse inmediatamente —dijo mi jefe con voz angustiada—. ¿Tiene la piedra de cinco puntas de la isla?

Asentí.

Me agarró el brazo con mano de hierro.

—¿Recuerda usted la fórmula para llamar a las criaturas interestelares que sirven a Hastur?

Volví a asentir.

Sacó de su bolsillo una copia del pequeño silbato que él había tocado y también un frasquito que, según vi, contenía un poco de aquel extraño hidromiel dorado.

—Tome, pues, llévese esto, y la piedra también. Los Profundos no pueden hacerle daño si lleva usted la piedra encima; pero la piedra sola no tiene poder contra los otros. Váyase a Boston, a Nueva York, a cualquier parte, pero márchese de Arkham, márchese de este lugar maldito. Y si oye a ese que camina en las profundidades de la tierra, en las aguas subterráneas, no se lo piense dos veces: beba el hidromiel, coja la estrella y repita la fórmula. Vendrán a buscarlo. Lo llevarán a Celaeno, adonde me dirijo yo de nuevo hasta que los otros dejen de buscarme. Pero conserve la piedra; yo no la tenía y al principio me torturaron; pero no tema, a usted no lo tocarán. Si tiene que ir, yo ya estaré allí.

Cogí el frasco, lleno de un millar de preguntas que quería hacer pero no podía. Porque la atmósfera de la casa resultaba sofocante de terror; su mismo aire vibraba de amenaza, y de debajo de la casa llegaba una emanación tal de puro horror que todos mis sentidos clamaban por escapar.

–Ya están en la desembocadura del Miskatonic –dijo el profesor pensativo–. Pero estoy preparado. Algunos están subiendo por el río... dentro de poco, dentro de poco...

Se volvió hacia mí una vez más.

–Pero váyase, Andrew. *¡Váyase!*

Hizo un amago de darme un empujón, pero con aquel movimiento repentino se cayó de lado y se golpeó contra una de las librerías cercanas, de forma que se le cayeron las gafas y lo que entonces vi me hizo salir dando gritos de aquella infausta casa de Curwen Street y adentrarme en la oscuridad envuelta en brumas que había fuera. ¿Fue un sueño también que mientras emprendía aquella espantosa huida unos seres con manos y pies palmeados cuyos grandes ojos de rana me miraban soltando destellos fosforescentes desde la oscuridad salían arrastrándose del río Miskatonic al otro lado de la calle? No vacilé, no me detuve ni un momento. Apretando contra mí el silbato y el frasco de líquido dorado, corrí desesperadamente, acosado por la imagen de la cara del profesor Shrewsbury tal y como la vi en la penumbra de aquella casa condenada. *Pues aunque lo había visto leyendo sus papeles y sus notas, aunque había descrito aspectos, aunque había dado mil pruebas de su aguda visión, superior a esa extraña segunda visión que parecía tener, en aquel momento de locura en que se le cayeron las gafas de la cara, ¡vi, donde deberían haber estado sus ojos, los huecos oscuros de sus cuencas vacías!*

5

Han pasado quince días tan sólo desde los acontecimientos que he relatado. La casa de Curwen Street fue totalmente destruida por el fuego la noche de mi loca huida, y se supone que el doctor Shrewsbury ha perecido en el holocausto; pero aunque he hecho las indagaciones más exhaustivas, no he podido encontrar pruebas de que se descubrieran huesos humanos entre las ruinas. Sólo puedo suponer que el doctor Shrewsbury logró escapar de alguna manera. Ahora tengo claro, mientras escribo, presionado por un miedo mucho más terrible que el que compartiera con mi antiguo jefe, que el doctor Shrewsbury había estado siguiendo el rastro de Cthulhu, decidido a cerrar todos los caminos hacia el Exterior. Afirmo que ésa es la dirección que señalan todas las pruebas que he conseguido acumular. Y había descubierto cómo utilizar a las extrañas criaturas de otras dimensiones ajenas fuera del tiempo y del espacio, para perseguir a Cthulhu. ¡Dedicado a salvar al mundo que conocía de caer en la esclavitud de una era espantosa de antiquísimo mal totalmente fuera del alcance de la comprensión humana!

He hecho averiguaciones sobre Celaeno. Es esa estrella de las Pléyades que está entre Alción y Electra por un lado y Maia y Taigete por el otro. No parece posible, y, sin embargo, si lo que el doctor Shrewsbury escribía o sospechaba es cierto, el oscuro lago de Hali no está muy lejos, cerca de Aldebarán, la morada de Aquel A Quien No Se Debe Nombrar, Hastur el Inefable, a quien sirven, según cuentan estas antiguas leyendas, extraños seres con alas de murciélago que pueden viajar por el tiempo y el espacio.

Durante las últimas horas, aquí en mi habitación de Boston, he estado tratando de convencerme de nuevo, como en tantas otras ocasiones, de que todo fue un horrible sueño, una de esas extrañas ocurrencias de dislocación mental que a veces padecen los hombres. Pero ya no puedo decir esto con demasiado convencimiento. Porque al volver a casa esta noche después de cenar frugalmente, vislumbré un rostro estremecedor, y una vez más me vino a la mente la ilustración extrañamente grotesca de Tenniel del lacayo de la duquesa en *Alicia en el País de las Maravillas* y luego, aquellos otros, ¡aquellos seres de manos palmeadas con aspecto de hombres que atormentaban mis sueños! ¡Y ahora seguro que no es mi imaginación la responsable del convencimiento de que algo camina debajo de mí por las aguas de la tierra! ¡No es posible que yo, que nunca he gozado de imaginación, pueda estar imaginándome esto!

Pues de las profundidades de debajo de la casa viene un horrible ruido succionante, como de una gran masa de protoplasma que se arrastrara pesadamente por un lugar lleno de agua y cieno, ¡un ruido como ese desagradable, chapoteante y nauseabundo deslizamiento que oímos en aquella diabólica isla del Pacífico justo antes de que la Cosa rebosara por aquella espantosa puerta labrada! He echado la llave a mi habitación y he abierto la ventana de par en par, pero la amenaza está por todas partes: no puedo volverme sin temor, me parece ver aquellos grandes monolitos con sus terribles bajorrelieves observándome desde cada esquina de la habitación, o la cara del profesor Shrewsbury con aquellas horribles cuencas vacías donde deberían haber estado sus ojos, o esos hombres batracios.

Y ahora.., ahora que las Pléyades y Celaeno están sobre el horizonte en el noroeste, he bebido el hidromiel dorado; me he acercado a la ventana y he tocado ese silbato curiosamente labrado que me dio el profesor Shrewsbury en aquella última hora de frenesí que pasamos juntos, me he asomado y he gritado sus palabras al abismo inconmensurable del tiempo:

«¡Ia! ¡Ia! ¡Hastur of'ayak 'vulgtmm, vugtlagln, vulgtmm! ¡Ai! ¡Ai! ¡Hastur!».

Continúan los pasos... unos espantosos sonidos chapoteantes... parece que ya están debajo de la casa; y afuera se oyen los horribles palmetazos como los que producían aquellos horrendos seres palmípedos que se deslizaban hacia nosotros por las rocas de aquella isla del Pacífico...

Pero ahora... algo... ¡Dios santo! ¡Alas! *¡Qué seres hay en la ventana!*

¡Ia! ¡Ia! ¡Hastur fhtagn...!

*

Epílogo del *Herald* de Boston del 3 de septiembre:

«No se han descubierto más pistas sobre la extraña y notable desaparición de Andrew Phelan, de 28 años de edad, residente en el número 17 de Thoreau Driver. Se supone que el joven desapareció voluntariamente; la puerta de su habitación estaba cerrada con llave y, aunque una ventana de su cuarto estaba abierta, no hay pruebas que demuestren que se dejara caer hasta el suelo o que subiera al tejado, tras haberse efectuado un minucioso escrutinio de ambos sitios. No se conoce motivo alguno que explique su acción. Sin embargo, un primo del señor Phelan expresó ciertas dudas con respecto a su cordura en el momento de su desaparición, declarando que al parecer había estado oyendo ruidos como de algún perseguidor sobrenatural. Como esta manifestación de irracionalidad coincide con el extraño manuscrito que dejó, se cree que de algún modo, por razones que se desconocen, el señor Phelan se ha quitado la vida...».

El vigilante que vino del cielo, que es la «Declaración de Abel Keane»

1

«Abel Keane... Abel Keane... Abel Keane...»

A veces siento necesidad de decir mi nombre en voz alta, como para convencerme de que todo es como antes, de que realmente soy Abel Keane; y me descubro dirigiéndome al espejo y mirándome, examinando los conocidos rasgos por si hubiera algún cambio. ¡Como si debiera haber un cambio! Como si, indudablemente, en algún momento, debiera llegar el cambio, el cambio que marque las experiencias de aquella semana. ¿O fue sólo una semana? ¿O menos? Ya no estoy seguro de nada.

Es algo terrible perder la fe en el mundo del día y en la noche de las estrellas, sentir que en cualquier momento todas las leyes conocidas del espacio y el tiempo pueden quedar abrogadas, pueden desecharse como por arte de magia, por una antigua malignidad que sólo unos pocos hombres conocen, cuyas voces realmente son voces que claman en el desierto.

He dudado hasta ahora si decir lo que sé sobre el fuego que destruyó una gran parte de cierta ciudad portuaria de la costa de Massachusetts, sobre el horror que existía allí, pero las circunstancias han hecho que ya no dude más. Hay cosas que los hombres no deberían saber, y siempre es difícil para un solo hombre decidir si da a conocer ciertos hechos o los guarda para sí. El fuego tuvo una razón de ser, una razón que sólo dos personas conocían, aunque seguramente había otros que la sospechaban, pero no fuera de aquella ciudad proscrita. Se ha dicho que si algún hombre pudiera ver la increíble inmensidad del espacio exterior y conociera lo que allí existe, sólo eso le haría enloquecer sin remedio. Pero ocurren cosas dentro de los límites de nuestra pequeña Tierra que no son menos terroríficas, cosas que nos vinculan a la totalidad del cosmos, a colosos del tiempo y el espacio, a un mal y un horror tan viejos, tan antiguos que la historia entera de la humanidad no es más que una tenue nube a su lado.

Tal fue la razón de aquel fuego destructor, aquel fuego que destruyó mucho más de lo que tenía que destruir, manzana tras manzana de aquella aborrecida ciudad hasta el Manuxet por un lado y hasta el borde del mar por el otro. Dijeron que fue provocado, pero durante poco tiempo. Encontraron algunas de aquellas piedrecillas, pero en los periódicos no hubo más que una sola alusión al incendio provocado o a aquellos peculiares trozos de piedra. La gente de la ciudad se ocupó de ello: se apresuraron a suprimirlo; sus propios inspectores publicaron una historia totalmente distinta. Dijeron que el hombre que desapareció en el fuego se había quedado dormido junto a su lámpara y la había tirado y que de esa forma se inició el fuego.

Pero fue provocado, desde el punto de vista técnico: justificadamente provocado...

2

El mal es competencia especial, sin duda, del estudioso de teología.

Eso era yo aquella noche de verano en que abrí la puerta de mi habitación en mi pensión, el número 17 de Thoreau Drive, en la ciudad de Boston, Massachusetts, y encontré tumbado en mi cama a un desconocido, vestido con ropas extrañas, sumido en un profundo sueño del que al principio no pude despertarlo. Dado que mi puerta estaba cerrada con llave, debía de haber entrado por la ventana abierta, pero cómo había llegado, mediante qué increíble conducto, eran detalles que yo no iba a averiguar inmediatamente.

Cuando se me pasó la sorpresa inicial, examiné a mi visitante. Era un joven de unos treinta años de edad; estaba afeitado, era moreno y esbelto. Iba vestido con unos ropajes sueltos de una tela extraña para mí y llevaba sandalias hechas con el cuero de un animal cuya identidad me era desconocida. Aunque era evidente que llevaba diversas cosas en los bolsillos de aquella extraña túnica, no las examiné. Estaba sumido en un sueño tan profundo que era imposible despertarlo, y era evidente que se había caído virtualmente en la cama y se había quedado dormido al instante.

Noté al momento algo que me sonaba en su cara, algo que me sonaba con esa curiosa insistencia que con tanta frecuencia se asocia a la gente que uno ha conocido en otro tiempo, quizá de manera superficial, pero que, no obstante, uno ha conocido. O bien conocía a mi visitante, o bien había visto su fotografía en alguna parte. Llegado a este punto se me ocurrió que podría tratar de averiguar su identidad mientras dormía y por tanto acerqué una silla a la cama y me senté junto a él, con la intención de aplicar la autosugestión, cosa que había aprendido en la práctica de mi existencia profesional secundaria: pues, mientras estudiaba en la escuela de teología, actuaba tres veces por semana ante el público, y de vez en cuando en sesiones privadas, como hipnotizador aficionado, y un ligero estudio de la mente humana me había permitido cosechar varios éxitos triviales con la lectura del pensamiento y cuestiones parecidas.

Sin embargo, a pesar de lo profundo de su sueño, era *consciente*.

Ni siquiera ahora puedo explicarlo, pero era como si, aunque su cuerpo dormía, sus sentidos no, pues habló cuando me incliné sobre él, percibiendo mi intención; y habló con una consciencia patente que debía de estar relacionada con la extraña forma de vida de la cual me enteré más tarde, un desarrollo a partir de una existencia hipersensorial.

–Espere –dijo. Y luego–: Tenga paciencia, Abel Keane.

Y de pronto sufrí una reacción curiosísima: era exactamente como si alguien o algo me hubiera invadido, como si mi visitante me hablara sin palabras para decirme su nombre, pues sus labios no parecían moverse, y, sin embargo, percibí claramente sus palabras.

–Soy Andrew Phelan. Me fui de esta habitación hace dos años; he vuelto por un pequeño espacio de tiempo.

De esta manera tan franca, de esta manera tan sencilla, lo supe; y también supe que había visto la cara de Andrew Phelan en los periódicos de Boston en la época de su extravagante desaparición de esta misma habitación dos años antes, una desaparición que nunca había quedado explicada satisfactoriamente.

La emoción me embargó.

Tan fuerte era mi impresión de que estaba *consciente*, a pesar de su aspecto de estar dormido, que no pude abstenerme de preguntarle:

—¿Dónde ha estado usted?

—En Celaeno —fue su rápida respuesta, pero ahora no sé si habló de verdad o si simplemente me lo comunicó sin palabras.

¿Y dónde estaba Celaeno?, me pregunté.

Se despertó a las dos de la mañana. Como yo mismo estaba cansado, me había sumido en un sueño ligero, del cual me despertó su mano al posarse en mi hombro. Me sobresalté y levanté la vista hasta encontrar sus ojos firmes que me estudiaban tranquilamente. Todavía llevaba su curiosa túnica, pero en lo primero que pensó fue en la ropa.

—¿Tiene usted un traje de sobra?

—Sí.

—Será necesario que me lo preste. No somos muy distintos de tamaño y yo no puedo salir así. ¿Le importa?

—No, claro que no.

—Siento haberle dejado sin cama, pero mi largo viaje me ha cansado mucho.

—¿Cómo entró, si puedo preguntárselo?

Señaló la ventana.

—¿Por qué aquí?

—Porque esta habitación fue mi punto de contacto —contestó enigmáticamente. Entonces miró su reloj—. Ahora deme el traje, si no le importa. Tengo poco tiempo.

Me vi obligado a sacar la ropa que quería y así lo hice. Cuando se desnudó, vi que era muy fuerte, muy musculoso, y se movía con una agilidad que me hizo poner en duda mi primera estimación sobre su edad. No dije nada mientras se vestía; hizo algún comentario ligero sobre el buen corte del traje, que no era el mejor que yo tenía, aunque estaba cuidado y limpio y lo acababan de planchar. Le dije con igual despreocupación que podía usarlo todo el tiempo que lo necesitara.

–¿La patrona sigue siendo la señora Brier? –preguntó entonces.

–Sí.

–Espero que no le diga usted nada de mí; sólo le causaría inquietud.

–¿A nadie?

–A nadie.

Echó a andar hacia la puerta y al instante comprendí que tenía intención de marcharse. Al mismo tiempo me di cuenta de que no quería que se fuera sin darme más información acerca del misterio que había quedado sin resolver durante dos años. Precipitadamente, me levanté de un salto y me interpuse corriendo entre la puerta y él.

Me miró con ojos tranquilos y divertidos.

–¡Espere! –exclamé–. ¡No se puede ir así! ¿Qué es lo que quiere? Deje que se lo traiga.

Él sonrió.

–Persigo el mal, señor Keane, un mal que es más terrible que cualquier cosa que le hayan enseñado en su escuela de teología, créame.

–El mal es mi especialidad, señor Phelan.

–No le garantizo nada –replicó él–. Los riesgos son demasiado grandes para los hombres corrientes.

Un impulso demencial se apoderó de mí. Me acometió el deseo imperioso de acompañar a mi visitante, incluso si se hacía necesario hipnotizarlo. Clavé mi mirada en sus extraños ojos, alargué las manos..., y entonces algo me sucedió. Me encontré de repente en otro plano, en otra dimensión, por así decirlo. Sentí que había ocupado el lugar de Andrew Phelan en la cama, y sin embargo lo acompañaba en espíritu. Pues al instante, sin ruido, sin dolor, me encontré fuera de este mundo. Ninguna otra cosa podría explicar las sensaciones que experimenté durante el resto de esa noche.

Vi, oí, sentí, gusté y oí cosas totalmente ajenas a mi consciencia. Él no me tocó; simplemente me miraba. ¡Pero comprendí al instante que me hallaba al borde de un abismo de horror inimaginable! No sé si me llevó él hasta la cama o si llegué a ella por mis propios medios, pero era en la cama donde me encontraba la mañana después de esas memorables horas que quedaban de la noche. ¿Dormí y soñé? ¿O estaba hipnotizado y supe porque Phelan quiso que lo supiera todo lo que ocurrió? Era mejor para mi salud mental pensar que soñé.

¡Y qué sueños! ¡Qué imágenes tan magníficas y sin embargo tan llenas de terror fraguadas por el subconsciente! Y Andrew Phelan estaba siempre presente en esos sueños. Lo vi en aquella oscuridad dirigiéndose a la estación de autobuses, cogiendo un autobús; lo vi en el autobús, como si yo estuviera sentado a su lado; lo vi bajarse en la antigua y proscrita Innsmouth plagada de leyendas, tras cambiar de autobús en Arkham. Estaba a su lado cuando iba caminando por esos muelles destrozados entre sus siniestras ruinas, y vi dónde se detuvo, delante de lo que pasaba por ser una refinería, y luego ante aquella sala que antaño pertenecía a los masones y que ahora ostentaba sobre la entrada el curioso letrero de *Orden Esotérica de Dagon*. Y aún hay más: presencié el comienzo de aquella extraña persecución, cuando el primero de aquellos horrendos hombres batracios surgió de las sombras del río Manuxet y se puso a seguir el rastro de Andrew Phelan, los perseguidores misteriosos y silenciosos del que buscaba el mal, hasta que Phelan dirigió sus pasos fuera de Innsmouth…

Toda la noche, hora tras hora, hasta que salió el sol y el sueño y la realidad se unieron, y abrí los ojos para ver a Andrew Phelan entrando en mi habitación. Me reanimé, sonriendo con timidez, y me moví hasta el borde de la cama, donde me quedé sentado mirándolo.

–Creo que me debe usted una explicación –dije.

–Es mejor no saber demasiado –contestó él.

–No se puede luchar contra el mal sin conocimientos –repliqué.

No respondió nada, pero yo lo presioné. Se sentó con cierto aire de cansancio. ¿Acaso no le parecía que se me debía dar alguna explicación?, insistí. Entonces él contestó con una enigmática alusión a que había ciertos horrores antiquísimos que era mejor no revelar; esto no hizo sino despertar aún más mi curiosidad. ¿No se me había ocurrido, quiso saber, que podía haber ciertas dislocaciones en el espacio y el tiempo infinitamente más terribles que cualquier horror conocido? ¿No había pensado nunca que podía haber otros planos, otras dimensiones más allá de los planos y dimensiones conocidos? ¿Acaso no había pensado que el espacio podía existir en pliegues continuos, que el tiempo podía ser una dimensión en la que se podía viajar hacia atrás así como hacia adelante? Me habló con este tipo de acertijos a pesar de todos mis intentos de hacerle preguntas.

–Sólo intento protegerlo, Keane –dijo por fin, pero con infinita paciencia.

–¿Consiguió escapar del que lo perseguía en Innsmouth anoche?

Asintió.

—Entonces, ¿sabía que estaba allí?

—Sí, o si no usted no se habría percatado de su presencia, pues en su... estado de hipnotismo, podríamos decir, usted sólo podría saber las cosas que yo percibía. Le advierto, Keane, que el hipnotismo es un método peligroso; pensé que le serviría de aviso si se volvía en contra suya anoche.

—Eso no era sólo hipnotismo.

—Tal vez no como usted lo conoce.

Hizo un gesto dando el asunto por concluido.

—¿Podría descansar aquí un rato hoy antes de seguir con mi búsqueda? No me gustaría que me descubriera la señora Brier.

—Me ocuparé de que no lo molesten.

Al hablar, ya había decidido lo que iba a hacer: estaba dispuesto a que Andrew Phelan no se desembarazara de mí tan fácilmente, y sólo me quedaba un camino: descubriría ciertas cosas por mi cuenta. A pesar de su advertencia, mi visitante había dejado caer detalles e indirectas. Sin embargo, los superaba el propio misterio de Andrew Phelan; aquello había sido recogido con atención en los diarios de la época; en esos informes seguramente podría descubrir alguna pista. Rogué a Phelan que se pusiera cómodo y me marché, aparentemente a la facultad; pero en lugar de esto, una vez fuera, llamé por teléfono para decir que ese día no iría a clase. Luego, tras un frugal desayuno, me dirigí a la Biblioteca Widener de Cambridge.

Andrew Phelan había dicho que venía de Celaeno. Esta indicación me resultaba demasiado evidente para pasarla por alto, de modo que sin dilación me dispuse a buscar Celaeno. Lo encontré antes de lo que suponía, pero no me resolvió nada. En todo caso, sólo sirvió para aumentar el misterio de Andrew Phelan.

¡Pues Celaeno era una de las estrellas del grupo de las Pléyades de Tauro!

Seguidamente pasé a los archivos de los periódicos que trataban de la desaparición de Phelan, a principios de septiembre de 1938. Tenía la esperanza de descubrir en los informes sobre esta notable desaparición sin rastro por la ventana de esa misma habitación a la que ahora había regresado algo que me diera alguna explicación plausible. Pero al leer los informes, mi desconcierto aumentó: en los periódicos se expresaba una curiosa y total perplejidad. Pero había algunas insinuaciones oscuras, algunas indicaciones difusas y amenazadoras que me llamaron la atención. Phelan había trabajado para el doctor Laban Shrewsbury de Arkham. Como Phelan, Srewsbury, de una forma extraña y jamás explicada, había estado varios años ausente de su casa, a la cual había regresado de un modo tan raro como ahora había vuelto Andrew Phelan. Poco antes de la desaparición de Phelan, la casa del doctor Shrewsbury, así como el propio doctor, habían sido pasto de las llamas. Al parecer, el trabajo de Phelan había sido el de secretario, pero había pasado buena parte del tiempo en la biblioteca de la Universidad Miskatonic de Arkham.

De modo que pensé que la única pista concluyente que había conseguido en la Widener estaba en Arkham, pues los registros de la Biblioteca de la Universidad Miskatonic sin duda debían revelar qué libros había consultado Phelan, probablemente por encargo del difunto doctor Shrewsbury. Sólo había pasado una hora; tenía tiempo de sobra para efectuar mis indagaciones; así que sin dilación cogí un autobús desde Boston hasta Arkham, y, en relativamente poco tiempo, fui depositado no muy lejos de la institución dentro de cuyas paredes estaba seguro de que descubriría más información acerca de las actividades de Andrew Phelan.

Mi petición de los registros de los libros utilizados por Andrew Phelan fue recibida con una curiosa especie de reserva y acabó por llevarme al despacho del director de la biblioteca, el doctor Llanfer, que quiso saber por qué deseaba consultar unos libros que se mantenían permanentemente bajo candado por orden expresa de los directores de la biblioteca. Expliqué que estaba interesado en la desaparición de Andrew Phelan y en el trabajo que había estado desarrollando.

Entornó los párpados.

—¿Es usted periodista?

—Soy estudiante, señor.

Por suerte, llevaba encima mis credenciales de la facultad y me apresuré a mostrárselas.

—Muy bien.

Asintió y, aunque a disgusto, escribió el deseado permiso en una hoja de papel y me lo entregó.

—Me parece de justicia advertirle, señor Keane, que de las diversas personas que han consultado estos libros detenidamente, pocas, si es que hay alguna, quedan con vida para contarlo.

Con este tono singularmente siniestro fui despedido de su despacho y al poco me condujeron a una pequeña habitación que apenas superaba las dimensiones de un cubículo, donde me senté mientras el encargado que se me había asignado colocaba ante mí algunos libros y papeles. El principal de ellos, y evidentemente la posesión más preciada de la biblioteca, a juzgar por el modo casi reverente en que el encargado lo manejaba, era un antiguo volumen con el sencillo título de *Necronomicón,* de un árabe, Abdul Alhazred. Los registros demostraban que

Phelan había utilizado este libro en varias ocasiones, pero, con gran disgusto por mi parte, estaba claro que este libro no era para los no iniciados, pues contenía referencias cuya ambigüedad no tenía igual. Pero de una cosa podía estar seguro: el libro trataba del mal y el horror, del terror y el miedo a lo desconocido, de cosas que se mueven de noche y no sólo la noche insignificante del hombre, sino esa noche más vasta, más profunda, más misteriosa del mundo: el lado oscuro de la existencia.

Aparté este libro casi desesperado, y me encontré mirando una copia manuscrita de un libro escrito por el profesor Shrewsbury: *Cthulhu en el Necronomicón*. Y en estas páginas, por casualidad –pues también este libro consistía en doctos y eruditos párrafos referentes a la ciencia del árabe, casi todas totalmente fuera del alcance de mi comprensión– di con cierta referencia que me produjo, a la luz de la pequeña experiencia que ya había tenido, un estremecimiento de miedo y una sensación de sumo pavor. Pues, mientras ojeaba las páginas con sus enigmáticas alusiones a seres y lugares totalmente desconocidos para mí, encontré en medio de una cita que pretendía ser de otro libro titulado el *Texto de R'lyeh*, las siguientes palabras:

«El Gran Cthulhu se alzará desde R'lyeh, Hastur el Inefable regresará de la estrella oscura que está en las Híadas cerca de Aldebarán... Nyarlathotep aullará por siempre en la oscuridad donde mora, Shub-Niggurath engendrará a sus mil crías...».

Lo leí y lo volví a leer. Era increíble, detestable, pero por segunda vez en veinticuatro horas había encontrado referencias a espacios inimaginables y a estrellas: una estrella de las Híadas, una estrella de Tauro, ¡y sin duda no podía ser otra que Celaeno!

Y, como respuesta burlona a la pregunta que se cernía con tanto peso sobre mí, di la vuelta a este manuscrito, ¡y debajo encontré una carpeta que, escrito con una letra firme aunque delgada, llevaba el título de *Fragmentos de Celaeno!* Me lo acerqué y vi que estaba sellado. En este momento, el anciano encargado, que me había estado observando atentamente, se aproximó.

–Nadie lo ha abierto nunca –dijo.

–¿Ni siquiera el señor Phelan?

Él hizo un gesto negativo con la cabeza.

–Como lo trajo el señor Phelan, con el sello del doctor Shrewsbury ya puesto, no creemos que tuviera acceso a él. No lo sabemos.

Miré el reloj. Se hacía tarde y tenía intención de ir a Innsmouth antes de completar la jornada. De mala gana, pero con una extraña sensación de malos presagios, aparté los manuscritos y los libros.

–Volveré –prometí–. Quiero ir a Innsmouth antes de que se pase el día.

El encargado me echó una mirada curiosa y pensativa.

–Sí, es mejor visitar Innsmouth de día –dijo por fin.

Di vueltas a esto mientras el anciano recogía los papeles y libros. Luego dije:

–Qué comentario tan curioso, señor Peabody. ¿Es que ocurre algo malo en Innsmouth?

–Ah, a mí no me pregunte. *Yo* nunca he estado allí. No tengo el menor deseo de ir. Ya hay suficientes cosas raras en Arkham, sin necesidad de ir a Innsmouth. Pero he oído cosas... cosas terribles, señor Keane, cosas tales que se puede decir de ellas que no importa en absoluto si son ciertas o no, lo único que importa es que se cuentan. Lo que cuentan de los Marsh, que tienen esa refinería...

–¡Una refinería! –exclamé, recordando mi sueño.

—Sí. Primero fue el viejo Obed Marsh, el viejo capitán Obed... decían... bueno, ¿qué más da? Ya no está, y ahora es Ahab el que está allí, Ahab Marsh, su bisnieto, y ya no es joven. Pero tampoco es viejo; en Innsmouth no envejecen mucho.

—¿Qué decían de Obed Marsh?

—Supongo que no importa decirlo. A lo mejor es un viejo chisme de comadres... que estaba aliado con el diablo y trajo una gran peste a Innsmouth en 1846, y que los que vinieron después de él estaban sujetos a unos pactos con seres sobrenaturales de más allá de ese Arrecife del Diablo frente al Puerto de Innsmouth, y fueron la causa de la destrucción con dinamita de muchas casas viejas y de los muelles de la costa durante el invierno del 27 y el 28. No vive mucha gente allí, y a nadie le gusta la gente de Innsmouth.

—¿Prejuicios raciales?

—Es que tienen algo... no parecen personas... es decir, personas como todos nosotros. Una vez vi a uno de ellos... me recordó... puede que crea usted que son imaginaciones de viejo, pero le aseguro que no es así; ¡me recordó a una rana!

Me quedé estupefacto. La criatura que se había deslizado con tanto sigilo en pos de Andrew Phelan en mi sueño o visión de la noche anterior había tenido un bestial aspecto de rana. Al mismo tiempo me invadió el ardiente deseo de ir a Innsmouth y ver por mí mismo los lugares que había visto durante mi reposo plagado de sueños.

Pero cuando estaba ante el Almacén de Hammond en Market Square, esperando el antiguo y poco frecuentado autobús que llevaba a viajeros audaces hasta Innsmouth y seguía hasta Newburyport, me entró una sensación de peligro inminente tan fuerte que no conseguí quitármela de encima. A pesar de mi persistente curiosidad, notaba viva e intensamente una especie de sexto sentido que me aconsejaba no tomar el autobús conducido por aquel tipo extraño, de rostro hosco, que detuvo el autobús y se bajó para entrar un momento, insinuantemente encorvado, en el almacén antes de emprender el viaje hasta Innsmouth, objetivo final de mi búsqueda algo azarosa de ese día.

No cedí a ese consejo, sino que subí al autobús, que compartía con un solo pasajero más, a quien instintivamente reconocí como habitante de Innsmouth, pues también él tenía un rostro extraño, con unos peculiares y profundos pliegues a los lados del cuello, un hombre de cabeza estrecha que no debía de tener más de cuarenta años, con esos ojos azules saltones y acuosos, esa nariz chata y esas orejas extrañamente subdesarrolladas que eran tan pasmosamente comunes, según iba a descubrir, en esa esquivada ciudad portuaria hacia la que el autobús no tardó en dirigirse. También el conductor era evidentemente un nativo de Innsmouth, y comencé a entender lo que el señor Peabody había querido decir cuando habló de que las personas de Innsmouth de alguna manera «no parecían personas». Con el fin de hacer una comparación con aquella figura persecutoria de mi sueño, examiné a mi compañero de viaje y al conductor lo más atentamente que pude, aunque con disimulo; y me sentí algo aliviado al llegar a la conclusión de que había una sutil diferencia. No conseguía saber qué era en concreto, pero el perseguidor de mi sueño parecía maligno, en contraste con esta gente, que simplemente tenían ese aspecto tan frecuente en los idiotas y en las personas que sufren similar desgracia y que llevan los estigmas de una inteligencia inferior dentro del reino de lo subnormal más que en el de lo anormal.

Nunca había estado en Innsmouth. Habiéndome trasladado desde New Hampshire para cursar mis estudios de teología, no había tenido ocasión de viajar más allá de Arkham. Por ello, la ciudad tal y como la vi mientras el autobús se acercaba a ella bajando la vertiente del litoral, tuvo un efecto de lo más deprimente en mí, pues era extrañamente densa, y, sin embargo, parecía desprovista de vida. Al entrar ningún coche nos adelantó en dirección contraria, y de las tres torres que se elevaban por encima de las chimeneas y los achaparrados tejados holandeses y aguilones puntiagudos, muchos de los cuales estaban casi desmoronados, sólo una daba una mínima impresión de estar en uso, pues las otras estaban carcomidas por la intemperie, con huecos en los puntos donde se había caído el cascajo, y les hacía muchísima falta una mano de pintura. En realidad, a toda la ciudad parecía hacerle falta una mano de pintura, es decir, a toda menos a dos edificios ante los cuales pasamos, los dos edificios de mi sueño, la refinería y esa sala imponente llena de columnas que se alzaba entre las iglesias que se amontonaban en torno al punto radial de las calles de la ciudad, con su letrero negro y dorado en el frontón, tan vívidamente recordado por mi experiencia de la noche anterior: la *Orden Esotérica de Dagon*. Este edificio, como el de la Compañía Refinadora Marsh que estaba junto al río Manuxet, parecía haber recibido una capa de pintura hacía muy poco tiempo. Aparte de esto, y de un solo almacén de la cadena First National, todos los edificios de lo que al parecer era el centro comercial de la ciudad eran repugnantemente viejos, la pintura se les caía a tiras y sus ventanas requerían un buen fregado. También ocurría esto en la ciudad en general, aunque las antiguas calles residenciales de Broad, Washington, Lafayette y Adams, donde aún vivían las viejas familias de Innsmouth que quedaban –los Marsh, los Gilman, los Eliot y los Waite–, tenían un aspecto más nuevo, no necesitaban tanto que las pintaran como que las restauraran, pues los jardines se estaban asilvestrando y llenando de plantas, y, en muchos casos, se habían levantado vallas –ahora cubiertas de parras– para desviar la atención fortuita de los viandantes.

Asqueado como estaba por la gente de Innsmouth, me quedé un momento en la acera, tras haber bajado del autobús y comprobado la hora en que regresaría a Arkham –a las siete de esa tarde–, preguntándome qué línea de acción sería mejor seguir. No tenía ganas de hablar con la gente de Innsmouth, pues tenía el fuerte presentimiento de que hacerlo era rozar un peligro sutil e insidioso, pero me seguía empujando la curiosidad que me había traído hasta aquí. Se me ocurrió, mientras estaba allí de pie cavilando, que el gerente del almacén de la cadena First National podía muy bien no ser uno de los nativos de Innsmouth: la cadena tenía la costumbre de trasladar a sus gerentes de un sitio a otro, y existía la posibilidad de que el encargado de este almacén fuera un extraño: pues entre esta gente era inevitable que a cualquiera que no fuera de las inmediaciones se le hiciera sentir de modo palpable que era un extraño. Por ello, me dirigí a la esquina donde estaba el almacén y entré.

Contra lo que esperaba, no había dependientes, sino únicamente un hombre de mediana edad, que estaba arreglando un prosaico muestrario de productos enlatados cuando entré y pregunté por el gerente. Pero estaba claro que él era el gerente: no tenía ninguna de esas señales distintivas extrañamente horribles tan propias de los nativos de Innsmouth; de forma que era, como yo había supuesto, un forastero. Noté con una leve sensación de molesto desagrado que se sobresaltaba al mirarme y parecía no decidirse a hablar, pero inmediatamente me di cuenta de que sin duda esto se debía a su aislamiento entre esta gente curiosamente deteriorada.

Después de presentarme, y de comentar que me daba cuenta de que era de fuera, como yo, me lancé de inmediato a mis pesquisas. ¿Qué le pasaba a esta gente de Innsmouth?, quise saber. ¿Qué era la *Orden Esotérica de Dagon*? ¿Y qué era lo que se decía de Ahab Marsh?

Su reacción fue instantánea. Y no me resultó inesperada del todo. Se puso nervioso, echó una mirada temerosa hacia la entrada del almacén y luego se acercó y me cogió casi bruscamente del brazo.

—Aquí no hablamos de esas cosas —dijo en un susurro ronco.

Su miedo nervioso era muy evidente.

—Lo siento si lo he inquietado —insistí—, pero sólo estoy de paso y me gustaría saber por qué un puerto potencialmente tan bueno como éste tiene que estar casi abandonado. En realidad, está virtualmente abandonado: los muelles están sin reparar y muchos negocios parecen cerrados.

Se estremeció.

—¿Saben *ellos* que está usted haciendo preguntas?

—Es usted la primera persona con la que he hablado.

—¡Gracias a Dios! Acepte mi consejo y márchese de la ciudad tan pronto como pueda. Puede tomar un autobús...

—He venido en el autobús. Quiero saber algo de la ciudad.

Me miró indeciso, echó otra mirada hacia la entrada y luego, volviéndose bruscamente y echando a andar a lo largo del mostrador hacia una puerta con cortina que al parecer aislaba su propia vivienda, dijo:

—Venga conmigo, señor Keane.

En sus habitaciones de la parte de atrás del almacén, comenzó, aunque no de buen grado, a hablar en roncos susurros, como si temiera que las propias paredes pudieran oír. Lo que yo quería saber, dijo, era imposible de contar, porque no había *prueba* de ello. No eran más que habladurías, habladurías y la terrible decadencia de familias aisladas, que se casaban entre sí generación tras generación. Eso explicaba en parte lo que él llamaba «el aire de Innsmouth». Era cierto, el viejo capitán Obed Marsh comerciaba con los puntos más lejanos de la Tierra y se trajo de vuelta a Innsmouth cosas extrañas (y según decían algunos, prácticas extrañas como esa especie de culto pagano de marineros llamado la *Orden Esotérica de Dagon*). Se decía que tenía un trato más raro con seres que surgían de las profundidades del mar a la luz oscura de la luna más allá del Arrecife del Diablo y se reunían con él en el arrecife, a milla y media de la orilla, pero no sabía de nadie que los hubiera visto, aunque se decía que en el invierno del año en que el Gobierno Federal destruyó los edificios del puerto, un submarino había salido y disparado torpedos *directamente* a las insondables profundidades del otro lado del Arrecife del Diablo. Hablaba de modo persuasivo y con habilidad; quizá realmente no supiera nada más, pero noté las innegables lagunas de su historia: en todo lo que decía quedaban preguntas sin responder.

Se contaban historias del capitán Obed Marsh, sí. Por su causa, se contaban historias de todos los Marsh. Pero también había historias sobre los Waite, los Gilman, los Orne y los Eliot: sobre todas las viejas familias que habían sido adineradas. Y era cierto que no convenía andar por las cercanías del viejo edificio de la Compañía Refinadora Marsh, o cerca de la Sala de la Orden de Dagon...

En este punto el tintineo de la campanilla que anunciaba a un cliente interrumpió nuestra conversación y el señor Hendreson fue inmediatamente a atender la llamada. Atisbé con curiosidad por entre los pliegues de la cortina y vi que había entrado una mujer: una mujer de Innsmouth, pues su aspecto me resultó al instante escalofriante y repulsivo; tenía algo más que un simple parecido con los hombres de alrededor, despedía una especie de amenaza casi reptilesca y hablaba en una turbia mutación del idioma, aunque Hendreson parecía entenderlo perfectamente y la atendió sin el menor comentario, salvo para contestar a sus preguntas con un aire que era algo más que cortés, más bien servil.

–Ésa era una de las Waite –dijo contestando a mi pregunta cuando volvió–. Son todas así, y las Marsh lo eran antes que ellas. Los Marsh ya han muerto todos, todos menos Ahab y las dos viejas.

–¿La refinería todavía funciona, entonces?

–Un poco. Los Marsh todavía tienen algunos barcos; después de que el gobierno interviniera aquí, estuvieron mucho tiempo sin barcos; luego a mediados de los treinta volvieron a comprar unos cuantos, este Ahab apareció nadie sabe de dónde, simplemente llegó en un barco una noche, según dicen, y reanudó las cosas donde los Marsh las habían dejado. Dicen que es un primo o un bisnieto. Sólo lo he visto una vez y además de lejos. No sale mucho, salvo a la Sala, digamos que los Marsh siempre han dirigido ese asunto.

La *Orden Esotérica de Dagon*, explicó ante mis insistentes preguntas, era una especie de culto antiguo, ciertamente pagano, y a los extraños se les impedía estrictamente adquirir el menor conocimiento sobre él. Ni siquiera era recomendable hacer preguntas sobre ello. Mi curiosidad intelectual se rebeló ante esto y quise saber qué papel tenían en ello los sacerdotes de las otras iglesias. Respondió a esto con otra pregunta: ¿por qué no preguntar a las sedes confesionales por este distrito? Descubriría que las diversas confesiones renegaban de sus propias iglesias, y los sacerdotes de esas iglesias a veces habían desaparecido sin más y otras veces habían sufrido extrañas reversiones a ceremonias primitivas y paganas en su culto.

Todo lo que decía me produjo una inquietud que superaba a cualquier otra cosa dentro de los límites de mi experiencia. Y, sin embargo, lo que decía no era ni por asomo tan terrorífico como lo que quedaba solamente implicado en sus palabras: las difusas insinuaciones de un mal terrorífico, de un mal de *fuera,* la espantosa sugerencia de lo que había tenido lugar entre los Marsh y esos seres de las profundidades, la vaga suposición no expresada de lo que ocurría en las reuniones de la *Orden Esotérica de Dagon*. Algo había sucedido aquí en 1928, algo lo bastante horrible como para mantenerlo apartado de la prensa, algo que hizo que el Gobierno Federal se presentara en el lugar de los hechos y que justificó los estragos causados a lo largo de la orilla del mar en el distrito portuario de esta vieja ciudad de pescadores. Conocía lo suficiente de historia bíblica como para saber que Dagon era el antiguo dios pez de los filisteos, que surgió de las aguas del Mar Rojo, pero en mis pensamientos estaba presente todo el tiempo el convencimiento de que el Dagon de Innsmouth no era sino una máscara ficticia de aquel anterior dios pagano, de que el Dagon de Innsmouth era el símbolo de algo nocivo e infinitamente terrible, algo que podría explicar no sólo el extraño aspecto de la gente de Innsmouth, sino también el hecho de que Innsmouth fuera evitada y estuviera abandonada, dejada a su suerte por las ciudades vecinas y olvidada por el mundo exterior.

Presioné al tendero para que me dijera algo concreto, pero él no podía o no quería hacerlo; de hecho, comenzó a comportarse, al ir pasando el tiempo, como si ya me hubiera dicho demasiado, su nerviosismo se acrecentó y por fin pensé que sería mejor marcharme, aunque Hendreson me rogó que no hiciera ninguna investigación abiertamente, diciendo al final que se sabía de gente que «desaparecía, y sólo Dios sabe dónde. Nadie ha encontrado jamás una pista sobre su paradero, y creo que nadie la encontrará jamás. Pero *ellos* lo saben».

Con esta siniestra advertencia me despedí.

No me quedaba tiempo para explorar mucho más, pero pude pasear por algunas de las calles y callejones de Innsmouth cercanos a la estación de autobuses y encontré que todo estaba en un estado de extraño deterioro y que la mayoría de los edificios despedía, además del conocido olor a madera y piedras viejas, un extraño aroma acuoso como de mar. No pude ir más lejos, pues me inquietaban las raras miradas que me lanzaban los pocos habitantes con los que me cruzaba en las calles, y era consciente todo el tiempo de estar bajo vigilancia desde detrás de las puertas cerradas y los visillos de las ventanas; pero sobre todo notaba horriblemente una especie de emanación de malevolencia, la notaba con tanta fuerza, de hecho, que me alegré cuando por fin llegó la hora en que debía tomar el autobús y regresar a Arkham y de allí a mi cuarto de Boston.

3

Andrew Phelan me estaba esperando cuando regresé. Ya había pasado casi media noche, pero Phelan no se había movido de mi habitación. Me pareció que me miraba con cierta compasión cuando entré.

—A menudo me he preguntado por qué la curiosidad humana es insaciable —dijo—, pero supongo que es mucho pedir que alguien que ha tenido una experiencia como la suya, tan alejada de la norma de las cosas tal y como la mayor parte de nosotros la conoce, lo acepte sin buscar más explicaciones que las que yo le di a usted.

—¿Lo sabe?

—¿Dónde ha estado? Sí. ¿Lo ha seguido alguien, Abel?

—No me he preocupado de comprobarlo.

Movió la cabeza sin decir nada.

—¿Y averiguó usted lo que quería averiguar?

Confesé que estaba más confuso que nunca. Y, sí, un poco más preocupado que al principio.

—Celaeno —dije—. ¿Qué es lo que me ha estado contando?

—Los dos estamos allí —dijo de modo terminante—, el doctor Shrewsbury y yo.

Por un momento creí que se estaba burlando de mí; pero había algo en su actitud que impedía la frivolidad. Estaba serio, sin sonreír.

—¿Cree usted que eso es imposible? Usted está atado por sus propias leyes. No piense más en ello, limítese a aceptar lo que digo por el momento. Durante años el doctor Shrewsbury y yo hemos seguido el rastro de un gran ser del mal, decididos a cerrar los caminos por los cuales puede regresar a la vida terrestre saliendo de su prisión encantada de debajo del mar. Escúcheme, Abel, y comprenda el peligro mortal que ha corrido usted esta tarde en la maldita Innsmouth.

Con esto pasó a elaborar un relato que estremecía el alma sobre una increíble y antigua maldad, sobre unos

Primordiales semejantes a las fuerzas elementales: el Ser del Fuego, Cthugha; el Ser del Agua, Cthulhu; los Señores del Aire, Lloigor, Hastur el Inefable, Zhar e Ithaqua; la Criatura de la Tierra, Nyarlathotep, y otros, desterrados hacía mucho tiempo y aprisionados por los conjuros de los Dioses Arquetípicos, que viven cerca de la estrella Betelgeuse; los Primordiales que tienen sus servidores, sus seguidores secretos entre hombres y animales, cuya misión es la de preparar el camino para su segundo advenimiento, pues tienen la malvada intención de regresar y regir el universo como lo hicieran en tiempos después de evadirse y escapar del dominio de los Arquetípicos. Lo que me dijo entonces era aterradoramente parecido a lo que yo había leído en aquellos libros prohibidos de la Biblioteca de la Universidad Miskatonic esa misma tarde, y habló con tal tono de convicción y con tanta seguridad que me encontré liberado de golpe de las enseñanzas ortodoxas a las que había estado acostumbrado.

La mente humana, enfrentada a algo totalmente incomprensible para ella, reacciona inevitablemente de dos formas posibles: su impulso inicial es rechazar todo por completo, el secundario aceptarlo provisionalmente; pero en el espantoso desarrollo de la explicación de Andrew Phelan se daba el hecho detestable e ineludible de que sólo una explicación de este tipo encajaba con *todos* los acontecimientos que habían tenido lugar desde su extraña aparición en mi cuarto. Del abominable tapiz de explicaciones que tejió Phelan, varios aspectos resultaban sumamente llamativos y, al mismo tiempo, sumamente increíbles. El doctor Shrewsbury y él, dijo Phelan, habían estado buscando las «aberturas» por medio de las cuales el gran Cthulhu podría surgir de donde yace durmiendo «en su morada de R'lyeh», un lugar submarino, pues al parecer Cthulhu es anfibio; bajo la protección de una antigua piedra encantada de color gris y tallada en forma de estrella de cinco puntas procedente de la antigua Mnar, no tenían por qué temer a los lacayos que servían a los Primordiales –los Profundos, los Shoggoths, el Pueblo Tcho-Tcho, los Dholes y los Voormis, los Valusianos y todas las criaturas parecidas–, pero sus actividades acabaron por llamar la atención de los seres superiores que sirven directamente al gran Cthulhu, contra los cuales la estrella de cinco puntas carece de poder; por ello, el doctor Shrewsbury y él habían huido llamando de los espacios interestelares a unas extrañas criaturas parecidas a murciélagos, los servidores de Hastur, Aquel A Quien No Se Debe Nombrar, antiguo rival de Cthulhu y, tras beber un hidromiel dorado que les hacía insensibles a los efectos del tiempo y el espacio y les permitía viajar en estas dimensiones, al mismo tiempo que aumentaba sus percepciones sensoriales en grado inaudito, partieron hacia Celaeno, donde reanudaron sus estudios en la biblioteca de piedras gigantescas con libros y jeroglíficos robados a los Dioses Arquetípicos por los Primordiales en el momento y como consecuencia de su revuelta contra la benévola autoridad de aquellos Dioses. No obstante, aunque estaban en Celaeno, no desconocían lo que ocurría en la Tierra, y habían averiguado que de nuevo había tratos entre los Profundos y los extraños habitantes de la embrujada Innsmouth, y uno de esos habitantes por lo menos era un encargado de preparar el camino para el regreso de Cthulhu. Para detener a esa persona, el doctor Shrewsbury lo había enviado a él, Andrew Phelan, de vuelta a la Tierra.

–¿Cuáles eran los tratos entre los habitantes de Innsmouth y los seres que subían desde las profundidades del mar hasta el Arrecife del Diablo?

—¿Es que no le ha resultado evidente en Innsmouth?
—El tendero aquel dijo que era demasiada endogamia.
Phelan sonrió sombríamente.
—Sí... pero no entre esas viejas familias de Innsmouth: era con esos seres malignos de las profundidades, de Y'hanthlei, bajo el Arrecife del Diablo. Y la *Orden Esotérica de Dagon* no es más que una tapadera para que su organización de adoradores cumpla las órdenes de Cthulhu y sus servidores preparen el camino, ¡para abrir la puerta que da paso a este mundo superior y poder establecer su infernal dominio!

Estuve un minuto entero considerando esta pasmosa revelación antes de decir nada más. Si se aceptaba todo lo que Phelan había dicho —y su actitud parecía indicar que lo mismo le daba que yo lo creyera o no— parecería que, tan pronto como hubiera cumplido su misión, el propio Phelan pensaba regresar a Celaeno. Así se lo expresé. Sí, admitió él, así era.

—¿Entonces usted ya sabe quién es la persona de Innsmouth que está haciendo que la gente vuelva una vez más al culto de Cthulhu y los tratos con los Profundos?

—Digamos más bien que lo sospecho; es la persona evidente.

—Ahab Marsh.

—Ahab Marsh, sí. Fue su bisabuelo, Obed, quien inició todo, con sus extensos viajes y los lugares extraños que visitó. Obed, según sabemos ahora, tropezó con los Profundos en una isla en medio del Pacífico —una isla donde no debería haber habido ninguna— y les abrió el camino para que vinieran a Innsmouth. Los Marsh se enriquecieron, pero no eran más inmunes a aquel desdichado cambio fisiológico que el resto de los habitantes de esa ciudad proscrita e impía. La infección está ya en la sangre: la tienen desde hace generaciones. Los acontecimientos de 1928-1929, cuando el Gobierno Federal invadió Innsmouth, pusieron fin a aquello sólo por unos años, menos de una década. Con la llegada de Ahab Marsh –y nadie sabe de dónde vino, aunque las dos ancianas Marsh que quedaban lo aceptaron como a uno de los suyos–, el asunto volvió a comenzar, y esta vez menos abiertamente, para que en esta ocasión no se avise a los federales. Yo he venido del cielo para vigilar y evitar que el horror se propague de nuevo por este mundo. No puedo fracasar; debo conseguirlo.

–¿Pero cómo?

–Los hechos lo demostrarán. Mañana iré a Innsmouth, donde seguiré vigilando hasta que pueda pasar a la acción.

–El tendero me dijo que todos los forasteros son vigilados y mirados con desconfianza.

–Pero yo llevaré su mismo aspecto.

Toda aquella noche estuve tumbado sin dormir junto a Andrew Phelan, atormentado por el deseo de acompañarlo. Si su historia era producto de su imaginación, sin duda era un relato glorioso y maravilloso, calculado para acelerar el pulso y avivar la imaginación; si no lo era, entonces, con igual certeza, era tanto responsabilidad mía como suya dar con el mal de Innsmouth y destruirlo, pues el mal es el viejo enemigo de todo lo bueno, ya sea como lo entendemos los cristianos o ya sea como lo entienden algunas mitologías primitivas. Mis estudios de teología parecían de repente casi frívolos en contraste con lo que Phelan había contado, aunque confieso que en aquel momento todavía abrigaba dudas de cierta consideración, pues ¿cómo podía ser de otra manera? ¿Acaso las monstruosas entidades del mal que Phelan evocaba no eran prácticamente imposibles de concebir, por no hablar de esperar que se creyera en ellas? Por supuesto que sí. Sin embargo, la carga del hombre es que encuentra muy fácil dudar, siempre dudar, y muy difícil creer incluso en las cosas más sencillas. Y el sorprendente paralelismo que yo, un estudiante de teología, me veía forzado a admitir, un paralelismo que no se podía pasar por alto, era evidente: la similitud entre la historia de la revuelta de los Primordiales contra los Dioses Arquetípicos y esa otra historia, más universalmente conocida, de la revuelta de Satanás contra los ejércitos del Señor.

Por la mañana comuniqué a Phelan mi decisión.

Él hizo un gesto de rechazo con la cabeza.

—Está bien que quiera ayudar, Abel. Pero no comprende realmente lo que ello significa. Le he hecho solamente un esbozo en líneas generales, nada más. No tendría justificación para embarcarlo a usted en este asunto.

—La responsabilidad es mía.

—No, la responsabilidad es siempre del que conoce los hechos. Queda aún por aprender mucho más de lo que el doctor Shrewsbury y yo sabemos ya. De hecho, puedo decir que nosotros mismos apenas hemos penetrado el perímetro de la totalidad; ¡piense, pues, lo poco que usted sabe!

—Lo considero un deber.

Me miró pensativo y por primera vez me di cuenta de que sus ojos eran mucho más viejos que los treinta años de edad que tenía.

—A ver, usted tiene ahora veintisiete años, Abel. ¿Se da cuenta de que si insiste en su decisión, puede que no tenga futuro?

Me dispuse con paciencia a discutir con él; ya había dedicado mi vida a la persecución y la destrucción del mal, y este mal que él me ofrecía acompañándolo era algo más tangible que el mal que acechaba en el alma de los hombres; él sonrió ante esto e hizo un gesto negativo con la cabeza, y de este modo estuvimos intercambiando razonamientos. Al final consintió, aunque con una especie de cinismo que me resultó mortificante.

El primer paso en nuestra persecución del mal fue trasladar nuestro alojamiento de Boston a Arkham, no sólo por la proximidad entre Arkham e Innsmouth, sino también porque se eliminaba el riesgo de que Phelan fuera visto y reconocido por mi patrona, quien sin duda atraería una atención sobre él muy poco recomendable. Y tal atención, a su vez, redundaría en que el conocimiento de su presencia en la Tierra volvería a ser comunicado a esas criaturas que anteriormente habían perseguido al doctor Shrewsbury y a Andrew Phelan forzando así su huida. Sin duda la caza comenzaría de nuevo, en cualquier caso, pero con suerte no antes de que Phelan hubiera logrado hacer aquello para lo cual había vuelto.

Nos mudamos esa noche.

Sin embargo, a Phelan no le parecía prudente que yo renunciara a mi habitación de Boston, de forma que la alquilé por un mes, sin sospechar ni por un momento lo pronto que había de regresar a aquellas conocidas paredes.

En Arkham encontramos un cuarto en una casa relativamente nueva de Curwen Street. Más tarde Phelan reveló que la casa se levantaba sobre el solar de la casa del doctor Shrewsbury, que había sido arrasada por el fuego coincidiendo con la desaparición final de éste. Después de instalarnos y de explicar precavidamente a nuestra nueva patrona que podríamos ausentarnos de nuestra habitación en ocasiones durante muchas horas, procedimos a hacer acopio de los accesorios que nos serían necesarios para vivir durante una temporada entre la gente de Innsmouth, pues a Phelan le parecía no sólo lógico sino obligatorio que, para permanecer en Innsmouth relativamente libres de vigilancia, debíamos maquillarnos para parecernos lo más posible a los nativos de dicha ciudad.

Al atardecer de ese día, Phelan se puso a trabajar. Descubrí al cabo de muy poco que era un consumado artista con las manos; mis facciones comenzaron a cambiar totalmente: partiendo de un joven de aire bastante inocuo, quizá incluso de aspecto débil, envejecí hábilmente y empecé a adquirir la típica cabeza estrecha, nariz achatada y extrañas orejas tan propias de la gente de Innsmouth. Me cambió toda la cara: mi boca se hizo más gruesa, mi piel se puso áspera, mi color desapareció tras una palidez grisácea, horrible a la vista; ¡y hasta consiguió dar un aspecto saltón y de batracio a mis ojos y proporcionar a mi cuello ese aire extrañamente repelente como si tuviera unos pliegues profundos, casi escamosos! No habría sido capaz de reconocerme a mí mismo, cuando hubo terminado, pero la operación duró más de tres horas y al final de ese tiempo era tan permanente como era de esperar.

–Está bien –decidió él después de examinarme, y entonces, infatigable, se dispuso a darse a sí mismo un aspecto similar.

A la mañana siguiente temprano salimos de la casa rumbo a Innsmouth, tomando el tren para Newburyport y llegando de esta forma a Innsmouth en el autobús desde el otro lado, maniobra que Phelan llevó a cabo deliberadamente. Hacia mediodía ya estábamos instalados, en medio de unas cuantas miradas curiosas y peculiarmente escrutadoras de los desharrapados obreros del lugar, en la Casa Gilman, el único hotel en funcionamiento de Innsmouth, o más bien, en lo que quedaba del mismo, pues, como tantos edificios de la ciudad, se encontraba en un lamentable estado de deterioro. Nos registramos como Amos y John Wilken, primos, pues Phelan había descubierto que Wilken era un viejo apellido de Innsmouth que en la actualidad no estaba representado por ningún miembro de la familia que viviera en aquella maldita ciudad portuaria. El anciano recepcionista de la Casa Gilman nos había echado unas miradas penetrantes y sus ojos saltones contemplaron los nombres del registro.

–Parientes del viejo Jed Wilken, ¿eh? –preguntó. Mi compañero asintió rápidamente.

–Se ve que son de aquí –dijo el recepcionista, con una risita casi obscena–. ¿De negocios?

–Estamos pasando unas cortas vacaciones –contestó Phelan.

–Pues han venido al lugar apropiado, ya lo creo. Hay muchas cosas que ver por aquí, *si son como deben ser.*

De nuevo aquella risita desagradablemente obscena.

Una vez solos en nuestra habitación, Phelan se puso más tenso que nunca.

–Hasta ahora nos ha ido bien, pero esto es sólo el principio. Tenemos mucho que hacer. No me cabe duda de que el recepcionista hará correr la voz de que somos parientes de Jed Wilken: eso satisfará las primeras preguntas de los curiosos. Además, nuestro aspecto «infectado», como el del resto de los habitantes de Innsmouth, cerca de los lugares donde sería de esperar que nos encontráramos con Ahab Marsh, no provocará excesivos comentarios; pero estoy convencido de que debemos evitar que el propio Ahab nos vea muy de cerca.

–¿De qué nos servirá vigilar a Ahab? –contesté–. Si ya está usted razonablemente seguro de que es él...

—Hay más cosas que averiguar sobre Ahab de las que usted cree, Abel. Tal vez más de las que yo creo. El doctor Shrewsbury y yo conocemos a la familia Marsh, conocemos ese linaje. Pero en ningún punto de ese árbol genealógico encontramos el menor rastro de un Marsh llamado Ahab.

—Pero está aquí.

—Sí, en efecto. ¿Pero cómo llegó aquí?

Salimos poco después, habiendo tomado la precaución de seguir llevando ropa vieja, parecida a la que habíamos llevado al llegar, para no dar una impresión de indebida riqueza y atraer por eso una atención inoportuna. Phelan se dirigió inmediatamente a los alrededores del puerto, desviándose sólo una vez para examinar la Sala de la Orden de Dagon en New Church Green, y terminando por fin no muy lejos de la Compañía Refinadora Marsh. Fue allí, no mucho después de nuestra llegada, donde vi por primera vez a nuestra presa.

Ahab Marsh era alto, aunque caminaba extrañamente encorvado; su manera de andar también era muy rara, pues no era en absoluto regular y rítmica, sino bastante espasmódica, e incluso para cubrir la corta distancia entre la refinería y el coche de cortinas firmemente echadas al que se subió, su forma de avanzar resultaba muy llamativa; el suyo era un modo de andar que se podría haber calificado de *inhumano,* pues no era tanto un paso como una especie de arrastramiento de sacudidas hacia delante, y era un movimiento que ni siquiera se daba entre los demás habitantes de Innsmouth, ya que, fueran cuales fuesen los cambios de su aspecto, su forma de andar, aunque arrastrasen los pies, era esencialmente la de la locomoción humana. Como he dicho, Ahab Marsh era más alto que la mayoría de sus conciudadanos, pero su cara no se diferenciaba mucho de los rasgos tan comunes en Innsmouth, salvo que parecía en cierto modo menos basta y más grasienta, como si la piel (pues, a pesar de que a veces parecía como de pez, *era* piel) tuviera una textura más fina, lo cual a su vez sugería que el linaje de los Marsh era ligeramente superior al de la media de Innsmouth. Era imposible verle los ojos, pues estaban ocultos tras unos anteojos de color cobalto oscuro, y su boca, aunque parecida en muchas cosas a la de los nativos, sin embargo, se diferenciaba en que parecía más protuberante, sin duda porque la barbilla de Ahab Marsh era casi inexistente. Era, literalmente, un hombre sin barbilla, cosa que al verla me produjo un estremecimiento de horror distinto de cualquiera que hubiera experimentado hasta entonces, pues le daba una apariencia de pez tan espantosa que no pude por menos de sentirme asqueado por ella. Parecía también carecer de orejas, y llevaba el sombrero calado en lo que parecía ser una cabeza desprovista de pelo; su cuello era descarnado y, aunque por lo demás iba casi impecablemente vestido, llevaba las manos enfundadas en unos guantes negros, o más bien *mitones,* como vi al mirar con más atención.

Nadie nos observaba. Yo había mirado a nuestra presa con el aire en apariencia más despreocupado del mundo, mientras que Phelan no lo miró directamente en absoluto, sino que empleó un pequeño espejo de bolsillo para examinarlo con mayor disimulo incluso. Al poco Ahab Marsh había desaparecido en el interior de su coche y se había marchado.

—Hace calor para llevar guantes —dijo Phelan como todo comentario.

—Eso me ha parecido.

—Me temo que es lo que yo sospechaba —añadió entonces Phelan, pero no se explicó—. Ya veremos.

Nos dirigimos a otro sector de la ciudad para pasear por las calles y callejones estrechos y sombríos de Innsmouth, lejos de la zona del río Manuxet y la cascada, al lado de la cual se levantaba la Refinería Marsh sobre un pequeño risco. Phelan caminaba sumido en profundos y preocupados pensamientos; era evidente que estaba inmerso en una meditación perpleja, que no interrumpí. Me asombraba el increíble estado de deterioro tan extendido en esta vieja ciudad marítima, y aún más la extraña falta de actividad: era como si, con mucho, la mayoría de los habitantes descansara durante el día, pues se veía a muy pocos de ellos en las calles.

Sin embargo, en Innsmouth la noche estaba llamada a ser diferente.

Al oscurecer, nos dirigimos a la Sala de la Orden de Dagon. En su visita anterior, Phelan había descubierto que sólo se podía entrar a la sala para las ceremonias mostrando un curioso sello en forma de pez, y durante el tiempo en que estuve tratando de rastrear sus pasos aquí, él había fabricado varios de ellos, el más perfecto de los cuales lo había reservado para su propio uso, y el que más se le parecía me lo entregó a mí, por si quería emplearlo, aunque prefería que yo no corriera tal riesgo y me quedara fuera de la Sala.

Sin embargo, yo no deseaba hacer tal cosa. Estaba claro que estaba llegando mucha gente a la Sala, todos ellos evidentemente miembros de la *Orden Esotérica de Dagon,* y yo tenía el convencimiento de que podrían ocurrir cosas que no desearía perderme, a pesar de la insistente advertencia de Phelan de que estábamos corriendo gravísimo peligro al asistir a una de las ceremonias prohibidas. Sin arredrarme, seguí tercamente adelante.

Por fortuna, nadie puso en duda nuestros sellos; me estremezco de pensar en lo que podría haber ocurrido de no haber sido así. Estoy seguro de que más que nada el tener el aire de Innsmouth, creado con tal maestría, fue lo que nos permitió el fácil acceso a la Sala. Éramos objeto de evidente atención, pero estaba claro que se había corrido la voz de nuestra identidad como miembros del clan Wilken, pues no había ni malevolencia ni desafío en los ojos de los hombres y las mujeres que de vez en cuando miraban en nuestra dirección. Tomamos asiento cerca de la puerta, con la intención de marcharnos inmediatamente si parecía prudente hacerlo y, tras acomodarnos, observamos la estancia. La sala era grande y lóbrega; las ventanas estaban tapadas con pantallas negras, al parecer de papel alquitranado, con lo que tenía el aspecto de un cine anticuado, es decir, una sala transformada para la proyección de películas cuando esa gran industria estaba en mantillas. Además, reinaba una penumbra reconcentrada en la estancia que parecía emanar de las cercanías de una pequeña tarima que había ante el auditorio. Pero no fue la lobreguez de la sala lo que se apoderó de mi imaginación: fueron los adornos.

Pues la sala estaba decorada con extrañas tallas de piedra de seres parecidos a peces. Reconocí varias de ellas por ser muy similares a algunas estatuas primitivas que habían salido de Ponapé, y algunas otras guardaban un parecido inquietante con unas tallas inexplicables descubiertas en la Isla de Pascua, así como en las ruinas mayas de América Central y los restos incas de Perú. Incluso bajo esta luz difusa se podía ver claramente que estas esculturas y tallas no eran obra de nadie de Innsmouth, sino que procedían evidentemente de algún puerto extranjero; en realidad bien podrían haber procedido de Ponapé, puesto que los barcos de los Marsh cruzaban los mares hasta los confines más remotos de la civilización.

Sólo ardía una luz artificial muy débil, al pie del escenario; ninguna otra cosa contribuía a iluminar la sala, pero me dio la impresión de que las esculturas y bajorrelieves eran de una indecencia demoníaca que resultaba estremecedora y terrorífica, que tenían un aire como de fuera de este mundo que era profundamente inquietante, pues hablaba de épocas pasadas, de largos siglos de antes de nuestro tiempo, siglos en los que el mundo y quizá el universo eran jóvenes. Aparte de éstas, y de una miniatura de algo que debía de ser una inmensa criatura amorfa parecida a un pulpo, que ocupaba el centro de la tarima, la sala estaba desnuda de cualquier tipo de decoración: nada más que sillas desvencijadas, una mesa ordinaria sobre la tarima y esas ventanas totalmente veladas para compensar el efecto de aquellos bajorrelieves y esculturas extrañas, y esta falta de todo sólo servía para aumentar su horror.

Miré a mi compañero, pero lo encontré mirando inexpresivamente al frente. Si había examinado los bajorrelieves y esculturas, lo había hecho con más disimulo. Pensé que no sería muy prudente contemplar por más tiempo aquellos adornos extrañamente inquietantes, de modo que seguí el ejemplo de Phelan. Sin embargo, aún era posible observar que la sala se estaba llenando rápidamente con más gente de la que los acontecimientos del día me habrían llevado a pensar que aún vivía en la ciudad. Había cerca de cuatrocientos asientos y no tardaron en estar todos ocupados. Cuando estuvo claro que todavía quedaban más por sentarse, Phelan dejó su asiento y se quedó de pie junto a la pared al lado de la entrada. Yo hice lo mismo, de forma que un par de viejos decrépitos, con un aspecto horriblemente distinto al de los más jóvenes —pues los pliegues de sus cuellos se habían tornado más escamosos y eran más profundos, y sus ojos sobresalían vidriosamente– se pudieron sentar. Nadie notó que dejábamos nuestros asientos, pues ya había algunas otras personas de pie a lo largo de las paredes.

Debían de ser ya casi las nueve y media –pues la tarde veraniega era larga y no anochecía temprano– cuando ocurrió algo. De repente apareció por una puerta del fondo un hombre de mediana edad vestido con unos ropajes extrañamente decorados; a primera vista tenía un aire sacerdotal, pero no tardé en darme cuenta de que sus ropajes lucían una decoración blasfema, con las mismas figuras de batracio y pisciformes que en placa y escultura adornaban la sala. Se acercó a la imagen de la tarima, la tocó reverentemente con las manos y comenzó a hablar: no en latín o en griego, como al principio supuse que podría hacer, sino en un idioma extraño y enrevesado del cual no pude entender una palabra, una serie horriblemente insinuante de movimientos con los labios que inmediatamente provocó una especie de murmullo grave, casi lírico, como respuesta de la multitud.

En ese momento Phelan me tocó el brazo y salió deslizándose por la puerta. Yo debía seguirlo, y así lo hice, a pesar de que no quería abandonar las ceremonias justo cuando estaban empezando.

–¿Qué ocurre? –pregunté.

–Ahab Marsh no está ahí.

–Todavía puede que venga.

Phelan movió la cabeza negativamente.

–No lo creo. Debemos buscarlo en otra parte.

Emprendió la marcha con tal decisión que supuse, correctamente, según se vio después, que sabía o sospechaba dónde podía encontrar a Ahab Marsh. Yo había creído que Phelan iría directamente a la vieja casa de los

Marsh de Washington Street, pero no fue así; mi segunda idea fue que volvería a encaminarse a la Refinería, y en esto estaba seguro de que tenía razón, hasta que llegamos a la Refinería, cruzamos el puente sobre el Manuxet que había allí cerca y seguimos hasta desviarnos a lo largo de la costa pasado el puerto junto a la desembocadura del río. La noche era oscura, salvo por una luna menguante que salía tarde, elevándose por el este y formando un claro amarillento, aunque débil, en el agua; algunas estrellas brillaban en lo alto, un banco de nubes se cernía a lo largo del borde meridional del cielo, soplaba una ligera brisa del este.

—¿Sabe usted adónde va, Phelan? —pregunté por fin.

—Sí.

Estábamos siguiendo un camino poco usado que mostraba el letrero de «Privado» y que corría tortuoso a lo largo de la costa, por piedras y arena, rocas y rodadas. En un punto Phelan se arrodilló y tocó ligeramente las rodadas arenosas.

—Este camino lo han utilizado hace poco.

La arena había sido removida recientemente, a diferencia de la arena endurecida que había alrededor.

—¿Ahab? —pregunté.

Asintió pensativo.

—Hay una pequeña cala ahí delante. Este terreno pertenece a los Marsh: el viejo Obed lo compró hace más de un siglo.

Seguimos adelante rápidamente, aunque caminábamos, por instinto, con mayor cautela.

En la orilla de la abrigada cala encontramos el coche con cortinas en el que Ahab Marsh se había marchado ese día de la Refinería. Sin temor, tal vez por lo que sabía que iba a encontrar allí, mi compañero fue derecho a él. No había nadie en el coche, pero en el asiento de atrás, tirada de cualquier manera, había ropa, ropa de hombre, e incluso en la oscuridad reconocí el traje que Ahab Marsh había llevado ese día.

Pero Phelan cerró la puerta del coche y corrió al otro lado, dejando el coche y llegando a la orilla del mar, donde volvió a arrodillarse y miró hacia abajo. Los zapatos estaban allí, según vi cuando me arrodillé al lado de mi compañero. Los calcetines también: gruesos calcetines de lana, aunque ese día había hecho mucho calor. Y la forma de aquellos zapatos a la débil luz de la luna resultaba extrañamente desconcertante: ¡qué anchos eran!, ¡qué forma tan extraña tenían! Seguramente en una época habían sido zapatos normales, aunque un poco grandes, pero ahora era evidente que el uso los había deformado, como si el pie que se los calzara hubiera sido..., bueno, como si el que los llevaba hubiera sufrido una especie de enfermedad deformante de los pies.

Y había algo más, algo aún más espantosamente aterrador bajo aquella luz de luna amarillenta, con el ruido del mar y ese otro ruido, el ruido que Phelan me advirtió que escuchara: una especie de aullido ululante, de origen inhumano, que no procedía de tierra firme en absoluto, sino del mar, muy muy lejos, del mar... y del Arrecife del Diablo, poblado en los túneles de mi memoria por todo lo que había oído contar a aquel tendero y luego a mi compañero, las historias de tratos extraños, malvados e impíos entre criaturas marinas y la gente de Innsmouth, las cosas que Obed Marsh había encontrado en Ponapé y en aquella otra isla, ¡el terror de finales de los años veinte con las extrañas desapariciones de jóvenes, sacrificios humanos echados al mar y jamás recuperados! Surgía por el este y llegaba en el viento, un cántico espantoso que sonaba como algo de otro mundo, un ulular líquido, un sonido acuoso imposible de describir, pero de una maldad que superaba cualquier experiencia del hombre. Y cabalgaba en el viento hasta introducirse en mi horrorizada consciencia mientras mis ojos seguían clavados a esa terrible prueba dejada con tanta claridad en la playa arenosa entre el lugar donde estaban los zapatos y calcetines de Ahab Marsh y donde comenzaba el agua: *¡las huellas, no de unos pies humanos, sino de unas extremidades inferiores planas, de dedos alargados, gruesas, anchas y palmeadas!*

4

Casi me da miedo escribir acerca de los acontecimientos que sucedieron luego, y, sin embargo, desde el momento en que Andrew Phelan estuvo seguro, ya no había necesidad de mayor dilación. Era Ahab Marsh el objetivo de su búsqueda, y los adoradores de la Sala de la Orden de Dagon lo eran sólo en menor grado. Los sacrificios, dijo, se habían vuelto a llevar a cabo, con mayor secreto, igual que en los tiempos de Obed Marsh. Desde el desastre de 1928-1929, los nativos de Innsmouth habían tomado más precauciones, esto es, los que habían quedado y los que se habían vuelto a infiltrar después de que los agentes federales se hubieran ido. Y Ahab, este Ahab que se había desnudado y se había metido en el mar para aparecer al día siguiente, como si no hubiera ocurrido nada extraño, ¿podía alguien poner en duda que había ido a nado hasta el Arrecife del Diablo? ¿Y podía alguien poner en duda lo que le había ocurrido al joven de Innsmouth que había conducido su coche aquella noche? Porque así funcionaba el sacrificio: los elegidos de Ahab, que trabajaban para él y estaban dispuestos, sin saberlo, para ser sacrificados a aquellas criaturas infernales que surgían de las profundidades de Y'ha-nthlei más allá del evitado y temido Arrecife del Diablo que con marea baja se alzaba negro y maligno sobre las aguas oscuras del Atlántico.

Pues Ahab Marsh estaba de vuelta al día siguiente, de vuelta a la Refinería, con otro joven para conducir su coche y trasladarlo cubriendo las cortas distancias desde la inmensa y vieja casa de los Marsh de la arbolada Washington Street hasta el edificio de la Refinería cercano a la cascada del Manuxet. Pero durante toda la noche estuvimos escuchando desde nuestra habitación de la Casa Gilman. No eran sólo los ruidos del mar, traídos por el viento del este, lo que oíamos: había otras cosas además de aquel espantoso ulular. Se oían gritos horribles, los gritos ásperos, animales, de un hombre muerto de terror; se oía ese horroroso cántico que llegaba simultáneamente de los miembros reunidos de la *Orden Esotérica de Dagon*, congregados en esa Sala con sus espantosas esculturas y bajorrelieves y esa miniatura grotesca y bestial de un ser cuya malignidad superaba los conceptos del hombre, ese horrible silabeo que causaba un impacto extraño en el aire nocturno: «*Ph'nglui mglw' nafh Cthulhu R'lyeh wgah'nagl fhtagn*», repetido interminablemente, una frase ritual que Phelan tradujo con voz apagada como: «¡En su morada de R'lyeh Cthulhu muerto aguarda soñando!».

Por la mañana mi compañero estuvo fuera el tiempo suficiente como para asegurarse de que Ahab Marsh había regresado; luego volvió al hotel y se enfrascó en sus estudios, dejándome a mí hacer lo que quisiera durante el resto del día, y advirtiéndome sólo que me abstuviera de llamar la atención de forma alguna. Yo ya había decidido no hacer nada que resultara llamativo, pero así y todo estaba dispuesto a investigar las insinuaciones de horribles sacrificios humanos y ritos espantosos realizados por algunas personas de Innsmouth que Andrew Phelan me había dado; y, por ello, me volví a dirigir al almacén de la First National y el señor Hendreson.

El tendero no me reconoció, lo cual hacía honor a la habilidad de Phelan. Adoptó conmigo esa misma actitud servil que había mostrado con la Waite que había entrado en su tienda cuando yo estaba allí, y cuando nos encontramos a solas –pues había alguien más en la tienda, al entrar yo– y traté de identificarme, fue casi imposible hacerlo. Evidentemente, Hendreson pensaba al principio que uno de los de Innsmouth se había enterado de alguna manera de nuestra anterior conversación y sólo cuando le repetí muchas de las cosas que él había dicho reconoció quién era yo. Pero seguía asustado.

–¡Si *ellos* lo descubrieran! –exclamó en un susurro ronco y atemorizado.

Le aseguré que nadie conocía mi verdadera identidad y nadie la conocería, salvo Hendreson, claro, en quien estaba seguro que se podía confiar. Supuso que yo había estado «investigando cosas», según su expresión, y con bastante nerviosismo volvió a insistirme para que me marchara.

–Algunos parecen ser capaces de *oler* a la gente que no siente agrado por ellos. No sé cómo lo hacen... como si leyeran la mente o el corazón de un hombre. Y si lo pillan a usted así, pues, pues...

–¿Pues qué, señor Hendreson?

–Pues que nunca volverá al lugar de donde ha venido.

Le aseguré con una confianza en mí mismo que estaba lejos de sentir que no tenía la menor intención de dejarme atrapar. Había acudido ahora a él en busca de más información; a pesar de que se negó agitando violentamente la cabeza, yo no quise aceptar esta respuesta negativa; quizá no supiera nada, pero tenía que preguntarle. ¿Había habido desapariciones –en especial de hombres y mujeres jóvenes– en Innsmouth en los años que él llevaba aquí?

Asintió furtivamente.

–¿Muchas?

–Unas veinte o así. Cuando la Orden se reúne... no se reúnen a menudo; normalmente ocurre después de eso. En las noches en que la Orden se reúne, simplemente ya no se vuelve a saber de alguien. *Ellos* dicen que se han escapado. Las primeras veces que me lo dijeron, no me fue difícil creerlo: entendía por qué querrían escaparse de Innsmouth.

»Pero luego... estaban esas otras cosas: la gente que desaparecía por lo general trabajaba para Ahab Marsh, y se contaban esas viejas historias sobre Obed Marsh: que llevaba gente al Arrecife del Diablo y regresaba solo. Zadok Allen había hablado de ello; *ellos* decían que Zadok estaba loco, pero Zadok decía cosas, y había algunas pruebas concluyentes que reforzaban lo que el anciano loco decía. Contaba esas cosas, y le daban ataques, dijo Hendreson, hasta que... *murió*. Por el tono en que lo dijo, comprendí que Zadok Allen no había muerto así como así.

–Quiere usted decir hasta que lo mataron –contesté.

–Yo no he dicho eso; no soy quién para decir nada. Escuche, yo nunca he *visto* nada; nada en cualquier caso que le pueda servir a usted. Nunca he visto desaparecer a nadie; simplemente no los he vuelto a ver, eso es todo. Después, he oído hablar de ello: alguien dejaba caer una palabra aquí y allá y yo tomaba nota. Jamás se ha hecho mención de ello en el periódico: jamás se ha dicho nada para que esto ocurra; nadie ha organizado jamás una búsqueda o hecho algún intento de seguir el rastro de los desaparecidos. Yo no podía evitar pensar en las historias que el viejo Zadok Allen y esos otros contaban en susurros sobre el capitán Obed Marsh. Puede que sean imaginaciones mías. Vivir en un sitio como éste tantos años como yo podría afectarle la mente a cualquiera. Yo no digo que el viejo Zadok Allen no estuviera loco. Lo único que digo es que no creo que lo estuviera, y nunca hablaba demasiado hasta que bebía un poco más de la cuenta: eso le soltaba la lengua y, por lo general, cuando volvía a estar sobrio parecía lamentar enormemente haber dicho nada, y caminaba mirando por encima del hombro todo el tiempo incluso en pleno día, y siempre oteaba el mar, en dirección al lugar donde se puede vislumbrar la línea del Arrecife del Diablo cuando hay marea baja y el día está claro. Los de Innsmouth no miran mucho en esa dirección, pero a veces cuando hay una reunión en la Sala de la Orden de Dagon, se ven luces allí, luces raras, y se ven luces en la cúpula de la vieja Casa Gilman, intercambiando destellos, como si estuvieran manteniendo una conversación.

—¿Usted mismo ha visto esas luces?

—Es lo único que he visto. Podría ser un barco, pero no lo creo. No en el Arrecife del Diablo.

—¿Ha estado alguna vez allí?

Negó con la cabeza.

—No, señor. No tengo el menor deseo de ir. Una vez me acerqué en una lancha —feas piedras grises, con unas formas extrañísimas— y no quise acercarme más. Era como si algo te apartara, como una gran mano que se alargara invisible hacia ti y te alejara empujándote, así era. Se me puso la carne de gallina y los pelillos de la nuca se me pusieron de punta. Nunca lo he olvidado, y eso que ocurrió antes de que oyera tantas cosas, así que nunca lo achaqué a lo que se sugería o se insinuaba y sí en cambio a los nervios y la imaginación.

—¿Entonces Ahab Marsh es el poder aquí en Innsmouth?

—Eso es. Porque no queda ningún Waite o Gilman u Orne, es decir, ningún hombre, sólo las mujeres, y se están haciendo viejas. Todos los hombres desaparecieron hacia la época en que vinieron aquí los federales.

Le hice volver al tema de las misteriosas desapariciones. Parecía increíble que hombres y mujeres jóvenes pudieran sencillamente dejar de existir en estos tiempos y que jamás se publicara la menor noticia sobre ello. Oh, respondió Hendreson, yo no sabía lo que era Innsmouth si creía que eso era imposible. Eran callados, cerrados como ostras, y si pensaban que era algo que tenían que hacer por su dios pagano o lo que fuera que adorasen, nunca protestaban, lo aceptaban y se las arreglaban como mejor podían, y todos tenían un miedo cerval a Ahab Marsh. Se acercó a mí, tanto que percibí su pulso acelerado.

—Lo toqué una vez, sólo una vez, ¡y esa vez fue suficiente! ¡Dios! Estaba frío, frío como el hielo, y en el punto donde lo toqué, entre el final del guante y la manga de la chaqueta —se apartó inmediatamente y me echó una mirada— la piel estaba fría y húmeda, ¡como un pez!

Se estremeció al recordarlo, se enjugó las sienes con un pañuelo y se apartó.

—¿No son todos así?

—No, no lo son. Los demás son distintos. Dicen que los Marsh tenían todos la sangre fría, especialmente desde la época del capitán Obed, pero yo he oído otras cosas. Mire a ese tipo, Williamson, creo que se llamaba, que trajo aquí a los federales. No lo sabían entonces, pero era un

Marsh; también llevaba la sangre de Orne, y cuando *ellos* lo descubrieron, esperaron a que volviera. Y volvió. Regresó, según decían, y se fue derecho al agua, cantando, decían, y se quitó la ropa y se zambulló y comenzó a nadar hacia ese arrecife, y desde entonces no se sabe nada de él. Oiga, yo no lo vi con mis propios ojos: es sólo lo que he oído, aunque ocurrió cuando yo ya estaba aquí. Los que llevan la sangre de los Marsh siempre vuelven, por muy lejos que estén. Mire a Ahab Marsh, que ha venido de Dios sabe dónde.

Una vez lanzado, Hendreson se mostraba extraordinariamente locuaz, a pesar de sus miedos. Sin duda los largos períodos de abstinencia de conversación con forasteros tenían algo que ver con ello, así como la seguridad que le proporcionaba su tienda, pues no era muy frecuentada por la mañana: los habitantes de Innsmouth preferían hacer sus compras al atardecer, y a menudo se veía obligado a tener el almacén abierto pasada la habitual hora de cierre de las seis. Habló de las extrañas joyas que llevaban los de Innsmouth: esos brazaletes y diademas grotescos y repulsivos, los anillos y pectorales, con figuras repelentes talladas en altorrelieve en todos ellos. No me cabía duda de que eran las mismas que aquellas figuras de los bajorrelieves y esculturas de la Sala de la Orden de Dagon; Hendreson había visto algunas piezas de vez en cuando; los que pertenecían a la Orden las llevaban, y algunas de las iglesias degradadas también las tenían. Habló de los ruidos procedentes del mar: «Una especie de canto, y no lo produce ninguna voz humana».

—¿Qué es?

—No lo sé. Tampoco me apetece descubrirlo. No sería saludable. Procede de algún lugar de allí fuera... como anoche.

Su voz se convirtió en un susurro.

—Sé a qué se refiere.

Hizo alusión a los otros ruidos: aunque en ningún momento mencionó los gritos roncos y aterrorizados, sin embargo, los había oído. Y había otras cosas, masculló enigmáticamente, cosas mucho más terribles, cosas que se remontaban al viejo Obed Marsh y que todavía vivían en las aguas pasado el Arrecife del Diablo. Estaban esas murmuraciones sobre el propio Obed: que en realidad no estaba muerto, que un grupo de personas que habían salido en bote de la zona de Newburyport y que conocían a la familia Marsh llegaron un día al puerto pálidos y temblorosos y dijeron que habían visto a Obed en el mar, nadando como una marsopa, y si no era Obed Marsh, entonces, ¿qué era eso que se le parecía? ¿Qué era lo que habían visto los de Newburyport? ¡Ningún pez normal asustaría a unos hombres y mujeres de tal manera! ¿Y por qué trataron los de Innsmouth de acallar todo el asunto? Hicieron callar a los de Newburyport, desde luego: probablemente porque eran forasteros y en realidad no querían creer lo que vieron allí cerca del Arrecife del Diablo. Pero *había* cosas que nadaban por allí, otros las habían visto, cosas que se sumergían y desaparecían y no volvían a salir, aunque parecían hombres y mujeres, salvo que a veces tenían escamas y una piel extraña, arrugada y reluciente. ¿Y qué les ocurría a tantos de los ancianos? Nunca parecía haber funerales, ni entierros, pero algunos cobraban un aspecto más raro cada año, y luego un buen día salían al mar y cuando la gente quería darse cuenta se les declaraba «perdidos en el mar» o «ahogados» o algo por el estilo. Cierto, de día no se veía muy a menudo a las cosas que nadaban en el mar, ¡pero de noche! ¿Y qué era aquello, qué clase de criatura era aquella que salía del mar y trepaba hasta el Arrecife del Diablo? ¿Y por qué algunos de los de Innsmouth iban allí de noche? Parecía ponerse cada vez más nervioso a medida que hablaba, aunque su voz se iba apagando, y estaba muy claro que había meditado mucho sobre todo lo que había oído desde que llegara a Innsmouth, y estaba sujeto a ello por una fascinación sobre la cual no tenía control, una fascinación que existía al lado de un aborrecimiento absoluto y casi enfermizo.

Era casi mediodía cuando regresé a la Casa Gilman.

Mi compañero había terminado sus estudios y escuchó lo que yo tenía que decir con suma seriedad, aunque no pude detectar nada en su actitud que revelara que no había estado ya al tanto de lo que Hendreson había dicho e insinuado. Cuando terminé, no dijo nada, simplemente asintió y pasó a explicar nuestros próximos movimientos. Nuestra estancia en Innsmouth casi había terminado, dijo: nos iríamos de la ciudad en cuanto nos hubiéramos ocupado de Ahab Marsh, y eso podría ocurrir esta noche, podría ocurrir la noche siguiente, pero ocurriría pronto, ya que todo estaba preparado. Entretanto, sin embargo, había ciertos aspectos de esta extraña búsqueda que yo debía saber, y el principal de ellos era mi propio peligro.

—No tengo miedo —me apresuré a decir.

—No, tal vez no en el sentido físico. Pero es imposible saber lo que podrían hacerle. Todos nosotros llevamos un talismán que es efectivo contra los Profundos y los servidores de los Primordiales, pero no contra los propios Primordiales o sus servidores principales, que también suben a la superficie de la Tierra en misiones especiales para destruir a aquellos de nosotros que averiguan los secretos y se oponen al regreso del gran Cthulhu y de esos otros.

Diciendo esto, puso ante mí una pequeña estrella de cinco puntas hecha de un tipo de piedra desconocido para mí. Una piedra gris... y al instante recordé haber leído sobre ella en la Biblioteca de la Universidad Miskatonic: «¡La estrella de cinco puntas labrada en piedra procedente de la antigua Mnar!», que tenía en su magia el poder de los Arquetípicos. La tomé sin decir palabra y me la guardé en el bolsillo, como me indicó Phelan que hiciera.

Siguió hablando.

Esto podría proporcionarme protección parcial en la Tierra, pero había otra forma de escapar si acechaba el peligro de los servidores principales de Cthulhu. Yo también podría ir a Celaeno, si lo deseaba, aunque el medio era terrible y me sería necesario pedir la ayuda de unos seres que, aunque se oponían a los Profundos y a todos los demás que servían al Gran Cthulhu, en sí mismos eran esencialmente malignos, pues servían a Hastur el Inefable, agazapado en el negro Lago de Hali de las Híadas. Sin embargo, para que estos seres me obedecieran, sería necesario que me tomara una pequeña píldora, un destilado del maravilloso hidromiel dorado del profesor Shrewsbury, el hidromiel que hacía al que lo bebía insensible a los efectos del tiempo y el espacio y le permitía viajar en esas dimensiones, al tiempo que aumentaba sus percepciones sensoriales; luego debería tocar un extraño silbato de piedra y también gritar al aire ciertas palabras:

«¡Iä! ¡Iä! ¡Hastur, Hastur, cf'syak 'vulgtmm, vugtlagln, vulgtmm! ¡Ai! ¡Ai! ¡Hastur!»

Unos seres voladores –los Byakhee– llegarían del espacio y yo debía montarme en ellos y alzar el vuelo sin temor. Pero únicamente si el peligro estaba muy cerca, pues el peligro de los Profundos y todos cuantos están aliados con ellos, insistió Phelan, es tan grande para el alma como para el cuerpo.

Escuché todo esto con un asombro no exento de una especie de terror espiritual: ese terror tan propio de los hombres que por primera vez contemplan el vacío de los espacios mayores, que empiezan a considerar en serio por primera vez la inmensidad de los universos exteriores, un terror provocado por el conocimiento instintivo de que era gracias a este medio de transporte como Phelan había llegado a mi habitación de Boston, ¡y que era gracias a este medio como había desaparecido originalmente hacía más de un año!

Diciendo esto, Phelan puso en mis manos las pequeñas píldoras doradas, tres de ellas, por si perdía alguna, y también un diminuto silbato, que me advirtió no tocar jamás salvo en el caso de extrema necesidad que había descrito, a menos que estuviera preparado para unas consecuencias funestas. Esto era, dijo, cuanto podía hacer para protegerme, y dejó claro que no regresaríamos a Arkham juntos, aunque pudiéramos partir juntos hacia esa ciudad.

—Esperarán que regresemos a Newburyport —dijo—. Así que seguiremos las vías del tren hacia Arkham. Es un camino más corto, de todas formas, y puede que para cuando estén preparados para perseguirnos, nosotros estemos ya muy lejos de ellos. En cuanto esté hecho nuestro trabajo, nos dirigiremos a las vías; esperaremos lo suficiente para asegurarnos de que nuestro trabajo aquí está realizado.

Hizo una pausa expresiva y luego añadió que no debíamos temer una persecución desde Innsmouth por parte de los propios habitantes.

—¿Cuál entonces?

–Cuando ésa se produzca, lo sabrá usted sin necesidad de explicaciones –contestó siniestramente.

Al anochecer, ya estábamos preparados. Todavía no conocía del todo el plan de Andrew Phelan, pero sabía que el primer paso necesario sería desalojar de la casa de Washington Street que pertenecía a los Marsh, a las dos mujeres que había allí. Con este propósito Phelan les envió una prosaica nota diciendo que había llegado un anciano pariente para albergarse en la Casa Gilman y que, como estaba mal de salud y no podía ir a verlas, estaría encantado de recibir la visita de las señoritas Ahza y Ethlai Marsh esa noche a las nueve. Era una carta corriente, correcta en todos sus detalles, salvo que mi compañero la adornó con una reproducción de ese sello de Dagon y volvió a imprimir el sello con cera sobre la solapa del sobre. Había firmado con el nombre de Wilken, pues sabía que hacía años había habido un matrimonio entre los Marsh y los Wilken, y estaba seguro de que esta carta mantendría fuera de la casa a las Marsh durante el tiempo necesario para hacer lo preciso para destruir el mando de los servidores de Cthulhu en Innsmouth y atrasar así todo progreso que se hubiera hecho para preparar el camino del resurgimiento, del regreso desde su morada de aquel espantoso ser que soñaba en las profundidades de las aguas de debajo de la Tierra.

Despachó esta carta hacia la hora de cenar, y ordenó al recepcionista que si telefoneaba alguien dijera que volvería en seguida. Luego salimos, Phelan con un pequeño maletín en el que había puesto algunas de las cosas que había traído consigo en los bolsillos de aquella túnica que llevaba al llegar.

El cielo estaba nublado, cosa que complació a mi amigo, pues de otro modo a las nueve todavía habría habido algo de luz; con esto, sin embargo, a esa hora la noche estaría lo bastante oscura para nuestro propósito. Si todo salía como esperaba, las Marsh irían a la Casa Gilman en coche, conducido por el nuevo chófer; eso dejaría a Ahab solo en esa vieja mansión. Phelan explicó que no sentía el menor escrúpulo: si las mujeres no respondían ante ese mensaje, también ellas deberían ser destruidas, por mucho que le disgustara la idea de actuar contra ellas del mismo modo que contra Ahab. No tuvimos dificultad para encontrar un escondrijo adecuado desde el cual podíamos vigilar la casa de Washington Street, pues la calle estaba densamente poblada de árboles, que proporcionaban sombras y rincones oscuros. La casa del otro lado de la calle estaba envuelta en la oscuridad, salvo por una lucecita que brillaba en una habitación del primer piso, pero justo antes de las nueve se encendió una luz en la planta baja.

–Ya vienen –susurró mi compañero.

Estaba en lo cierto, pues al poco aquel coche negro con cortinas llegó a la puerta de entrada y las dos Marsh, cubiertas de velos, salieron de la casa y, subiéndose al coche, se alejaron en él.

Phelan no perdió un segundo. Cruzó la calle entrando en el oscuro jardín de la propiedad de los Marsh y una vez allí abrió inmediatamente su maletín, que contenía decenas de estrellas de cinco puntas, todas muy pequeñas. Éstas, dijo, se emplearían para rodear la casa, especialmente cerca de las puertas y las ventanas; debíamos trabajar deprisa y en silencio, pues si estos talismanes no quedaban colocados, Ahab podría escapar. Pero no podría atravesar estas piedras, no podría pasar entre ellas en modo alguno. Me apresuré a cumplir las órdenes de Phelan y no tardé en encontrármelo viniendo del otro lado. La oscuridad estaba cargada de presagios; en cualquier momento las

Marsh podían regresar; en cualquier instante Ahab podía darse cuenta de que había alguien en el jardín, aunque no hiciéramos el menor ruido.

—Pronto habrá acabado todo —dijo Phelan entonces—. Pase lo que pase, no se mueva, no se alarme.

Desapareció entonces una vez más por la parte de atrás de la casa. Tardó escasos minutos antes de regresar al sitio donde yo estaba en la sombra de un matorral cerca de la puerta de entrada. Pero no se detuvo: se dirigió a la puerta y allí estuvo ocupado unos momentos. Cuando se apartó, vi una pequeña llama que lamía una esquina de la puerta: ¡había prendido fuego a la casa!

Se reunió conmigo, mirando seria e inexpresivamente hacia la única ventana donde brillaba una luz.

—Sólo el fuego los destruirá —dijo—. Le convendría recordarlo, Abel. Puede que se los vuelva a encontrar.

—Será mejor que nos vayamos.

—Espere. Debemos asegurarnos de que Ahab está ahí.

El fuego devoraba rápidamente la vieja madera y en la parte de atrás de la casa las llamas iluminaban ya los apiñados árboles. En cualquier momento alguien podía verlo, alguien podía dar la alarma que llamaría a los viejos y destartalados vehículos del cuerpo de bomberos de Innsmouth; pero en esto tuvimos suerte, pues los habitantes de Innsmouth por lo general evitaban los lugares donde vivía y trabajaba Ahab Marsh, pues temían y respetaban a los Marsh, igual que sus antepasados habían temido y respetado a aquellos primeros miembros de esa familia maldita que habían tenido tratos con seres del mar y de esta forma habían traído sobre esta ciudad marítima una plaga de entrecruzamientos de razas que había dejado su marca en toda su progenie.

De repente la ventana de esa habitación iluminada se abrió de golpe y Ahab se asomó. Estuvo allí apenas un instante; luego se retiró, sin molestarse en cerrar la ventana, creando así una eficaz corriente para las llamas desde abajo.

—¡Ahora! —susurró Andrew Phelan con apremio.

La puerta principal se abrió de un tirón y Ahab Marsh atravesó las llamas de un gran salto. Pero no fue más lejos; cayó, dio un paso y entonces se echó hacia atrás, levantando los brazos, y un horrible grito gutural se escapó de sus gruesos labios. A su espalda las llamas crecían y se extendían, ayudadas por la corriente que pasaba por la puerta abierta; el calor ya debía de ser espantoso donde él estaba, pues lo que ocurrió entonces está grabado con fuego en mi memoria para siempre.

Las ropas que llevaba Ahab Marsh empezaron a caérsele inflamadas mientras estaba allí parado: primero esos extraños mitones que llevaba en las manos, luego el bonete negro y las ropas que cubrían su cuerpo, ¡y todo tan deprisa que literalmente parecía haberlas hecho estallar! Lo que quedó entonces allí no era humano, no era un hombre, era una infernal caricatura de batracio y pisciforme de un hombre, con unas manos que eran como de rana y palmeadas, unas grandes patas en vez de manos, con un cuerpo lleno de escamas y tentáculos y que relucía por la humedad tan propia de su frialdad: un cuerpo que había estado envuelto en la ropa antinatural de un ser humano, pero que, ahora que esa ropa se había desprendido, así como las ceñidas prendas interiores que lo cubrían para hacerle encajar en ella, parecía una cosa salida de un rincón oscuro y desconocido de los lugares prohibidos de la Tierra: una cosa horrible y espantosa que caminaba disfrazada de hombre, pero que tenía agallas debajo de las orejas de cera que se derretían por el calor de ese fuego destructor mientras aquel ser se iba metiendo lentamente entre las llamas, prefiriendo esto a enfrentarse al poder de esas piedras que rodeaban la casa, y gemía y gritaba bestialmente, ¡con una especie de grito ululante que yo había oído ya!

¡No era sorprendente que Ahab Marsh hubiera podido nadar desde la orilla hasta el Arrecife del Diablo! ¡No era sorprendente que hubiera llevado sacrificios a las hordas que aguardaban en las profundidades! Porque el ser que vivía bajo el disfraz y con la identidad de Ahab Marsh no era un Marsh en absoluto, no era un ser humano: *¡la cosa que se hacía llamar Ahab Marsh, la cosa que la gente de Innsmouth seguía tan a ciegas era uno de los propios Profundos, venido de la ciudad sumergida de Y'ha-nthlei para reanudar la tarea comenzada en tiempos por el terrible Obed Marsh por orden y mandato de los servidores del Gran Cthulhu!*

Como en un sueño sentí que Andrew Phelan me tocaba el brazo; me volví y lo seguí hasta la calle en sombras, por la cual en ese momento venía el coche con cortinas que traía a las Marsh de vuelta a aquella casa impía. Huimos, agazapándonos en las sombras. No había necesidad de regresar a la Casa Gilman, pues habíamos dejado dinero en nuestra habitación para pagar nuestro alojamiento y allí no había quedado ningún efecto personal de importancia. Fuimos derechos a las vías del tren y salimos de aquella ciudad justamente proscrita.

A una milla de la ciudad nos volvimos para mirar atrás. El color rojo del cielo sobre aquel lugar nos dijo lo que estaba pasando: el fuego de aquella antigua casa de madera se había extendido a las casas vecinas. Pero ocurrió algo de importancia aún más portentosa, pues mi compañero señaló en silencio hacia el mar y allí, a lo lejos, en el borde del cielo, vi unos extraños destellos verdosos y, volviendo a mirar rápidamente hacia Innsmouth, vi otras luces que destelleaban desde un lugar elevado que no podría haber sido otro más que la cúpula de la Casa Gilman.

Entonces, Andrew Phelan me cogió la mano.

–Adiós, Abel. Lo voy a dejar aquí. Acuérdese de todo lo que he dicho.

–¡Pero lo encontrarán! –exclamé.

Él hizo un gesto negativo con la cabeza.

–Usted siga las vías; no pierda tiempo. No me pasará nada.

Hice lo que se me ordenaba, sabiendo que cada segundo de retraso era potencialmente fatal.

No debía de haberme alejado mucho cuando oí aquel silbido extraño y sobrenatural, y poco después la voz de Andrew Phelan que gritaba triunfante al aire: «*¡Iä! ¡Iä! ¡Hastur! ¡Hastur cf'ayak 'vulgtmm, vugtlagln, vulgtmm! ¡Ai! ¡Ai! ¡Hastur!*».

Me volví sin querer.

Allí, recortada contra el cielo rojizo de Innsmouth, vi una gran cosa voladora, un gran pájaro parecido a un murciélago que bajó velozmente y desapareció un momento en la oscuridad: ¡el Byakhee! Luego volvió a alzar el vuelo, y no iba solo: había algo más entre sus grandes alas que se remontó rápidamente perdiéndose de vista.

Desafiando al peligro, corrí hasta allí.

De Andrew Phelan no había ni rastro.

5

Ya han pasado casi quince días desde los acontecimientos de aquella semana.

La escuela de teología no ha vuelto a saber de mí; he estado registrando la Biblioteca de la Universidad Miskatonic y he averiguado más detalles –muchos más sobre cosas que Andrew Phelan no quiso decirme, y ahora comprendo mejor qué fue lo que ocurrió en la maldita Innsmouth, cosas que están ocurriendo en otros puntos remotos de este mundo, que siempre ha sido y será un gran campo de batalla para las fuerzas del bien y las del mal.

Hace dos noches me di cuenta por primera vez de que me estaban siguiendo. Tal vez hice mal en arrancarme de la cara todas aquellas cosas desfiguradoras que Andrew Phelan me había puesto para darme «el aire de Innsmouth» y en dejarlas tiradas por las vías poco usadas en dirección a Arkham, donde podían ser encontradas. Tal vez no fue la gente de Innsmouth la que las encontró, sino otra cosa, algo que surgiera del mar esa noche en respuesta a aquellas señales hechas desde la cúpula de la Casa Gilman. Pero el que me seguía hace dos noches era un hombre de Innsmouth, estoy seguro: su extraño aspecto de batracio era inconfundible. Sin embargo, no tuve miedo de él: tenía la estrella de piedra de cinco puntas en el bolsillo; me sentía seguro.

¡Pero anoche vino el otro!

¡Anoche oí que la tierra se movía debajo de mí! Oí el ruido de unas grandes pisadas, lentas y chapoteantes, que avanzaban penosamente por las aguas de la tierra, ¡y supe lo que Andrew Phelan había querido decir cuando dijo que ya me daría cuenta de cuándo llegaba el otro perseguidor! ¡Lo sé!

Me he apresurado a escribir todo esto y lo enviaré a la Biblioteca de la Universidad Miskatonic, para que lo pongan con los papeles del doctor Shrewsbury y lo que llaman el «Manuscrito Phelan», escrito por Andrew Phelan antes de que se fuera a Celaeno por primera vez. Es tarde, y tengo el convencimiento de que no estoy solo: reina una quietud extraña sobre toda la ciudad y puedo oír esos espantosos ruidos chapoteantes que vienen desde muy abajo. En el este, las Pléyades y Celaeno han comenzado a surgir por el horizonte. Me he tomado la pequeña píldora dorada hecha con el hidromiel del doctor Shrewsbury, tengo el silbato aquí a mi lado, recuerdo las palabras, y si el aumento de la consciencia que es seguro que sigue a la toma del hidromiel revela algo sobre lo que me está acosando ahora, sabré qué hacer.

Ahora mismo empiezo a notar cambios en mí. Es como si las paredes de la casa se cayeran, como si la calle también hubiera desaparecido, y una niebla... algo en esa niebla acuosa, como una rana gigante con tentáculos... como un...

¡Dios santo! ¡Qué horror!
¡Iä! ¡Iä! ¡Hastur!...

El barranco de Salapunco, que es «El testamento de Claiborne Boyd»

(El manuscrito de Claiborne Boyd, que se encuentra actualmente en la cámara acorazada de la Biblioteca de la Universidad de Buenos Aires, consta de tres partes. Las dos primeras partes fueron descubiertas entre los efectos de Claiborne Boyd dejados en la habitación de un hotel de Lima, Perú; la última parte es una recopilación de diversas cartas –dirigidas al profesor Vibarro Andros de Lima– y de informes afines. El manuscrito total ha sido dado a conocer para una publicación limitada sólo tras prolongadas discusiones entre sus custodios.)

1

Es una suerte extraordinaria que la capacidad de la mente humana para correlacionar y asimilar hechos esté limitada con relación al conocimiento potencial del universo tal y como lo conocemos, por no hablar de lo que hay más allá. Y es una suerte porque los muchos millones que pueblan la Tierra viven felizmente inconscientes de los oscuros abismos de horror que se abren eternamente no sólo en lugares extraños y remotos de la Tierra, sino, con frecuencia, justo más allá del horizonte o a la vuelta de la esquina: las inmensas simas del tiempo y el espacio, y las cosas inconcebiblemente extrañas que ocupan esas terribles lagunas.

Hace menos de un año estaba yo enfrascado en un pausado estudio de la cultura criolla y vivía a la sazón en Nueva Orleans, haciendo alguna que otra excursión a los pantanos del delta del Mississippi, que no estaba lejos de mi ciudad natal. Llevaba dedicado a este trabajo unos tres meses cuando recibí la noticia de la muerte de mi tío abuelo Asaph Gilman y de que se me enviaban –por órdenes expresas contenidas en su testamento– ciertas posesiones suyas, por ser «el único estudioso» que quedaba entre sus pocos parientes vivos.

Mi tío abuelo había sido durante muchos años catedrático de Física Nuclear en Harvard y, tras su retiro de esa universidad debido a la edad, había enseñado algún tiempo en la Universidad Miskatonic de Arkham. De este último empleo se retiró a su casa de un barrio residencial de Boston y comenzó a vivir sus últimos años casi recluido; digo «casi», porque interrumpía su encierro de vez en cuando para hacer extraños viajes en secreto a todos los rincones del mundo, en el curso de uno de los cuales –mientras andaba por ciertos distritos poco recomendables de Limehouse, en Londres– había encontrado la muerte, al verse envuelto en una pelea repentina, de lo que parecían ser lascares o dagoites de algún barco atracado, que se acabó tan súbitamente como había empezado, dejándolo a él muerto.

Yo había recibido de vez en cuando cartas de él, escritas con una letra delgada y enviadas desde diversos lugares donde había estado: desde Nome, Alaska, por ejemplo, y Ponapé en las Carolinas, desde Singapur, El Cairo, Cregoivacar en Transilvania, Viena y muchos otros sitios. Cuando comencé a investigar sobre los antecedentes criollos, recibí una críptica postal remitida desde París, que llevaba en la parte de delante un bonito grabado de la Bibliotheque Nationale y en el reverso unas instrucciones del tío abuelo Asaph: «Si encuentras pruebas de algún culto pagano, *pasado o presente,* en el curso de tu investigación, te agradecería que recogieras todos los datos y me los enviaras en cuanto te fuera posible». Dado que, por supuesto, los criollos entre los cuales llevaba a cabo mis estudios profesaban en su mayoría la religión católica romana, no encontré datos como los que él quería, de forma que no le escribí a la dirección de Londres que me había dado. En realidad, antes de decidir siquiera si le escribía o no, me llegó la noticia de su prematura muerte.

Los efectos de mi tío abuelo llegaron dos semanas después de la noticia de su muerte: dos baúles de barco llenos hasta arriba, a juzgar por su peso. En el momento de su llegada yo estaba ocupado asimilando algunos datos básicos sobre las costumbres y el folclore de la región criolla, y por esa razón pasó más de un mes antes de que se me ocurriera abrir los baúles y hacer por lo menos un examen rápido de su contenido. Cuando por fin los abrí, descubrí que lo que contenían se podía dividir fácilmente en dos partes: una colección de «piezas» sumamente curiosas que habrían hecho las delicias de cualquier coleccionista de arte aborigen, y un fajo de notas, algunas mecanografiadas, otras con la letra delgada de mi tío abuelo, y otras que eran simples recortes y cartas.

Evidentemente, como el arte aborigen se prestaba con más facilidad al análisis, le dediqué un rato al instante.

Tras pasar cuatro horas tratando de poner algo de orden, llegué a la conclusión de que las piezas que mi tío abuelo había recogido tan concienzudamente representaban una extraña especie de progresión creativa. Mis propios conocimientos sobre tal arte aborigen eran relativamente limitados, pero mi tío abuelo había pegado las notas pertinentes en la parte de abajo o en el dorso de casi todas las piezas, salvo en las que claramente se explicaban por sí mismas, como los modelos típicos de máscaras polinesias, por ejemplo.

La división de las piezas en grupos era de por sí interesante. Había aproximadamente unas doscientas setenta y siete, teniendo en cuenta las dos o tres que podían haberse roto de forma que podían parecer dos piezas en lugar de una sola. De esta cantidad, probablemente unas veinticinco eran de origen indio americano, y un número parecido de origen indio canadiense y esquimal. Había algunas piezas sueltas que eran claramente de diseño maya, y una veintena de muestras de artesanía egipcia. Aproximadamente cien piezas procedían del corazón de África, y unas cuarenta más o menos eran de Oriente. Casi todas las demás –y por ello la mayoría procedente de un solo lugar– eran del Pacífico Sur, de Polinesia, Micronesia, Melanesia y Australia. Aparte de éstas, había una media docena de piezas cuyo origen se declaraba desconocido. Todas estas piezas eran enormemente insólitas y, aunque diferían mucho superficialmente unas de otras, parecía haber puntos de contacto entre ellas, como si se hubiera dado un oscuro desarrollo común a todos los tipos raciales y culturales representados, unos puntos que indicaban ciertas similitudes básicas entre las horrendas tallas del Pacífico Sur y los repelentes *totems* de los indios canadienses, por ejemplo; y de esta extraña relación mi tío abuelo había sido claramente consciente, como indicaban sus notas. Pero era decepcionante ver que no se advertía por ninguna parte la menor indicación clara sobre la tesis esencial de la investigación de mi tío abuelo en cuanto a estas curiosas obras de arte se refería.

Estaba claro que mi tío abuelo había dedicado especial cuidado a las piezas del Pacífico Sur, que no eran, según noté nada más verlas, las típicas variedades de máscaras, aunque sus notas no resultaban muy aclaratorias de por sí, y sólo a la luz de posteriores acontecimientos se me ocurrió alguna explicación sobre el «arte» y sus notas adjuntas. Entre las piezas del Pacífico Sur había varias que me llamaron la atención de inmediato. En el orden en que las fui observando, eran las siguientes, con las notas correspondientes:

1) Una figura humana coronada por un pájaro. «Río Sepik, Nueva Guinea. Se dice que existe la contraria, pero mucho misterio en torno. No recogida.»

2) Un trozo de tela Tapa de las Islas Tonga, con un dibujo de una estrella verde oscura sobre fondo marrón. «Primera aparición de la estrella de cinco puntas en esta región. Ninguna otra relación. Los nativos, incapaces de explicar el dibujo; dicen que es muy antiguo. Evidentemente ningún contacto aquí, puesto que ha perdido significado.»

3) Dios del pescador. «Islas Cook. *No* la típica efigie de la canoa de pescadores. Advertir falta de cuello, torso deforme, tentáculos en vez de piernas y/o brazos. Los nativos no le dan ningún nombre.»

4) *Tiki* de piedra. «Marquesas. Sugerente cabeza *batracia* de figura probablemente de hombre. ¿Los dedos son palmeados? Los nativos, aunque no la adoran, le dan significado, al parecer asociación de temor.»

5) Cabeza diminuta. «Claramente una miniatura de imágenes colosales de piedra encontradas en la ladera externa de Rano-raraku. Típico trabajo de la Isla de Pascua. Encontrado en Ponapé. Los nativos lo llaman simplemente "Dios Anciano".»

6) Dintel labrado. «Maorí de Nueva Zelanda. Arte exquisito. Figuras centrales evidentemente octópodas, pero no pulpos, sino una curiosa combinación de pez, rana, pulpo y hombre.»

7) Jamba labrada de una puerta *(talé)*. «Nueva Caledonia. ¡Advertir insinuación de estrella de cinco puntas *otra vez!*»

8) Figura ancestral. «Tallada en helecho arbóreo. Ambrym, Nuevas Hébridas. En parte humana, en parte batracia. Si es representación de un auténtico antepasado, relación evidente con el mismo culto que el de Ponapé e Innsmouth. Al mencionar a Cthulhu el dueño se asustó: no parecía saber por qué.»

9) Máscara barbada. «Original de Ambrym. Provocadora insinuación de *tentáculos, no pelo,* como "barba". Uso parecido en Carolinas, región del río Sepik en Nueva Guinea, y Marquesas. Una igual en una tienda de la zona del puerto de Singapur. *¡No estaba a la venta!*»

10) Figura de madera. «Río Sepik. Advertir *a)* nariz: un solo tentáculo que baja en espiral uniéndose a la figura por debajo de la cintura; *b)* mandíbula inferior: otro tentáculo que baja en espiral, uniéndose al torso en el ombligo. Cabeza grotescamente desproporcionada. ¿Modelo real?»

11) Escudo de guerra. «Queensland. Dibujo de laberinto. Aparentemente *a)* laberinto submarino; *b)* figura plana y antropoide insinuada al final del laberinto. ¿Tentáculos?»

12) Colgante de concha. «Papúa. Parecido al anterior.»

El barranco de Salapunco

Parecía evidente que mi tío abuelo buscaba unas tendencias muy concretas en estas piezas, pero no estaba claro si del desarrollo del arte primitivo o de algún objeto figurativo. Sin embargo, probablemente se trataba de esto último, pues entre el resto de las piezas de origen desconocido había dos que resultaban enormemente sugerentes a la vista de las enigmáticas notas de mi tío abuelo. Una era una tosca estrella de cinco puntas, hecha de un tipo de piedra gris que yo no conocía; la otra era una figura exquisitamente trabajada de apenas siete pulgadas de altura, que representaba poco menos que la visión de una pesadilla. Representaba, con seguridad, un antiguo monstruo o, más bien, la idea aborigen de un antiguo monstruo, sin duda extinguido hacía mucho tiempo en el caso de que algo que se le pareciera incluso remotamente hubiera existido alguna vez en la Tierra. La criatura tenía una forma general insinuantemente antropoide, pero su cabeza era octópoda, y su cara era una masa de antenas parecidas a tentáculos, mientras que su cuerpo parecía ser al mismo tiempo escamoso y como de goma. Sus patas traseras y delanteras tenían unas garras desproporcionadamente grandes, y algo que parecía un par de alas de murciélago daba la impresión de brotar de su espalda. Como era corpulenta, y su cara de una horrible malignidad, la figura agachada tenía una fuerza innegable: una vívida e inolvidable impresión de gran maldad, no una maldad como se entiende normalmente, sino un horror terrible, que destrozaba el alma y trascendía al mal tal y como lo conocen los meros mortales. Su aspecto resultaba quizá aún más aterrador porque la cabeza cefalópoda estaba echada hacia delante, y el aire de la figura agachada era el de una criatura a punto de levantarse, como si dijéramos, para saltar hacia delante. En su base, mi tío abuelo había pegado una sola nota breve, más desconcertante que las otras. Decía únicamente: «¿C? –¿o algún otro?». Aunque mi conocimiento de este arte primitivo era, como he reconocido, relativamente superficial, estaba seguro de que no había conexión alguna entre el arte de esta extraña figura y los tipos conocidos de arte con los cuales yo estaba tan familiarizado como cualquier persona razonablemente culta, y este convencimiento hacía que la adquisición de mi tío abuelo pareciera aún más misteriosa.

Asimismo, no había la menor indicación sobre su origen, por lo menos en lo que se refería a la figura. Lo busqué en vano, pero no apareció nada, salvo únicamente la extraña pregunta de mi tío abuelo. Además, esta figura producía la sensación y tenía el aire de una vejez enorme, incalculable; esto era innegable, pues el material con que había sido hecha era una piedra negra verdosa con motas y estrías iridiscentes que no indicaba nada que, desde el punto de vista geológico, me fuera conocido. Lo que es más, al poco se hicieron visibles, en la base de la figura, unos caracteres que al principio había tomado por marcas causadas al tallar; pero tras un largo examen quedó claro que estos caracteres no eran las cicatrices fortuitas y descuidadas de un instrumento de tallar, sino que estaban cuidadosamente grabados en la piedra: eran, en realidad, jeroglíficos o caracteres de alguna lengua que no guardaba mayor relación con la lingüística conocida que la talla misma con los tipos de arte conocidos.

No es de extrañar, quizá, que no tardara en decidirme a dejar a un lado mi estudio sobre la cultura e historia criollas por una investigación más extensa de los papeles de mi tío abuelo. Me parecía muy claro que, aunque lo hubiera hecho en secreto, estaba sobre la pista de algo, y había ciertos factores –en especial su postal requiriendo información sobre «cultos paganos» entre los criollos, y su interés en las piezas aborígenes que había conservado– que parecían indicar que el objeto de su búsqueda era muy probablemente un tipo de religión antigua que estaba tratando de rastrear a través de los siglos en los remotos puntos del mundo donde su supervivencia era mucho más probable que en en los centros metropolitanos de nuestra época.

Sin embargo, mi decisión resultó mucho más fácil de tomar que de llevar a cabo, pues los papeles de mi tío abuelo no seguían nada que se pareciera a un orden o una cronología. Yo había tenido la esperanza, por el relativo arreglo de los montones que había en los baúles, de que al menos siguieran un orden de lectura, pero tardé un tiempo considerable en llegar siquiera a una especie de orden primario, y aún más tiempo en establecer algún tipo de secuencia, aunque no había seguridad alguna de que dicha secuencia fuera correcta. No obstante, existían razones para pensar que si no lo era, al menos no podía equivocarme mucho, pues las notas de viaje de mi tío abuelo permitían establecer cierto orden de fechas, ya que era posible descubrir dónde había ido y cuál era el orden de sus viajes, una forma tan inverosímil de pasar sus últimos años, a juzgar por la vida que había llevado en su juventud y madurez.

Parecía muy probable que algún tipo de experiencia, real o asimilada, relacionada con los dos años durante los cuales estuvo enseñando en la Universidad Miskatonic, lo había llevado a ello. Pero la dirección principal de sus primeros viajes al parecer estaba en un curioso manuscrito, que evidentemente era el de un náufrago; no tenía forma de saber cómo había llegado a manos de mi tío abuelo, aunque era probable que el breve recorte de periódico que acompañaba al manuscrito pudiera haberlo puesto sobre su pista. El recorte no era más que un breve informe sobre el descubrimiento de un manuscrito en una botella; llevaba el siguiente encabezamiento:

> RESUELTO MISTERIO DE BARCO PERDIDO.
> ¡*H. M. S. ADVOCATE* HUNDIDO EN EL MAR!

y decía:

«Auckland, NZ.: 17 de diciembre – El misterio del *H. M. S. Advocate,* perdido el pasado mes de agosto, pareció quedar resuelto hoy con el descubrimiento del manuscrito escrito por el primer oficial Alistair Greenbie. El manuscrito fue descubierto por unos pescadores dentro de una botella que flotaba no lejos de la costa de Nueva Zelanda. Si bien parecía ser en gran parte el desvarío de una mente ya enferma por prolongados sufrimientos, los hechos esenciales sobre el naufragio del *Advocate* parecen ahora claros. Tras zarpar de Singapur, el barco quedó atrapado en la tormenta que se desencadenó desde las Kuriles a mediados de agosto; en ese momento se encontraba a 47° 53' de latitud Sur y a 127° 37' de longitud Oeste. La tripulación del *Advocate* se vio forzada a abandonar el buque diez horas después de desencadenarse la tormenta y mientras ésta estaba aún en pleno apogeo. A partir de entonces estuvieron a merced de las olas y, si se puede dar crédito al relato de Greenbie, de unos piratas increíblemente brutales cuyo ataque diezmó a los hombres que aún quedaban con vida cuando el bote que llevaba a Greenbie y a sus compañeros se acercaba a la orilla de una isla que probablemente era una de las islas Gilbert o de las Marianas. Sin embargo, los navegantes locales no conocen una isla como la descrita por Greenbie y se inclinan a poner en duda el relato de éste tras el forzoso abandono del barco».

El manuscrito mismo estaba escrito en las hojas más bien pequeñas de un cuaderno de bolsillo y estaba grapado. Aunque contaba de muchas páginas, estaba escrito con una letra temblorosa y no había muchas palabras en cada página. No obstante, era bastante extenso, considerando que su autor muy probablemente sufría los efectos de la intemperie y estaba más o menos convencido de que estaba condenado a morir en el mar.

«Yo soy todo lo que queda de la tripulación del *H. M. S. Advocate*, que zarpó de Singapur el 17 de agosto de este año. El día 21 topamos con una tormenta, a 47° 53' de latitud Sur y 127° 37' de longitud Oeste, que soplaba del norte y tenía una fuerza tremenda. El capitán Randall mandó subir a todo el mundo a cubierta e hicimos todo lo que pudimos, pero no podíamos hacer frente a la tormenta en un barco tan poco marinero como el *Advocate*. Al principio de la sexta guardia, diez horas después de que nos golpeara la tormenta, se dio la orden de abandonar el barco; se estaba hundiendo muy deprisa: algo le había hecho un agujero a babor y era inútil tratar de salvarlo. Salimos en dos botes. El capitán Randall iba al mando de uno, que fue el último en salir, y yo iba al mando del otro. Perdimos a cinco hombres al alejarnos del buque; las olas eran las más grandes que había visto en mi vida, y cuando el *Advocate* se fue a pique aquello se puso mucho peor.

»Nos separamos en la oscuridad, pero volvimos a juntarnos al día siguiente. Teníamos provisiones suficientes para resistir una semana, si llevábamos cuidado, y creíamos que estábamos en algún punto entre las Carolinas y las Almirantes, más cerca de estas últimas y de Nueva Guinea, así que hicimos lo que pudimos contra las olas para ir en esa dirección. Al segundo día, Blake se puso histérico y provocó un lamentable accidente: en la lucha, se perdió la brújula. Como era la única brújula para los dos botes, su pérdida fue algo muy grave. No obstante, manteníamos, según creíamos, un rumbo directo a las Almirantes o Nueva Guinea, lo que apareciera primero, pero al caer la primera noche vimos por las estrellas que habíamos desviado el rumbo hacia el oeste. A la noche siguiente seguíamos desviados, aún más, si cabe, pero no estábamos seguros de la dirección que seguíamos ni siquiera después de haber corregido el rumbo porque aparecieron unas nubes que taparon las estrellas, salvo la Cruz del Sur y Canopo, que se podían entrever borrosamente detrás de las nubes algún tiempo después de que las demás quedaran tapadas.

»Perdimos a cuatro hombres más en esos días. Siddons, Harker, Peterson y Wiles se volvieron locos. Luego, durante la cuarta noche, Hewett, que estaba de guardia, nos despertó a todos con un fuerte grito; y, cuando nos despertamos, oímos lo que él había oído: aullidos y gritos, un sonido espantoso que llegaba por el agua desde donde pensábamos que estaba el bote del capitán Randall; pero a los pocos minutos se acabó todo. Intentamos llamarlos, pero no obtuvimos ninguna respuesta; si hubiera sido que uno de los hombres se había vuelto loco, habríamos oído algo. Pero no se oía nada. Al cabo de un rato ya no lo intentamos más, simplemente esperamos a que amaneciera, todos más o menos asustados en la oscuridad, con esos horribles gritos resonando aún en nuestros oídos.

»Entonces llegó la mañana y buscamos el otro bote. Lo vimos, ya lo creo, pero no se veía ni un solo hombre a bordo. Ordené acercar el bote hasta allí, pensando que tal

El barranco de Salapunco

vez todavía quedaran hombres tumbados dentro, pero cuando llegamos al lado, no había nada, ni señales de nadie, salvo la gorra del capitán que todavía estaba ahí tirada. Examiné el bote atentamente. Lo único que noté fue que las regalas parecían *viscosas*, desde el exterior hacia dentro, como si algo hubiera subido desde el agua y se hubiera deslizado dentro del bote. No conseguí llegar a ninguna conclusión.

»Nos separamos del bote, dejándolo como lo habíamos encontrado. No teníamos fuerza suficiente para poder remolcar ese peso de más, y no ganábamos nada con ello. Ya no sabíamos en qué dirección íbamos, no sabíamos dónde estábamos, pero aún creíamos que estábamos cerca de las Almirantes. Como cuatro horas después del amanecer, Adams dio un grito y señaló hacia delante, ¡y había tierra! Remamos hacia allí, pero estaba más lejos de lo que creíamos. Hasta el final de la tarde no estuvimos lo bastante cerca como para verlo bien.

»Era una isla, pero como ninguna que hubiera visto hasta entonces. Era como de una milla de largo, y, aunque no parecía tener vegetación alguna, sí parecía haber una especie de edificio en medio de ella: sobresalía una gran columna negra, y en el borde del agua parecía haber trozos de mampostería. Jacobson tenía el catalejo y se lo cogí. Se habían levantado nubes y el sol estaba a punto de ponerse, pero aún podía ver. La isla tenía algo extraño. Parecía barro, incluso las zonas altas. El edificio también parecía raro. Pensé que el calor y la escasez de agua me estaban afectando, pero de todas formas dije que no nos dirigiríamos a la orilla hasta el día siguiente.

»Jamás llegamos a tierra.

»Esa noche le tocaba a Richardson montar guardia hasta medianoche, pero estaba demasiado débil para ocuparse de ello, así que se encargó Petrie, y Simonds se quedó con él, por si uno de los dos se dormía. Todos estábamos agotados, por haber tratado con demasiado ahínco de llegar a esa tierra y habernos excedido con las escasas raciones que teníamos, y pronto nos quedamos todos dormidos. Parecía que no llevábamos mucho tiempo durmiendo cuando un grito de Simonds nos despertó. Me levanté como un rayo y llegué a su lado.

»Estaba sentado con la mirada fija –los ojos como platos y la boca abierta– como un hombre muerto de miedo. Farfulló que Petrie había desaparecido, que algo había salido del agua y se lo había llevado del bote. Eso fue todo lo que tuvo tiempo de decir; eso fue todo lo que cualquiera de nosotros tuvo tiempo de oír. ¡Al momento siguiente se nos habían echado encima, surgiendo del agua como demonios, abalanzándose por todos lados!

»Los hombres lucharon como locos. Yo sentí que algo tiraba de mí, como un brazo escamoso con una mano al final, pero *¡juro por Dios que esa mano tenía dedos palmeados! ¡Y juro que la cara que vi era como un cruce entre una rana y un hombre! ¡Y aquella cosa tenía branquias y era viscosa al tacto!*

»Eso es lo último que recuerdo de aquella noche. Lo siguiente es que algo me golpeó: creo que fue el pobre Jed Lambert, quien, enloquecido de miedo, probablemente pensó que estaba golpeando a una de las cosas que nos abordaban. Me tumbé y me quedé tumbado y eso es probablemente lo que me salvó: las cosas me dejaron por muerto.

»Cuando recuperé el conocimiento, ya estaba entrada la mañana. La isla había desaparecido: yo estaba mar adentro, lejos de ella. Fui a la deriva durante todo el día y por la noche, y esta mañana escribí esto para, si no consigo llegar a tierra o si no soy avistado pronto, poder meterlo en la botella, y espero y ruego que alguien lo encuentre y regrese y coja a esas cosas que se llevaron a mis hombres y al capitán Randall y a sus hombres –pues no hay duda de que eso es lo que les pasó a ellos también–, arrancados de su bote por la noche por algo procedente de los infiernos acechantes que hay debajo de estas aguas malditas.

»Firmado, *Alistair H. Greenbie*
»Primer Oficial, H. M. S. ADVOCATE.»

Fuera lo que fuese lo que las autoridades de Auckland pensaron de la declaración de Greenbie, está claro que mi tío abuelo la consideró con total seriedad, pues, siguiendo un orden cronológico, había una serie muy larga de historias similares: relatos de acontecimientos extraños e inexplicables, narraciones de misterios sin resolver, de desapariciones raras, de todo tipo de hechos extraordinarios que podían aparecer impresos en miles de periódicos y ser leídos con un interés totalmente superficial por la inmensa mayoría de la gente.

En su mayor parte, estos relatos eran breves: parecía evidente que la mayoría de los editores mismos los utilizaban sólo como material «de relleno», y sin duda mi tío abuelo pensó que si la declaración de Greenbie pudo haber recibido un trato tan irrespetuoso, entonces otros artículos podían tener detrás historias parecidas. Ahora bien, habría que dejar claro que los recortes coleccionados con tanto cuidado por mi tío abuelo se parecían sólo en una cosa, que es su rareza. Aparte de esto, no había ninguna similitud aparente entre todos ellos. Los diversos relatos largos que había entre ellos trataban de asuntos de cierto interés local; eran los siguientes:

1) Un complejo de los hechos relacionados con la desaparición del doctor Laban Shrewsbury de Arkham, Massachusetts, al que se añadían diversos párrafos oscuros copiados de un manuscrito o libro, obra del desaparecido, titulado *Una investigación sobre los modelos mitológicos de los primitivos actuales con especial referencia al Texto de R'lyeh*. Por ejemplo: «El origen marino parecería innegable, pues todo relato referente a Cthulhu se relaciona de alguna manera, directa o indirectamente, con los océanos; esto es así ya sea en el caso de alguna manifestación que supuestamente proviene de Cthulhu, ya sea en el caso de un relato sobre los actos de sus seguidores. No se puede estar muy seguro de la validez de la leyenda de la Atlántida; sin embargo, existen algunas aparentes similitudes de tipo superficial que no deberían descartarse sin investigarlas. Los puntos focales de las actividades, deducidas mediante el sencillo método de marcar círculos concéntricos cubriendo diversos mapas del globo, parecerían ser ocho: 1) el Pacífico Sur, donde el centro del círculo se encuentra en o cerca de Ponapé en las Carolinas; 2) el Atlántico frente a la costa de Estados Unidos, con el centro justo frente a Innsmouth, Massachusetts; 3) las aguas subterráneas de Perú, con el centro cerca de la antigua ciudadela de los incas, Machu Picchu; 4) la región del norte de África y el Mediterráneo, cuyo centro está en las cercanías del oasis sahariano de El Nigro; 5) el norte de Canadá y Alaska, con el centro al norte de Medicine Hat; 6) el Atlántico, con el centro en las Azores; 7) la mitad sur de los Estados Unidos abarcando las islas, con el centro en el golfo de México; y 8) el suroeste de Asia, cuyo punto focal es una zona desértica de la región de Kuwait (?) que se dice que está cerca de una antigua ciudad sepultada (¿Irem, la Ciudad de las Columnas?)».

2) Una extensa investigación, con notas, aunque algo inconexas, sobre la misteriosa invasión y destrucción parcial de Innsmouth por parte de los agentes federales.

3) Un artículo de un semanario sobre la desaparición de Henry W. Akeley de su casa de las colinas cerca de Brattleboro, con alguna mención a las reproducciones horriblemente perfectas de la cara y las manos de Akeley encontradas en la silla de donde había desaparecido, y alguna mención menos destacada a unas horribles huellas que se veían en el suelo alrededor de la casa.

4) Una traducción de una carta bastante larga que había aparecido en un periódico de El Cairo referente a unas apariciones de extrañas bestias marinas entrevistas en las aguas frente a la costa de Marruecos.

Había muchos recortes más breves, pero todos ellos, como los largos, se referían a asuntos de una rareza casi estrafalaria, o insinuaban misterios asombrosos. Había relatos sobre tormentas extrañas, temblores de tierra inexplicables, redadas de policía en reuniones de tipo religioso, crímenes sin resolver de todo tipo, insólitos fenómenos naturales, narraciones de gente que había viajado por remotos lugares de la Tierra, y cientos de temas parecidos.

Además de estos recortes había diversos libros: estudios sobre la civilización inca, dos libros sobre la Isla de Pascua, y pasajes desconcertantes de libros que tenían títulos que yo nunca había oído antes: los *Fragmentos de Celaeno*, los *Manuscritos Pnakóticos*, el *Texto de R'lyeh*, el *Libro de Eibon*, el *Manuscrito de Sussex* y cosas por el estilo.

Y por último, estaban los apuntes de mi tío abuelo.

Por desgracia, eran casi tan enigmáticos como algunos de los artículos que había reunido con tanta dedicación, pero así y todo era posible llegar a algunas conclusiones en relación con ellos. No había por ningún lado un resumen conciso sobre sus hallazgos, pero estaba clara cierta progresión que llevaba a conclusiones inalterables. Por la dirección de sus apuntes, era bastante fácil colegir: 1) que mi tío abuelo estaba sobre la pista de una organización más o menos unida que adoraba a un ser en particular de entre una serie de seres relacionados, que el único objetivo específico de la búsqueda de mi tío abuelo era la sede central del culto a Cthulhu (escrito a veces Kthulhu, Clooloo, etc.) y que algunas o todas las restantes obras de arte estaban relacionadas con el culto; 2) que el culto a este ser era muy antiguo y muy maléfico; 3) que mi tío abuelo sospechaba que la figurilla de piedra extrañamente repelente de origen desconocido era la idea que algún artista aborigen tenía de este ser, Cthulhu; 4) que mi tío abuelo tenía algo más que sospechas sobre la existencia de una relación entre los funestos hechos de los artículos que había reunido y el culto a este ser o a otros similares. En relación con esto, sus apuntes resultaban singular y notablemente sugestivos, como demuestran los siguientes ejemplos:

«Se presentan ciertos paralelismos de los que se pueden sacar deducciones irrecusables e ineludibles. Por ejemplo, el doctor Shrewsbury desapareció menos de un año después de publicarse su libro sobre modelos mitológicos. El investigador británico sir Landon Etrick se mató en un extraño accidente seis semanas después de permitir que se publicara en la *Revista de lo Oculto* su ensayo en el que se indagaba sobre los "Hombres-Pez" de Ponapé. El escritor americano H. P. Lovecraft murió antes de que se cumpliera el año de la publicación de su curioso "cuento" *La sombra sobre Innsmouth*. De éstas y otras sólo la muerte de Lovecraft parece no deberse a un accidente raro. NB: Es conveniente indagar sobre la alergia de H. P. L. al frío. También advertir una fuerte aversión al mar y a todo lo relacionado con el mismo, hasta el punto de sentir malestar físico sólo con ver mariscos.

»La conclusión inevitable es que Shrewsbury y también Lovecraft –y quizás Etrick y otros también– estaban muy cerca de hacer algunos descubrimientos de suma importancia relacionados con C.»

«Advertir el curioso significado del nombre del oasis: *El Nigro*. Una traducción aproximada sería "El Oscuro", que a su vez significaría no sólo el "diablo" sino cualquier criatura de la oscuridad. NB: No existe ningún relato que sugiera que C. o los que le sirven directamente aparezcan más que de noche, salvo el relato de Johansen recogido por Lovecraft. Sólo sus lacayos aparecen de día. ¡Comparar con el escrito de Greenbie! ¿Puede haber alguna duda de que las islas vistas por Johansen y Greenbie son la misma? No lo creo. Pero entonces, ¿dónde está? No hay ningún informe procedente de Ponapé. Tampoco de Queensland. No hay mapas de ningún tipo. El relato de Johansen y el de Greenbie coinciden en que debe de estar entre Nueva Guinea y las Carolinas, posiblemente al oeste de las Almirantes. Johansen insinúa que la isla *no* está fija, sino que se sumerge y reaparece. (Si es así, ¿qué explicación tienen los "edificios"?).»

«Pruebas por todas partes, directas o indirectas, sobre "hombres" peces o batracios, particularmente en relación con ciertos hechos. Vistos en Arkham antes de la desaparición del doctor Shrewsbury. Vistos en Londres justo después de la muerte de Etrick. Greenbie habla de seres que le parecieron "¡como un cruce entre una rana y un hombre!". Los relatos de Lovecraft abundan en tales seres, y su cuento sobre Innsmouth insinúa una horrible razón por la que los servidores batracios de C. no querrían un hombre muerto, dejando así que Greenbie escapar.»

«A propósito del manuscrito de Greenbie, comparar con los relatos disponibles sobre la misteriosa desaparición del *Marie Celeste* y otros barcos. Si unas criaturas marinas podían abordar barcos del tamaño del *Vigilant* (cf. Johansen), ¿por qué no naves más grandes? Si la hipótesis es sostenible, he aquí una explicación verosímil aunque increíblemente espantosa de muchos misterios del mar, de incontables derelictos y navíos desaparecidos. NB: Por otra parte, hay que recordar que los únicos relatos que podrían constituir pruebas directas son los de unos hombres cuya mente debe de haber estado trastornada a causa de inusuales padecimiento.»

Había muchas más notas de parecida naturaleza, pero también había otras, sumamente desconcertantes, que evidentemente resultaban de estas primeras notas. A medida que mi tío abuelo se metía cada vez con mayor profundidad en su investigación, descubrí que sus notas se iban haciendo cada vez más oscuras. Por ejemplo, en un caso escribió, claramente bajo los efectos de una cierta agitación:

«¿No podría haber algún principio puramente científico relacionado con el viaje espacio-temporal que según se dice es poder de los Arcaicos? Es decir, ¿algo relacionado con el tiempo como dimensión, que convierte a C. y a los otros en unos seres totalmente extraños sujetos a otras leyes, por opuestas que sean a las leyes naturales según las conocemos nosotros?».

Y también:

«¿Qué hay acerca de la posibilidad de una desintegración atómica con una reintegración posterior a través del tiempo y el espacio? Y, si se entiende el tiempo puramente como una dimensión y el espacio como otra, las "aberturas" de las que se habla continuamente deben de ser fisuras en esas dimensiones. ¿Qué otra cosa si no?».

Pero el aspecto más inquietante de la extraña búsqueda de mi tío abuelo no aparecía en sus notas hasta los últimos meses de su vida. Entonces empezaban a hacerse patentes una marcada intranquilidad y pruebas concluyentes de que el culto o los cultos en los que mi tío abuelo estaba interesado no eran fenómenos del pasado, sino que habían sobrevivido hasta el presente, y que eran, además, decididamente malignos y perversos. Pues en el conjunto de notas aparecían algunas preguntas evidentes, escritas por él mismo, como si mi tío abuelo se estuviera preguntando cosas cuyo significado apenas podía creer.

«Si no lo vi mal», escribió en una ocasión, después de regresar de Transilvania, «mi compañero de viaje tenía un claro aspecto batracio. Sin embargo, hablaba en un francés purísimo. Nada indica dónde se subió al *Simplon-Orient*. Me costó deshacerme de él en Calais. ¿Me están siguiendo? Si es así, ¿dónde pueden haberse enterado *ellos?*». Y también: «Me han seguido en Rangoon, sin duda. El que me seguía muy escurridizo, pero, a juzgar por un reflejo en una ventana, no uno de los Profundos. Su estatura apuntaba al pueblo Tcho-Tcho, cosa lógica, puesto que se supone que su hábitat está cerca». Y una vez más: «Tres en Arkham, cerca de la Universidad. La única pregunta parece ser: ¿cuánto sospechan que sé? ¿Y esperarán a que lo publique, como en los casos de Shrewsbury, Voddennes y los demás?».

Las implicaciones de todo esto estaban totalmente claras.

Mi tío abuelo, que estaba sobre la pista de un culto extraño y maligno, había llegado a llamar su atención, y su existencia se veía amenazada por los seguidores del culto. Fue entonces, con convencimiento instintivo, cuando supe que la muerte de mi tío abuelo en Limehouse no había sido un accidente en absoluto, ¡sino un asesinato cuidadosamente planeado!

2

Voy a hablar ahora de los hechos que confirmaron mi decisión de abandonar mis estudios criollos y dedicarme en cambio al problema que había ocupado la atención de mi tío abuelo Asaph Gilman. Mi interés puramente superficial se había fortalecido ante el convencimiento de que mi tío abuelo había sido asesinado, pero cuando me puse a buscar alguna pista sobre cómo comenzar la búsqueda de sus asesinos y del culto al que pertenecían, no supe por dónde empezar. Por mucho que revisara sus papeles, no parecía haber sitio alguno o persona alguna a los que dirigirme para comenzar. A pesar de todas las terribles insinuaciones y sugerencias de los papeles y libros de mi tío abuelo, no había un auténtico punto focal; considerados en conjunto, los papeles eran más del tipo de un trabajo preliminar que llevaría a unas hipótesis y conclusiones que mi tío abuelo no había tenido tiempo de elaborar.

Lo que resolvió mis dudas, así como los puntos oscuros de los papeles de mi tío abuelo, fue una serie de sueños extraordinarios y sus resultados aún más extraordinarios. Estos sueños empezaron la noche misma en que tomé mi decisión con respecto a la investigación de mi tío abuelo que había culminado en su asesinato antes de que hubiera tenido ocasión de terminar su búsqueda. Los sueños eran de una intensidad notable, y cada uno era una unidad curiosamente perfecta, sin la confusión, la incoherencia y la increíble fantasmagoría de casi todos los sueños. Eran, de hecho, asombrosos por ser lo bastante vívidos como para no parecer sueños en absoluto, sino experiencias que trascendían las leyes naturales y en las que se veían y se oían cosas fuera de lo normal. Además, cada sueño me impresionó lo suficiente como para llevarme a ponerlo por escrito para futuras referencias mías, de manera que no se me pudiera olvidar ni el más mínimo detalle de la experiencia.

Mi primer sueño, pues, fue como sigue:

«Alguien me llamó por mi nombre.

»–¡Claiborne, Claiborne Boyd! ¡Claiborne, Claiborne Boyd!

»La voz era una voz de hombre, y parecía llegar de muy lejos y de *arriba*. Me vi a mí mismo despertar; al hacerlo, aparecieron la cabeza y los hombros de un hombre. La cabeza era la de un hombre de largo pelo blanco, sin barba, con una barbilla firme y pronunciada y labios gruesos. Tenía la nariz aguileña y llevaba unas curiosas gafas oscuras que le tapaban también los lados de los ojos. Como me había despertado, no dijo nada más, pero me indicó que mirara.

»La escena cambió: la cabeza se fue desvaneciendo y desapareció. Mi cama, mi habitación y yo desaparecimos también. El escenario que surgió en su lugar me era vagamente conocido. Yo caminaba por una calle que parecía ser Cambridge, Massachusetts. Estaba lejos de la universidad, y en un barrio donde viven profesionales. Yo tenía que ver a alguien allí, y al poco lo encontré: era un hombre alto y flaco, vestido de negro. Caminaba de un modo raro, y llevaba una bufanda y gafas oscuras. Aunque no parecía ser de Cambridge, sabía a dónde quería ir. Entró en un edificio y fue derecho a un grupo de oficinas. Las oficinas eran las de Judah y Byron, Abogados. Entró en las oficinas y pidió ver al señor Judah. Tras un momento de espera, le hicieron pasar al despacho del señor Judah.

»El señor Judah era un hombre de mediana edad que llevaba quevedos. Su pelo empezaba a encanecer en las sienes, vestía un sencillo traje gris. La tela era gabardina, el corte severo. Los oí hablar.

»—Buenas tardes, señor Smith –dijo el señor Judah–. ¿Qué puedo hacer por usted?

»La voz del señor Smith era muy rara: sonaba apagada y distorsionada, como si tuviera un defecto de habla causado por un exceso de salivación. Dijo:

»—Tengo entendido que es usted el albacea testamentario de Asaph Gilman, señor, ¿no es así?

»El señor Judah asintió.

»—El señor Gilman estaba realizando un trabajo en el que yo, como colega, tengo un profundo interés. Conocí al señor Gilman en Viena hace más de un año, y se me dio a entender en esa ocasión que tenía papeles y notas sobre el progreso de su trabajo. Estos papeles no pueden tener interés alguno para nadie salvo para un investigador de su misma línea. ¿Puede usted decirme si existe alguna posibilidad de que yo pudiera obtenerlos de la herencia del señor Gilman?

»El señor Judah hizo un gesto negativo con la cabeza.

»–Lo siento, señor Smith, pero los papeles del señor Gilman han pasado a un pariente, por orden especial suya.

»–¿Quizá podría ponerme de acuerdo con él para comprárselos?

»–Eso no es competencia nuestra, señor Smith.

»–¿Puede darme usted su dirección, señor?

»Aunque el señor Judah vacilaba, al final dijo:

»–No veo nada malo en ello –y le dio mi nombre y dirección.

»La escena se desvaneció y regresó la cabeza del anciano de pelo blanco. Me dijo que cuidara los papeles, que los escondiera en un lugar seguro. Luego el sueño se terminó».

Ahora bien, en sí mismo, un sueño así no sería raro, después de mi prolongado estudio de los extraños papeles de mi tío abuelo. Pero su extraordinaria viveza me causó tal impresión, no sólo al despertarme una vez terminado el sueño, sino durante toda la mañana siguiente, que por fin me vi obligado a poner una conferencia al propio señor Judah y preguntarle si alguien había preguntado por mí.

–¡Mi querido señor Boyd, qué coincidencia! –su voz me llegó a través del cable exactamente con el mismo tono que el señor Judah de mi sueño–. Estuvo un hombre aquí ayer preguntando por usted, o, más bien, por los papeles de su tío abuelo. Un tal señor Japhet Smith. Nos tomamos la libertad de darle su dirección. Probablemente se trate de un chalado, pero evidentemente es inofensivo. Parecía querer comprar los papeles de su tío abuelo o al menos consultarlos.

Como se puede suponer, esta confirmación de mi sueño me sorprendió muchísimo. Ya no tenía la menor duda de que «el señor Japhet Smith» no era en absoluto un colega investigador, sino un representante de la misma secta maligna que había causado la muerte de mi tío abuelo. Si tal era el caso, seguramente vendría a Nueva Orleans por los papeles. ¿Qué hacer, pues? No era probable que se fuera a echar atrás si yo me negaba a vendérselos, sino que sin duda emplearía otros medios para hacerse con ellos. Decidí, por tanto, no perder ni un segundo en volver a ordenar y empaquetar los papeles de mi tío abuelo y trasladarlos de mi casa a algún escondrijo donde Smith o cualquiera de sus camaradas no tuvieran probabilidades de descubrirlos.

Pasé la tarde, por ello, revisando los papeles una vez más, y, al hacerlo, me encontré dos anotaciones muy curiosas en los reversos de unos sobres. Eran más enigmáticas de lo normal, y ambas se referían claramente al mismo tema. La primera, hecha evidentemente mientras mi tío abuelo estaba en El Cairo, decía simplemente: «¿Andrada? ¡No puede ser!». La segunda, hecha durante su última estancia en París, justo antes de su fatídico viaje a Londres, decía: «Preguntad a Andros sobre Andrada». En estas anotaciones reconocí por fin un camino por donde continuar la búsqueda de mi tío abuelo. ¿Pero quién era Andros? ¿Y dónde estaba?

Redoblé mis esfuerzos por encontrar más información en los papeles que tenía delante, alguna otra pista sobre la identidad de Andros o de Andrada, pero no había nada. Sin embargo, dado que ambos nombres eran de origen latino, parecía bastante razonable deducir que los que los llevaban vivían en algún país de habla española o portuguesa; y, como en el curso de sus viajes mi tío abuelo había estado poquísimo tiempo en España y Portugal, era mucho más probable que estos últimos sujetos en los que estaba interesado vivieran en algún otro punto del globo, desde las Azores hasta Sudamérica. Parecía indicado que con toda probabilidad se tratase de Sudamérica, puesto que había suficientes alusiones en los papeles de mi tío abuelo que indicaban que su próximo viaje se realizaría a algún lugar de Sudamérica.

Pero ya no me quedaba mucho tiempo para seguir especulando, pues se estaba acabando el día y todavía quedaba mucho por hacer para preparar los papeles para su traslado. Me empujaban no sólo mi curioso sueño y su confirmación, sino también un convencimiento aún más extraño de que no me podía permitir perder un solo momento. Trabajé, por ello, a toda prisa, y al acabar el día ya había terminado. Cierto, me había aprendido de memoria algunos datos de los papeles de mi tío abuelo, pero había vuelto a empaquetar todos sus libros y los propios papeles, y al anochecer de aquel día había hecho que los llevaran a la oficina local del expreso y que los guardaran durante noventa días, pagando por adelantado todos los gastos, con un pago adicional para cubrir la siguiente orden: que, si no se requerían los dos baúles dentro del plazo establecido, deberían ser enviados a la biblioteca de la Universidad Miskatonic de Arkham. A continuación, cogí todos los recibos y me los envié a mí mismo a la dirección de Judah y Byron, con una breve nota de instrucciones mandada aparte.

Cuando regresé a mi apartamento, ya era de noche. ¿Eran imaginaciones mías o había habido alguien acechando a escondidas fuera del edificio donde yo vivía? El señor Japhet Smith no podía haber tenido tiempo de llegar a Nueva Orleans. Eché a un lado mis fantasías y subí con decisión hasta mi apartamento, casi esperando encontrarme pruebas de una visita nada grata. Pero no había nada, y me permití sonreír ligeramente ante la forma en que los raros papeles de mi tío abuelo y mi extraño sueño me habían impresionado; ligeramente, porque recordé que, si mi tío abuelo había estado en lo cierto al pensar que la secta de Cthulhu tenía miembros por todo el mundo, seguramente no era imposible que hubiera algunos en Nueva Orleans ¡y que Smith bien podía haberse puesto en contacto con uno de ellos a través de un telegrama! Y, además, ¿no me había pedido mi tío abuelo que estuviera alerta ante cualquier indicación de cultos extraños y paganos, con lo que seguramente se refería al de Cthulhu y esos otros seres nebulosos?

Apagué la luz y me acerqué a la ventana, apostándome detrás de los diáfanos visillos para mirar hacia la calle. El barrio donde vivía era uno de los más antiguos de Nueva Orleans; sus casas eran bonitas, aunque anticuadas; estaban habitadas por artistas, escritores y estudiantes, en su mayoría, y algunos fanáticos de la música, desde los inmortales hasta los *blues,* estaban también domiciliados en el vecindario. La calle, por tanto, solía estar animada a todas horas, y ahora, entre las nueve y las diez de la noche –una hora todavía relativamente temprana–, no faltaba gente. Tardé un rato en aislar a alguien que no pareciera pertenecer a la calle. Así y todo, no estaba seguro. Pero ciertamente había un individuo, no muy visible, que realmente podía estar vigilando la casa, y mi apartamento en especial. Caminaba subiendo despacio por un lado de la manzana y bajando por el otro, y aunque nunca miraba en dirección a la casa, estaba al tanto de cada vez que se abría y cerraba la puerta: estaba tan seguro de esto como si hubiera sido un conocimiento irrefutable. También me llamó la atención su forma de andar, que era curiosamente arrastrada, como la de Japhet Smith en mi sueño, y, lo que era aún más terrible, similar a la forma de andar atribuida a los seguidores batracios de Cthulhu en varios de los informes que formaban parte de los papeles de los cuales me había deshecho temporalmente.

Me aparté de la ventana, muy confuso. Como carecía de datos, no podía enfrentarme a un tranquilo paseante en la calle, que me podía poner en un aprieto al resultar ser un poeta en busca de la musa, lo cual probablemente sería una explicación tan natural y tan fácil de aceptar como cualquiera que se pudiera ofrecer. No era demasiado inverosímil suponer que pudiera llevar a cabo algún intento de llegar a mi habitación. Sin embargo, tras estar sentado un rato en la oscuridad tratando de decidir lo que yo haría si me encontrara en su lugar, llegué a la conclusión de que, si el tipo de abajo era realmente un vigilante, el curso de los acontecimientos debía de haber sido el siguiente. Smith había telegrafiado para poner mi apartamento y a mí bajo vigilancia; el vigilante había llegado por casualidad mientras yo estaba ausente con los baúles, y ahora se quedaría, tal vez relevándose parte del tiempo con alguien más, hasta que el propio Smith llegara. Posiblemente los miembros de la secta no estaban deseosos de provocar «incidentes» gracias a los cuales cualquier persona lo bastante curiosa como para buscarlos pudiera obtener pistas sobre su existencia; por ello, no parecía probable que se llevara a cabo ningún tipo de asalto hasta que Smith se hubiera convencido de que no le quedaba otro camino.

No obstante, esperé a oscuras hasta medianoche; sólo entonces, cuando la calle quedó desierta y ya no podía divisar al vigilante, me atreví a acostarme.

Esa noche tuve el segundo sueño, que fue aún más pasmoso que el primero, aunque su significado pleno no se me haría claro hasta varios días después. Como en el caso del primero –especialmente tras la confirmación de ese primer sueño– escribí una relación total y completa de él:

«El sueño comenzó exactamente igual que el primero.

»El hombre de pelo cano y gafas oscuras apareció como la otra vez. En esta ocasión lo rodeaba algo más que una neblina. Al fondo se alzaba lo que parecía ser un gran edificio de algún tipo. No estaba claro si el fondo era un interior o un exterior, pero había una imagen borrosa de algo que parecía ser una enorme mesa de piedra entre la cabeza y el edificio de detrás. Era un edificio de construcción totalmente extraña: una gran cámara abovedada, en caso de ser un interior, cuyas aristas de piedra se perdían en las sombras de arriba; parecía haber una ventana redonda de tamaño colosal y columnas gigantescas a cuyo lado la cabeza resultaba increíblemente insignificante. Había estanterías que albergaban libros inmensos a lo largo de las paredes; se veían extraños jeroglíficos en sus lomos. De forma difusa, parecía que se observaban grabados en las monstruosas paredes megalíticas de granito, cuyas piezas parecían ser bloques con la parte superior convexa sujetos por unas hiladas de base cóncava perfectamente encajadas. No se veía el suelo por ninguna parte, pero tampoco se veía nada por debajo del pecho del individuo que me llamaba.

»Se me dijo que prestara mucha atención.

»La escena se desvaneció. De nuevo apareció una calle conocida. Esta vez la reconocí al instante. Era una calle de Natchez, Mississippi, donde yo había estudiado antes de acometer mis estudios criollos en Nueva Orleans. Me parecía estar avanzando por la calle, pero nadie se percataba de mi presencia. Apareció la oficina de correos. Entré en ella. Atravesé el vestíbulo, pasé ante las hileras de buzones y entré en el interior de la oficina. El administrador de correos y sus ayudantes estaban trabajando. Nadie se dio cuenta de que yo estaba allí.

»Entonces pasó algo muy raro. La estantería donde se colocaban las cartas para su envío desde la oficina de correos dio la impresión de desvanecerse, y caída detrás de los estantes vi una gruesa carta. Iba dirigida a mí, y reconocí la letra como la de mi tío abuelo. Llevaba matasellos de Londres, del día antes de su muerte. Inmediatamente estuvo claro lo que pasaba. La carta –como la última postal de mi tío abuelo desde París– había sido enviada a mi dirección de Natchez, y reenviada desde allí, pues llevaba mi dirección de Nueva Orleans junto a la dirección tachada de Natchez, pero por alguna razón se había caído y la habían pasado por alto. Ahora ya no la veía nadie de la oficina de correos.

»Una vez más oí la voz del hombre de las gafas negras. Esta vez me dijo que atendiera a cada una de sus palabras.

»—Señor Boyd —dijo, en tono amistoso pero insistente—, debe hacer usted exactamente lo que yo le diga. Como sabe, su apartamento está vigilado. Mañana el señor Smith irá a verlo; no es necesario que lo vea usted. Mañana, en algún momento, prepárese para dejar sus habitaciones sin necesidad de regresar a ellas, asegúrese de que no lo siguen y vaya a Natchez. Recupere la carta en la oficina de correos. Es de su tío abuelo y está lo bastante clara como para permitirle seguir instrucciones si todavía sigue decidido a hacerlo. Tenga el máximo cuidado de que esa carta no se extravíe.

»Luego la voz se apagó».

Vaya como tributo a la intensidad del sueño el que ni por un momento puse en duda su validez: desde el instante en que me desperté en la oscuridad de mi habitación, supe que la última carta de mi tío abuelo estaba perdida en la oficina de correos de Natchez, y supe también que, al amanecer, me dispondría a seguir las instrucciones exactas especificadas por mi mentor onírico: ir a Natchez y leer la última carta de mi tío abuelo con toda la intención de seguir cualquier instrucción que pudiera contener.

A pesar de una insistente curiosidad por encontrarme cara a cara con Japhet Smith, me daba perfecta cuenta de que una vez que supiera que yo no deseaba separarme de los papeles de mi tío abuelo, me sería triplemente difícil por no decir imposible evitar ser perseguido. Por tanto, con cierta desgana eludí al que me seguía al día siguiente: pues me estaban siguiendo; no me cabía la menor duda sobre ello; y el que me seguía era un individuo de aspecto indecentemente repugnante: de boca ancha, frente aplastada, ojos sin párpados y casi sin orejas, con una extraña especie de piel correosa. No tuve dificultades para hacerlo gracias a uno de los métodos más clásicos de eludir una persecución: entrar en un edificio por una puerta y salir por la otra.

Por supuesto, en Natchez no podía dar a entender que conocía la existencia de la carta perdida de mi tío abuelo, pero me limité a explicar que había llegado desde Nueva Orleans para preguntar por una carta que debería haber recibido, y por fin conseguí, gracias a mis fervorosos y angustiados ruegos, que miraran detrás de la estantería donde sabía que estaba. Allí la encontraron, entre disculpas atónitas, y me la entregaron. Para entonces, yo ya había dejado de preguntarme cómo había llegado a saber

El barranco de Salapunco

esto y los hechos acerca de Smith: estaba clarísimo que mis sueños no eran experiencias oníricas corrientes, pero no podía comprender qué poder me hacía adquirir estos conocimientos oníricos.

Sin embargo, lo concreto de la carta que tenía en la mano primó sobre la especulación. La abrí ansioso y la leí. Un vistazo me bastó para asegurarme de que era de la máxima importancia en lo que se refería a la extraña búsqueda de mi tío abuelo, y que había sido escrita en un momento de gran tensión, cuando mi tío abuelo ya no tenía dudas sobre la identidad de sus perseguidores, y cuando ya albergaba sospechas en cuanto a lo que iba a ser su destino.

«Mi querido sobrino», había escrito con una letra algo más grande que su pequeña escritura de costumbre, sin duda a causa de la agitación, «pienso que a mí me incumbe tomar las medidas que me puedan asegurar algún éxito en la investigación que he estado realizando durante muchos meses, aunque sea después de muerto, pues es seguro que me siguen los pasos algunos de los Profundos día y noche. Hace algún tiempo estipulé en mi testamento que recibieras mis papeles, así como un modesto estipendio para ayudarte en tu tarea, tanto si seguías mi propio curso como si no. Me apresuro ahora a ponerte en antecedentes sobre la naturaleza de esa tarea.

»Hace tiempo –baste decir que fue tras mi retiro de Harvard– di con un libro curiosísimo y raro, el *Necronomicón*, de un árabe, Abdul Alhazred: un libro sobre el cual, quizás, cuanto menos se diga, mejor, pues trataba de una religión muy antigua, de cultos y ritos de adoración, tejiendo una mitología completa que a primera vista parecía ser análoga a la conocida historia de la Creación, pero que no tardó en remover cosas que tenía muy ocultas en la memoria, de forma que antes de darme cuenta, me encontré profundamente inmerso en la mitología de que trataba. Esto ocurrió, francamente, porque conocía ciertos hechos que parecían verificar de una forma muy extraña algunas de las cosas sobre las que se había escrito hacía tantos siglos, y decidí, por ello, estudiar el tema con más atención; uno de esos impulsos que a menudo asaltan a los profesores retirados. ¡Ojalá me hubiera apartado de aquel libro maldito y lo hubiera olvidado!

»Pues no sólo desenterré pruebas sobre ciertos hechos detestables referentes al libro y otros textos relacionados que estuve estudiando, sino que descubrí que todavía sectas de algunos pueblos se dedicaban a servir a unos antiguos seres en nuestra propia época. Y averigüé la verdad de aquel extraño pareado escrito por el árabe:

No está muerto lo que eternamente puede dormir,
Y con extrañas eras aun la muerte puede morir.

»Queda demasiado poco tiempo para contártelo todo. Créeme cuando digo tan sólo que parecería que existen pruebas irrefutables e innegables de que este planeta, junto con otros planetas y estrellas de éste y otros universos, estuvo en un tiempo habitado por seres que no eran del todo de carne y hueso, o al menos no del tipo de carne y hueso que nosotros entendemos, y no del todo de materia según la entendemos nosotros, seres llamados los Primordiales, cuyas huellas aún se encuentran en lugares remotos de este mundo; las figuras de la Isla de Pascua, por ejemplo; seres que habían sido expulsados de las estrellas más viejas por los Dioses Arquetípicos, que eran benévolos, mientras que los Primordiales o Arcaicos tenían intenciones malignas en lo que a la humanidad se refiere. No tengo tiempo ni espacio para resumirte toda esta mitología. Baste decir que estos Primordiales no murieron, sino que fueron aprisionados o se refugiaron –esto no está claro, pero probablemente se trate de lo primero– en grandes lugares subterráneos de la Tierra y en otras estrellas, y según cuenta la leyenda "cuando las estrellas estén bien", es decir, cuando las estrellas vuelvan a estar en la posición en que estaban en el momento de la desaparición de los Primordiales (un ciclo, como si dijéramos), entonces volverán a surgir, pues el camino les ha sido dispuesto por sus servidores de la Tierra.

»De ellos, el más terrible se llama Cthulhu. He encontrado pruebas de que existe la creencia de Cthulhu en todos los puntos del globo: en el lejano norte algunos esquimales realizan un ritual para el demonio supremo o tornasuk, una imagen del cual tiene un llamativo parecido con esos espantosos bajorrelieves que se suponen típicos de los Primordiales en cuanto al aspecto; en los desiertos de Arabia, así como en Egipto y Marruecos, se adora a un temible ser marino; en zonas extrañas y atrasadas de nuestro propio país existe una diabólica adhesión a una antigua creencia en unas cosas mitad rana, mitad hombre; y así, sin acabar nunca. Terminé por convencerme de que el culto a Hastur, Shub-Niggurath y Yog-Sothoth estaba menos extendido que el de Cthulhu, y me dispuse a descubrir cuantos reductos de este culto fuera posible.

»Reconozco que al principio lo hice por motivos absolutamente impersonales. Pero, cuando llegué al terrible conocimiento final –que estos servidores se estaban preparando para abrir las puertas del tiempo y el espacio para unos seres sobre los cuales nuestra propia ciencia no sabe nada y contra quienes es muy probable que se encuentre impotente–, dejé de ser impersonal y me puse conscientemente a tratar de averiguar la identidad del más potente de los grupos que siguen y sirven al culto de Cthulhu, y al jefe de ese grupo, dispuesto a hacer todo lo que estuviera en mi poder para acabar con las actividades de ese grupo, incluso si tenía que exterminar a su jefe por mi cuenta.

»Aunque estoy próximo a descubrir su identidad, todavía estoy demasiado lejos. De algún modo esos infernales hombres-rana u hombres-pez, comoquiera que se llamen, conocidos como los Profundos, que se cuentan entre los servidores más cercanos de Cthulhu, han descubierto mis actividades. No sé si están al tanto de mis intenciones; no pueden estarlo, pues hasta ahora no lo he puesto por escrito ni lo he confesado. Pero me están vigilando —como han estado vigilándome desde hace meses— y creo que puede que no me quede mucho tiempo.

»No sirve de nada abrumarte con más detalles.

»Sólo quiero decir que si decides seguir adelante, creo que el punto focal de actividades más probable se halla ahora en Perú, en la región inca más allá de la antigua fortaleza de Salapunco. Lo primero que debes hacer es ir a Lima y visitar al profesor Vibberto Andros de la Universidad de allí; dile que te he enviado yo o, mejor aún, enséñale esta carta y pregúntale sobre Andrada».

Eso, aparte de su firma, era toda la carta. La acompañaba un mapa toscamente dibujado de un territorio que me era totalmente desconocido, y sin clave de identificación.

3

El profesor Vibberto Andros era un hombre bajo y delgado, de aspecto venerable, sedoso pelo blanco y cara ascética. Tenía la piel morena, pero no cetrina, y sus ojos eran negros. Leyó la carta de mi tío abuelo muy despacio, pero con un interés que no se esforzó por disimular. Cuando por fin la acabó, movió la cabeza compasivamente y me dio el pésame por la muerte de mi tío abuelo, de la que se acababa de enterar por la carta.

Le di las gracias y le hice la pregunta que tenía que hacerle, sin hacer caso de la convicción interna que tenía: si, en su opinión, mi tío abuelo padecía trastornos mentales.

—No lo creo –replicó prudentemente. Luego se encogió de hombros y añadió–: ¿Pero quién puede juzgar este... como lo llama usted... «trastorno mental»? Ninguno de nosotros, sin duda. ¿Lo piensa usted tal vez por esto –golpeó la carta con un dedo– y sus papeles? Pues mucho me temo que estas cosas sean ciertas, tal y como él las ha escrito. No sé hasta qué punto, ni si más o menos. Su tío abuelo no era el único que creía esto. Y hay libros, manuscritos, documentos: raros, bien cuidados en algunas de nuestras grandes bibliotecas, rara vez consultados. Pero están ahí, escritos por personas que distan entre sí siglos en el tiempo, espacios incalculables, y todos tratan de los mismos fenómenos. No puede ser una coincidencia, ¿verdad?

Admití que no era probable y le pregunté sobre Andrada.

Enarcó las cejas.

—Me desconcierta que quisiera que usted preguntara sobre él. No sé por qué desea saberlo. Andrada, fray Andrada, es un sacerdote, un misionero entre los indios del interior. A su modo es un gran hombre, posiblemente incluso un hombre santo, aunque la Iglesia no se decide a reconocerlo como tal: la Iglesia es enormemente cautelosa en asuntos de esta índole, como sin duda sabe usted, y es una buena actitud, puesto que cabe presumir que es infalible en asuntos espirituales, y no puede permitirse cometer un error. Andrada ha trabajado muchos años entre los indios, y tengo entendido que sus conversiones se cuentan casi por millares.

–Por alguna razón mi tío abuelo pensaba que usted podría darme sobre Andrada alguna información que él buscaba –dije, eligiendo las palabras con cuidado–. ¿Sería posible verlo en persona? ¿Está en Lima?

–Estoy seguro de que lo recibiría a usted, sin duda. Pero el problema es encontrarlo. Su trabajo lo lleva a los puntos más apartados del país, y, como sabe, tenemos muchos, puesto que la mayor parte de Perú está a lo largo de la costa, y las montañas son difíciles y traicioneras, incluso para muchos de los descendientes de los incas.

A continuación le hice más preguntas sobre los modelos mitológicos que había estado investigando mi tío abuelo, y, en el curso de nuestra conversación, se me ocurrió preguntar a mi anfitrión si conocía a alguien que cuadrase con la descripción de mi mentor onírico. Nada más mencionar las características gafas oscuras, el profesor Andros asintió y sonrió.

–¿Quién podría olvidarlo, realmente? Un hombre muy sabio. Lo conocí hace muchos años en Ciudad de México en un congreso para educadores que se celebraba allí. Me impresionó mucho.

–¿Un sudamericano, pues?

–Al contrario, un paisano de usted. El doctor Laban Shrewsbury, de Arkham, Massachusetts.

–¡Pero si está muerto! –exclamé involuntariamente–. ¡No puede ser!

El profesor Andros me clavó sus ojos negros y me miró fijamente largo rato antes de responder.

—No sé. He dicho que era un hombre muy sabio: no me refiero a la mera asimilación de conocimientos. Desapareció, creo, y su casa ardió. Pero antes de eso desapareció durante veinte años, y volvió a aparecer, tras lo cual desapareció una vez más, y entonces su casa quedó destruida. No se estableció ningún *corpus delicti:* no se descubrieron restos de ningún cuerpo humano en las ruinas ni en ninguna otra parte. Creo que un hombre sabio sólo podría llegar a la conclusión de que su muerte no fue probada.

Entornó los párpados y continuó.

—Pero cuando dice usted que no puede ser, debe de tener alguna razón. ¿Cuál es? ¿Es que lo ha visto?

Interrogado de un modo tan franco, expliqué en términos generales y brevemente mis experiencias oníricas.

Escuchó con serio interés, asintiendo de vez en cuando.

—La descripción es correcta —dijo cuando hube terminado—. La idea del hombre parece estar bien. Me fascina la descripción que ha hecho de lo que tenía detrás, más de lo que se imagina. ¡Gigantescas cámaras antiguas! ¡Qué idea! Y seguro que no es de la Tierra.

—¿Cómo se pueden explicar racionalmente tales sueños? —inquirí.

Sonrió cansado.

—Muchacho, ¿cómo se puede explicar racionalmente el propio yo? A mí no me pregunte.

Saqué el mapa que mi tío abuelo había remitido junto con su última carta y lo extendí ante el profesor sin decir nada. Lo estuvo mirando largo rato, siguiendo las líneas toscas, dibujadas apresuradamente, contemplando con atención los cuadraditos, los que tenían cruces y los que no, y los círculos y rectángulos. Por fin colocó un delicado dedo índice sobre el mapa y se puso a seguirlo.

—Aquí —dijo—, está Lima. Éste es el camino a las montañas, a Cuzco, y de allí a Machu Picchu, y de allí a Sachsahuaman. Ahí está Ollantaytambo, y a lo largo de aquí la Cordillera de Vilcanota. Por aquí, sin duda, está Salapunco. El objetivo del mapa sería la zona que hay más allá: el camino termina ahí.

—¿Y qué región es ésa?

—Una región en su mayor parte desconocida, y en su mayor parte deshabitada. Es curioso este mapa. Ahora mismo hay mucho malestar entre los indios de allí: ese tipo de malestar que no tiene significado, pero que es una continua amenaza. Él no podía haberlo sabido.

Pero yo sabía intuitivamente que mi tío abuelo sí lo había sabido: de qué manera era algo que yo no sabría decir.

Y estaba seguro de que no había venido al sitio equivocado, ¡que las investigaciones de mi tío abuelo lo estaban llevando a la verdadera fuente del secreto resurgimiento mundial del culto a Cthulhu! Debía ir al interior como fuera.

—¿Cómo reconoceré a Andrada cuando lo vea? —pregunté.

El profesor Andros me puso delante una vieja fotografía del sacerdote. Había sido recortada de un periódico y mostraba a un hombre de ojos y boca ardientes y fanáticos, de aspecto casi ceñudo: su ascetismo e intensidad eran patentes en cada rasgo de su cara.

—Si va usted más allá de Machu Picchu, tenga cuidado. ¿Tiene usted armas?

Asentí.

—No necesitará guías hasta después de Cuzco. Me gustaría que me mantuviera usted al tanto de sus progresos. Encontrará corredores en Cuzco que pueden viajar desde su campamento con cartas que se pueden enviar del modo normal desde Cuzco.

Le di las gracias y regresé a mi hotel, cargado de libros que me había dado: libros que contenían transcripciones del *Manuscrito de Sussex,* los *Fragmentos de Celaeno* y los *Cultes des Goxies* del Comte d'Erlette; libros que contenían en sus páginas la increíble leyenda de los Dioses Arquetípicos y la forma en que desterraron a los Primordiales de Betelgeuse: Azathoth, el dios ciego e idiota; Yog-Sothoth, el Todo en Uno y el Uno en Todo; el Gran Cthulhu, del que se dice que yace soñando en su morada del sumergido R'lyeh; Hastur el Inefable, Aquel A Quien No Se Debe Nombrar, oculto en una estrella oscura cerca de Aldebarán; Nyarlathotep, que mora en la oscuridad; Ithaqua, que cabalga los vientos por encima de la tierra; Cthugha, que regresará desde Fomalhaut; Tsathoggua, que aguarda en N'kai; todos, todos esperando el momento propicio y las actividades de sus servidores secretos entre los hombres para regresar a sus dominios; una tradición grotesca del pasado remoto, pero un tradición con una cantidad tan incalculable de pruebas que la respaldaban y que venían desde los tiempos más remotos hasta el presente que producía un horror blasfemo por su indecencia. Entendía muy bien el deseo de mi tío abuelo de lograr su propósito, y comprendía su impasibilidad ante la perspectiva de enfrentarse a la muerte, el tono despreocupado con que podía escribir sobre ello ante la urgencia inherente a su deseo de hacer todo lo que estuviera en su poder para evitar el alzamiento de los lacayos de Cthulhu. Estuve leyendo hasta bien entrada la noche, cuando el hotel ya llevaba mucho tiempo en silencio e incluso el zumbido somnoliento de la vida nocturna de Lima se había apagado.

Aquella noche tuve la tercera aparición en sueños de mi mentor.

El doctor Shrewsbury apareció como las veces anteriores, anunciando su llegada llamándome por mi nombre. Esta vez no hubo ningún cambio de escena, sino solamente la única estancia inmensa del sueño anterior, con la cabeza y los hombros del doctor destacados contra aquel fondo extraño e impresionantemente sobrenatural. Me habló largo rato, advirtiéndome que no comunicara a nadie mi propósito de buscar a Andrada, recomendándome encarecidamente que tuviera el máximo cuidado, y que, una vez convencido de haber alcanzado el objeto de mi búsqueda, no tardara en actuar. El líder de la secta debía morir, y debía provocarse la mayor destrucción posible en el cuartel general de la secta, que estaba en las profundidades del interior pasada la antigua fortaleza de Salapunco.

A continuación me dijo que me sería prácticamente imposible huir de este país. Pero existía un modo de poder lograrlo. Debía esperar antes de emprender mi expedición al interior de Perú hasta que tuviera en mi poder tres cosas, que me serían entregadas dentro de un día más o menos. Estas cosas eran, en primer lugar, una ampolla de un hidromiel dorado que me dejaría insensible para poder viajar por el espacio más allá de la Tierra; en segundo lugar, una estrella de cinco puntas; en tercer lugar, un silbato. La estrella de piedra, explicó, me protegería de los Profundos y otros lacayos de Cthulhu, pero no del propio Cthulhu o sus servidores personales. El silbato llamaría en mi ayuda a una gigantesca criatura voladora que me transportaría a un lugar donde mi cuerpo quedaría en una muerte aparente durante una eternidad, mientras que mi esencia se reuniría con el doctor Shrewsbury al otro lado de los abismos del espacio interestelar. Tras haber logrado mi propósito, y antes de que la venganza de los supervivientes pudiera caer sobre mí, debía beber el hidromiel, llevando la estrella de piedra, tocar el silbato y repetir una extraña fórmula: «*¡Iä! ¡ Iä! ¡Hastur! ¡Hastur cf'ayak 'vulgtmm, vugtlagln, vulgtmm! ¡Ai! ¡Ai! ¡Hastur!*», sometiéndome a lo que ocurriera después sin temor.

Por extraordinario que fuera este sueño, lo que pasó a continuación lo fue aún más.

Hacia el amanecer, me despertó –según lo soñé– el ruido de unas grandes alas. Entonces, en la ventana de mi habitación, vi un ser alado horrible, monstruoso; de su lomo se bajó un joven. Entró en la habitación por la ventana, puso algo sobre mi escritorio y salió por donde había venido. La cosa con alas, de la cual sólo podía ver una parte muy pequeña, se lo llevó inmediatamente fuera de mi vista, mientras el ruido de sus alas iba disminuyendo a gran velocidad.

Dos horas más tarde, cuando me desperté, me acerqué sin convicción al escritorio, y allí, exactamente donde lo había soñado *–¿o no lo había soñado?–* había tres objetos: un silbato, una ampolla de líquido dorado y una pequeña piedra en forma de estrella de color gris verdoso, ¡el duplicado exacto de aquella piedra que estaba entre la colección de piezas de mi tío abuelo que ahora estaban guardadas en Nueva Orleans!

Emprenderé el viaje hacia el interior antes de que acabe el día.

4

9 de noviembre

Querido profesor Andros:

He acampado cerca de Machu Picchu y, aunque no llevo aquí más que siete horas, ya he tropezado con algunos hechos curiosamente inquietantes. Ha sido a través de uno de los guías contratados para mí gracias a ese tipo, Santos, que usted me recomendó. Ayer, mientras nos dirigíamos a la antigua ciudadela inca, paré a algunos nativos por el camino y les pregunté si conocían el paradero de fray Andrada. Santiguándose, señalaron a sus espaldas, en la dirección que nosotros seguíamos, pero no me pudieron dar una información precisa. Sin embargo, el guía en cuestión se me acercó no mucho después y confesó que había oído mi pregunta y que, si no me daba miedo dejar el camino al llegar a Machu Picchu, me llevaría a ver a su hermano mayor, que estaba enfermo en su choza de la montaña no muy lejos de allí.

Dije que no me daría miedo; de modo que, en el lugar indicado, cabalgué con él unas tres millas desviándonos del camino que estábamos siguiendo, y encontramos a su hermano tal y como había dicho. Huelga decir que los dos hombres son de sangre quechua-ayar; el hermano, que me dio la impresión de estarse muriendo, era un converso al catolicismo –uno de los de Andrada– aunque mi guía, hombre mucho más joven, no lo era. Al saber que estaba buscando a Andrada, al principio se mostró muy reacio a hablar, pero en cuanto supo que yo no conocía a Andrada personalmente y que no era un seguidor del sacerdote, se puso a hablar rápidamente, como si temiera no tener el tiempo suficiente para contarme todo lo que deseaba decir.

No puedo reproducir aquí su forma de hablar, por supuesto: hablaba en un español embarullado y la esencia de lo que tenía que decir era sumamente desconcertante. Confesó sentir una gran admiración por Andrada, rayana casi en la veneración. Pero Andrada, dijo, estaba muerto. Ya «no era como había sido antes». Andrada no era Andrada: era otro, cuyas palabras melosas enseñaban cosas malas. Dijo que sabía dónde estaba escondido un «papel» de Andrada y, si yo podía prescindir de su hermano, lo enviaría hasta allí para traérmelo. Tardaría dos días a pie desde este lugar. Naturalmente, consentí de buena gana, y el guía se ha ido ahora a cumplir su misión.

Me apresuro a informarle a usted de esto. Por el momento no sé qué pensar de ello, pero el viejo indio estaba muy agitado, y no se puede dudar de su sinceridad; además, parecía aliviado de poder decírselo a alguien que lo pudiera entender. Tengo la oportunidad de enviar esta carta a través de un grupo de turistas americanos que acaban de terminar una visita con guía a las ruinas incas. Suyo cordialmente,

Claiborne Boyd.

10 de noviembre

Querido profesor Andros:

Mi guía regresó anoche con el «papel» supuestamente escrito por Andrada. Lo he leído, y me parece de tal importancia que lo voy a poner en manos de uno de mis corredores para que lo lleve a Cuzco y se lo envíe a usted sin más dilación. Evidentemente, el papel no es más que un fragmento de un relato más amplio. En este momento estoy a punto de trasladar mi campamento al barranco que hay en las montañas al otro lado de Salapunco, pues cerca de ese sitio, según me han dicho, Andrada va a dirigir dentro de poco algo que entiendo como un «despertar» o «misión» o algo parecido. Suyo sinceramente,

Claiborne Boyd.

El papel de Andrada traducido

«... Nadie sabe quién es este tipo ni de dónde viene. No hay duda de que es malvado. Toca una música extraña con unos pitos antiguos parecidos a flautas. Desde que ha venido reinan el desasosiego y la maldad. El mal está por todas partes, incluso en las nubes; y, desde las aguas, surgen ruidos extraños: como si unos grandes seres caminasen por lugares subterráneos. He hablado en contra de él y no cejaré en mi empeño de vencer sus malignas enseñanzas.

»Un gran temor se ha apoderado de mi gente. Me hablan de un mal más antiguo que la Tierra, de seres extraños y de uno al que llaman Kulu o algo así que volverá a surgir del mar y a adueñarse de toda la Tierra y, con el tiempo, de todo el universo. He interrogado a algunos de ellos todo lo que su reticencia me ha permitido, y no es al Anticristo a lo que temen, sino a un ser "no hombre", según sus palabras, que era "viejo como el tiempo" antes de que las enseñanzas de Cristo fueran dadas a conocer a la humanidad. Uno de los de mi gente hizo un tosco dibujo de este ser, según se lo habían transmitido sus antepasados. Yo creía que iba a ver una imagen de Pachacamac, a quien se le hacían sacrificios humanos, o de Tici Viracocha, pero no era ninguno de éstos, aunque podría haber sido un dibujo de uno de los monstruos sobrenaturales en los que creían los antiguos incas. Era una imagen bestial de una criatura que era una horrible caricatura de un hombre: achaparrada, antropoide, con tentáculos y una barba de serpientes o tentáculos, patas o manos con garras, y con una especie de alas, como los murciélagos.

»Ha venido a predicar el culto a este ser y a predecir su "regreso". Pregunté a mi gente si alguno de ellos recordaba a Kulu. Ninguno lo recordaba, pero algunos confesaron que sus parientes de generaciones anteriores sí se acordaban. Pero ninguno lo había visto. Muchos, estoy seguro, ocultaban su fe en él. Es desalentador observar esta tendencia entre mi gente. Tomaré medidas para expulsar a este extraño, aunque tenga que usar el látigo. Pero no dejo de percibir una fuerte atmósfera de peligro, de amenaza mortal que reina por todas partes: no es el mal del satanismo, sino un mal mayor que va mucho más allá, más primitivo y terrible. No puedo definirlo, pero siento que mi propia alma está en sumo peligro...»

14 de noviembre

Querido profesor Andros:

He visto a Andrada: por ahora sólo de lejos por medio de mi telescopio. Los guías me dijeron que correría peligro si me acercaba demasiado, así que seguí su consejo, monté el telescopio y observé su asamblea. El hombre que vi con la sotana no era el hombre cuya fotografía tuvo usted la amabilidad de enseñarme. Pero me lo señalaron como a Andrada, y hacía el papel de Andrada. Es decir, arengaba a los nativos reunidos para oírlo: calculo que eran unos trescientos. Y, desde luego, su arenga no era un sermón cristiano, porque les hacía arrastrarse. Lo que me resultó más inquietante fue el parecido entre él y el Japhet Smith de mi sueño. Naturalmente, no eran el mismo, ni siquiera lo insinúo, pero es igualmente cierto que hay una relación entre ellos, pues el Andrada que vi por el telescopio tiene esa boca extrañamente batracia, esos ojos sin párpados y esa rara tez pálida propia de Smith; tampoco parecía tener orejas. Creo que no puede haber duda de que fray Andrada ha sido asesinado y que alguien se está haciendo pasar por Andrada con un propósito mucho más horrible de lo que se podría creer a primera vista. Y no es demasiado suponer que se trata de uno de los Profundos...

Más tarde: Uno de mis guías nativos, que se metió entre la «misión» que estaba ante Andrada, ha regresado y me dice que Andrada hablaba en una lengua desconocida para él, aunque le despertó algo en la memoria: dice que puede que lo haya oído cuando era pequeño. Lo que me ha parecido más revelador y concluyente es una frase que dice que Andrada repetía una y otra vez como una especie de cántico, y también la repetía su auditorio. Trató de reproducirla para mí y, de sus intentos, no me cabe duda de que se trata del extraño cántico hasta ahora registrado en diversos sitios y siempre asociado con este espantoso culto:

Ph'nglui mglw'nafh Cthulhu R'lyeh wgah'nagl fhtagn,

cuya traducción es: «En su morada de R'lyeh Cthulhu muerto aguarda soñando».

A la mañana siguiente: El doctor Shrewsbury se me apareció anoche, al parecer en un sueño: digo «al parecer» porque ya no estoy tan seguro de estar soñando. Ahora ya entiendo muchas más cosas de este culto grotesco y espantoso. Parece ser, por lo que dice S., que se ha valido de unos servidores de Hastur, quien se opone al regreso de Cthulhu, para llevar a cabo una oposición eficaz contra los lacayos de Cthulhu. De ahí las criaturas aladas de mi anterior experiencia onírica. El hidromiel, según parece, es un soporífero que posee más que las propiedades corrientes de tales drogas, pues separa al ego

El barranco de Salapunco

–el astral o espíritu, supongo que se podría decir– del cuerpo, que queda inanimado, pero vivo. El cuerpo es transportado a un lugar seguro y el ego toma otra forma corpórea en otro lugar, pero no la forma de un hombre: un lugar muy alejado de nuestro universo: Celaeno, en las Híadas. Puede comunicarse conmigo a voluntad por una especie de hipnosis... Dice que Andrada es lo que yo sospecho, pero que el cuartel general de la secta está en un secreto edificio de culto usado antaño por los incas, un templo abandonado excavado en la roca del barranco que no está lejos de nuestro campamento. (Andrada sobrevivió a un intento previo que el doctor Shrewsbury realizó para destruir la «puerta» de Cthulhu en ese lugar.) Voy a ir allí en cuanto oscurezca esta noche.

Más tarde: Encontré el lugar de reunión. Estaba al final de una escalera que comenzaba tras una puerta de piedra disimulada que se abría en la sólida pared de piedra del barranco: evidentemente un antiguo pasadizo inca, pues las piedras toscamente cortadas se parecían a las de Machu Picchu y Sachsahuaman. El edificio de culto parecía ser una especie de templo antiguo, tal y como me había sido descrito, pero no había ninguna abertura hacia el cielo, en contra de la tradición religiosa. Sin embargo, había un estanque de tamaño considerable –la estancia en sí era de un tamaño inmenso, como debería haber dicho inmediatamente, capaz de albergar, calculo yo, varios miles de personas– y de este estanque emanaba una diabólica luz verdosa subacuática. Según parece, los adoradores se colocan alrededor del estanque, pues el antiguo altar que hay al fondo de la estancia no se ha usado desde hace mucho tiempo. No me quedé mucho rato allí, pues percibí unos extraños temblores en el agua y el sonido de una música lejana, como si se estuvieran acercando los adoradores, aunque al salir del lugar de reunión no vi a nadie.

*

Tal vez éstas sean las últimas noticias que tenga usted de mí.

Al averiguar por uno de mis guías que se iba a celebrar una importante reunión de algún tipo en la sala del viejo templo del barranco esta noche, regresé al lugar y me escondí. Cuando apenas había terminado de ocultarme en los huecos del altar, aquella agua de luz verdosa se estremeció y arremolinó amenazadoramente y algo se alzó a la superficie.

Lo que allí vi me asqueó.

Un vistazo me hizo retroceder tambaleándome: que no gritara traicionándome a mí mismo se debió únicamente a que al ver la monstruosidad surgida en la superficie de aquel lago subterráneo se me paralizó la voz. Era una de esas criaturas que pueden aparecer en sueños sólo en las pesadillas más disparatadas de los comedores de hachís: una bestial caricatura de lo humano, un ser que parecía haber sido alguna vez un hombre, con tentáculos y branquias y una boca espantosa, ¡de la que brotaba una serie de ruidos rasposos y extraños, parecidos a las notas distorsionadas de una flauta o un oboe! Cuando volví a mirar, había desaparecido. Pensé al momento que había surgido porque esperaba la llegada de alguien, y no estaba equivocado, pues en la caverna resonó el ruido de unos pasos y al cabo de un momento alguien penetró en la luz extraña y brillante que emanaba del lago subterráneo.

Era Andrada, y con aquella luz todas esas características batracias de sus facciones parecían más marcadas. Sin vacilaciones, le pegué un tiro.

Lo que pasó entonces es casi demasiado increíble para describirlo. Andrada, mortalmente herido, pareció derrumbarse sobre sí mismo. Cayó, pero la sotana lo tapaba, pues se desplomó dentro de ella. *Y entonces salió de debajo de la sotana una cosa horrible y deforme, una masa de carne convulsa que se deslizaba y brincaba, brincaba y se estremecía dirigiéndose al borde del agua, expirando al sumergirse y desaparecer, ¡dejando detrás tan sólo unas sandalias, la sotana vacía y los adornos llevados con ella!... ¡una cosa como la caricatura de un hombre rana, detenida en su evolución y moldeada por algún genio de lo horrible!*

Una vez más el agua comenzó a arremolinarse, pero yo ya había empezado a colocar cargas de dinamita. No miré atrás: encendí la larga mecha a la entrada de la cueva y huí corriendo de aquel lugar. He oído la explosión y mis guías están nerviosos; les he dicho que pueden regresar sin mí, pues sé que no tengo la más mínima posibilidad de volver por ese camino con vida. Sólo queda el método del doctor Shrewsbury. No volveré a verlo a usted, y sólo espero que esta última carta acabe por llegar a sus manos. Sé que lo que he hecho es bien poco, y queda mucho por hacer en otros puntos de nuestro mundo si queremos preservarlo de los horrendos y malignos poderes que están por siempre a la espera de regresar de nuevo. Adiós.

Claiborne Boyd.

5

«Lima, Perú. 7 de diciembre (AP)... A pesar de las búsquedas intensivas en la Cordillera de Vilcanota y la zona de los alrededores de Salapunco, no se han encontrado rastros del cuerpo de Claiborne Boyd. Boyd desapareció a mediados de noviembre, en el curso de una expedición de estudios sobre las costumbres y cultos nativos, según el profesor Vibberto Andros, a quien Boyd visitó en esta ciudad. Los restos del campamento de Boyd revelan únicamente que Boyd se marchó sin llevarse sus cosas. Se creía que una ampolla vacía había contenido veneno, pero el análisis químico de lo que quedaba en ella demostró que sólo era una especie de suero, no mortal, aunque causante de parálisis y de un sueño prolongado. Los investigadores no pudieron explicar unas extensas marcas que había alrededor de la tienda y que recordaban las huellas de unas alas de murciélago, muy grandes...»

El Guardián de la Llave, que es «El Informe de Nayland Colum»

(El manuscrito de Nayland Colum, descubierto en una botella en el camarote de Colum por el capitán Robertson del Sana, se conserva en el Museo Británico; hasta ahora, se ha rechazado su publicación, pero dado que algunos aspectos del manuscrito parecen tener relación con hechos recientes ocurridos en el Pacífico Sur, el manuscrito ha sido entregado para su publicación.)

1

> Lo más afortunado del mundo es la incapacidad de la mente humana para correlacionar todos sus contenidos. Vivimos en una tranquila isla de ignorancia en medio de negros océanos de infinitud y no fuimos creados para viajar lejos.
>
> H. P. LOVECRAFT

Queda muy poco tiempo para escribir lo que tengo que escribir, para dejar esta relación de los extraños sucesos que comenzaron en Londres no hace mucho; muy poco tiempo porque ahora mismo el mar y el viento braman en torno al barco y se nos entrega a él porque estamos en su elemento, si lo que temo es realmente cierto. Yo he mantenido, y también lo ha dicho el profesor, que no hay modo de saberlo, pero al fin y al cabo, ¿qué es verdad y qué es leyenda, y qué partes de una pertenecen legítimamente a la otra?

Hay leyendas que son más antiguas que el hombre. ¿Cómo, pues, las pudimos adquirir, si no hubiera alguna inteligencia aparte de la del hombre para transmitirlas? El hombre las ha modificado, cambiado, encajado en su propio esquema. Pero quedan los antiguos escritos, las seculares leyendas de la raza humana, los relatos, por difusos e inconexos que sean, sobre hechos abrumadores, cataclísmicos, sobre fuerzas raras y terribles... y seres...

Todo empezó, como he dicho, hace sólo unas semanas en Londres, aunque parece que ha pasado más tiempo, por la cantidad de cosas que han ocurrido entretanto. Mi extravagante novela, *Los vigilantes del otro lado,* había sido publicada hacía poco, pero ya había logrado esa especie de éxito menor que puede obtener una novela que no tiene suficiente conciencia social como para ser calificada de seria, pero tampoco es lo bastante ligera como para ser clasificada dentro del mero entretenimiento; los críticos la habían aclamado, los reseñistas le habían dado un empujón con suaves alabanzas, y el público, harto de la serie acostumbrada de misterios y novelas de intriga, la había acogido con entusiasmo. Yo estaba, de hecho, preparándome para mudarme de mi piso relativamente modesto de Soho, cuando, una noche, ya tarde, un golpecito cauteloso en mi puerta me hizo levantarme de mi escritorio, donde estaba tratando esforzadamente de pergeñar una segunda novela en la misma línea.

Me levanté, algo cansado, y abrí la puerta a un anciano caballero cuyo aspecto era amable sin ser benigno, pero también severo sin ser amenazador. Tenía el pelo largo y blanco, pero llevaba la cara afeitada; su nariz era marcadamente aguileña, su barbilla casi prognata. No le podía ver los ojos, pues llevaba gafas oscuras con cristales laterales, de forma que se los tapaban totalmente. Por encima de las gafas sobresalían sus cejas revueltas y canosas.

Su voz, cuando habló, sonaba cultivada.

—Soy el profesor Laban Shrewsbury, y estoy buscando al autor de *Los vigilantes del otro lado*.

Me hice a un lado y dije:

—Entre, por favor.

—Gracias, señor Colum.

Entró en mi desordenado piso, se sentó y, sin más preámbulo, se puso cómodo apartándose el abrigo parecido a una capa, mostrando un cuello alto bastante anticuado y una corbata suelta, y, cruzando las manos sobre el puño de su bastón, comenzó a hablar.

—Tal vez debería haber escrito para preguntar si podía visitarlo, señor Colum, pero el tiempo apremia, y pensé que el autor de un libro como el suyo sería lo bastante emprendedor por naturaleza como para comprender. ¿Le importa que le haga algunas preguntas? Perdóneme: ya he notado que está usted trabajando en una nueva novela, destinada a ser una secuela de *Los vigilantes del otro lado*, y que no va bien, me da la impresión. Pero ahora me gustaría, si no le molesta, hacerle un par de preguntas sobre *Los vigilantes del otro lado*.

—Naturalmente —dije, extrañamente impresionado por mi visitante.

—Dígame, ¿escribió usted esa novela basándose únicamente en su imaginación?

La pregunta era quizá una pregunta lógica. Sonreí.

—Está usted elogiando mi pobre talento –dije–. Pero, claro está, la respuesta es no. Me inspiré todo lo posible en las antiguas leyendas.

—¿Y dio con la parte de verdad?

—¿En las leyendas, profesor? –seguí sonriendo, aun a riesgo de ofenderlo.

—Toda leyenda, toda tradición, tiene una base de verdad, por muy distorsionada que pueda estar por el proceso de ir pasando de una generación a otra. Y existen esos extraños y sugerentes paralelismos entre las leyendas de distintos pueblos. Usted los habrá encontrado. Pero no importa. Dígame otra cosa: ¿se ha sentido usted siempre, desde la publicación de su novela, totalmente seguro con respecto a su persona?

—¡Por supuesto! –contesté sin vacilar, pero me vino otra idea: había habido noches...

—Creo que no –dijo mi visitante con convincente aplomo–. En varias ocasiones lo han seguido, o debería decir «acechado», los sigilosos habitantes de un mundo que usted jamás ha imaginado salvo en la fantasía que brotó de su pluma por pura coincidencia. Mire, lo sé, señor Colum, porque en dos de esas ocasiones yo mismo seguí a los que lo seguían a usted. ¡Qué pena que no los viera usted! No habría podido recordar algo parecido, y no habría olvidado el inquietante aspecto batracio de sus cuerpos y facciones.

Me lo quedé mirando asombrado. Yo sí que había tenido la clara impresión de que me estaban siguiendo en bastante más de una ocasión. Había tratado de desecharlo como cosas de mi imaginación calenturienta, pero no lo había conseguido, de forma que por fin había llegado a la conclusión de que los que me seguían pertenecían a la hez de Whitechapel, Wapping o Limehouse, y esto, a su vez, había provocado mi decisión de dejar Soho.

Como si leyera mis pensamientos, mi visitante dijo:

—Pero lo seguirían dondequiera que fuese, señor Colum. Lo sé.

Curiosamente, tuve la inexplicable convicción de que sí lo sabía, de que tal vez sólo él podría proporcionarme un medio de huir.

—Sé que es usted emprendedor —continuó—. Sé que posee usted un valor por encima de lo corriente. Conozco sus hazañas en dos expediciones en las que participó usted. Por eso, no vengo desprevenido. Pero, debo reconocerlo, estas hazañas y su carácter aventurero no bastan para interesarme por sí solos: no; pero unidos al hecho de que fue usted, Nayland Colum, quien escribió *Los vigilantes del otro lado,* estos datos son importantes para mi propósito. En un sentido muy modesto, yo también soy un explorador, pero mis exploraciones no son del tipo más corriente. No me interesan los lugares misteriosos y recónditos de la Tierra más que de un modo superficial y en tanto en cuanto estén relacionados con las zonas externas en las que se centra mi auténtico interés. Pero en algún lugar de esta Tierra hay un lugar oculto que debo encontrar, y sólo ahora he dado con una pista para dar con el Guardián de la Llave de este lugar.

—¿En qué región está? —pregunté.

—Si lo supiera con seguridad, no me haría falta buscarlo. Podría estar en los Andes, podría estar en el Pacífico Sur, podría estar en el Tíbet o en Mongolia, podría estar en Egipto o en los desiertos de Arabia. Podría incluso estar en Londres. Pero deje que le diga lo que estoy buscando: es el escondrijo donde Cthulhu yace a la espera de volver a alzarse y propagar su descendencia por la Tierra y quizá sus planetas hermanos.

—¡Pero Cthulhu es una leyenda, un ser creado por la imaginación del escritor americano, Lovecraft! —protesté.

—Eso dice usted. También lo dicen otros. Pero piense en los paralelismos que existen: las imágenes de seres malignos semejantes a dioses que tienen un parecido tan extraño tanto en el arte creativo de los nativos de Polinesia como en el de los incas de Perú, en el de los antiguos habitantes del valle del Tigris y el Éufrates como en el de los aztecas de México; no hace falta seguir. No, no me interrumpa.

Siguió hablando de leyendas y antiguas tradiciones con una seriedad y una convicción inexorables que despertaron, primero, mis dudas sobre su irrealidad y, por fin, mi creencia a regañadientes. Habló de ciertos cultos malignos que venían de eras prehumanas, que sobrevivían en lugares extraños e inaccesibles, servidores de los Arcaicos, seres terroríficos casi inconcebibles que habían luchado contra los Dioses Arquetípicos en su lejana morada entre las estrellas de Orión y Tauro, y habían sido desterrados a estrellas y planetas extraños: el gran Cthulhu, que espera dormido dentro de una fortaleza que podría ser el reino marino sumergido de R'lyeh; Hastur el Inefable, procedente del lago de Hali en las Híadas; Nyarlathotep, el terrorífico mensajero de los Arcaicos; Shub-Niggurath, la Cabra de las Mil Crías, símbolo de la fertilidad; Ithaqua, señor del aire, relacionado con el Wendigo de las fábulas; Yog-Sothoth, el Todo-en-Uno y el Uno-en-Todo, que no está sujeto a las constricciones del tiempo o el espacio, que era más poderoso que todos los demás Arcaicos: todos sueñan en lugares ocultos con el momento en que puedan volver a alzarse contra los Dioses Arquetípicos y una vez más gobernar y regir la Tierra y los planetas hermanos y las estrellas del universo del que la Tierra no es sino una parte infinitesimal. Habló de los servidores de los Arcaicos: de los Profundos, los Voormis, el Abominable Mi-Go, los Shoggoths, los Shantaks; de las regiones que, misteriosamente, no están registradas en los mapas, como N'Kai, Kadath del Desierto de Hielo, Carcosa e Y'ha-nthlej; de la rivalidad entre Cthulhu y Hastur y los seguidores de ambos...

Y sin embargo, de algún modo, comprendí que se guardaba más información de la que comunicaba. Escuché cada vez más asombrado, cada vez más consciente de que mi visitante tenía un aspecto extrañamente inquietante que era patente incluso por encima de la coacción casi hipnótica de su voz y sus modales, la convicción que transmitían su comportamiento y sus palabras, una fuerza percibida por intuición que daba peso y autoridad a su tranquila narración. Escuché, escuché sin interrumpir mientras él hablaba de los viejos libros y papeles mohosos que contenían las claves para llegar a la realidad que había detrás de las leyendas: los *Manuscritos Pnakóticos,* los *Unaussprechlichen Kulten* de Von Junzt, los *Cultes des Goules* del Comte d'Erlette, el *Texto de R'lyeh* y, finalmente, el increíblemente raro *Necronomicón* del árabe loco, Abdul Alhazred.

Llevaba un buen rato hablando de estas cosas ocultas, basándose en determinados arcanos de un conocimiento que evidentemente tenía gracias a un impresionante volumen de investigaciones, cuando de pronto se detuvo en medio de una frase. Se quedó sentado inmóvil, en actitud de estar escuchando atentamente.

–Ah –suspiró en voz baja. Entonces se levantó y se tomó la libertad de apagar la luz.

—¿Lo oye usted, señor Colum?

Agucé el oído en la tensa oscuridad. ¿Fue cosa de mi imaginación o realmente oí un extraño ruido como de pies que se arrastraban, casi como unos saltitos vacilantes, que se alejaban del rellano de mi piso y bajaban las escaleras?

—Me han seguido hasta aquí —dijo el profesor Shrewsbury—. Venga.

Se acercó a una ventana que daba a la entrada del edificio. Me puse a su lado y juntos miramos hacia abajo. Del edificio salieron no una, sino dos figuras extrañamente encorvadas, que daban la impresión de moverse arrastrando los pies y brincando, y al pasar debajo de una nebulosa farola de la calle mostraron unas facciones peculiarmente repelentes, como de pez, si tuviera que dar mi opinión.

—Si yo le dijera —susurró el profesor Shrewsbury a mi lado— que esos eran dos de los Profundos, ¿todavía creería usted que soy víctima de las fantasías de mi propia imaginación, señor Colum?

—No lo sé —contesté, también en un susurro.

Pero sabía que lo que se alejaba allá abajo adentrándose en la niebla londinense era algo increíblemente maligno: su emanación aún parecía flotar por la calle.

—¿Cómo sabía usted que estaban aquí? —pregunté de repente.

—Lo supe tan bien como reconozco este libro —cogió un libro de mi escritorio, a pesar de la oscuridad— o esta página de manuscrito —también cogió esto—, o esta pluma. Y ni siquiera ahora nos han abandonado, señor Colum, en absoluto. No tienen la menor intención de dejarnos en paz. Quizá sospechen mi propósito, no lo sé.

—¿Y cuál es su propósito? —logré preguntar, algo sorprendido por su extraordinaria vista en la oscuridad de una habitación desconocida.

—Necesito a alguien como usted para que me acompañe a buscar al Guardián de la Llave. Le advierto que el camino estará sembrado de peligros, no sólo para el cuerpo, sino para su misma alma; que las instrucciones que recibirá le parecerán una locura, pero deben seguirse al pie de la letra, sin vacilaciones, que es muy probable que no regresemos.

Vacilé. Su desafío era directo e inflexible. Ni por un momento puse en duda su sinceridad o integridad. ¿Adónde me conduciría?, me pregunté.

—Nuestro destino es el puerto de Adén, señor Colum —dijo—. Pero tal vez desearía usted alguna prueba más de mi capacidad para ver y prever los peligros que nos acechan. Le ruego que no se alarme, señor Colum: mis poderes son pequeños en el mejor de los casos, y, sin embargo, pueden resultar sorprendentes.

Encendió la luz y, volviéndose hacia mí, se quitó las gafas negras.

Mi sobresalto rozó momentáneamente la histeria. El grito ahogado que se me escapó se perdió en un silencio aterrorizado, mientras yo luchaba por recobrar el autocontrol. *Pues el profesor Laban Shrewsbury, a pesar de haberme hecho una demostración tan convincente del excelente estado de su vista, no tenía ojos: ¡donde deberían haber estado sus ojos sólo estaban los huecos oscuros de sus cuencas vacías!*

Con toda calma, se volvió a poner las gafas.

—Siento haberle hecho perder los nervios, señor Colum —dijo tranquilamente—. Pero todavía no me ha dado usted su respuesta.

Traté de igualar su calma con la mía.

—Iré, profesor Shrewsbury.

—Estaba seguro de que lo haría —contestó—. Ahora escuche con atención: en cuanto se haga de día, debe ocuparse de poner a buen recaudo sus pertenencias en previsión de una larga ausencia. Tomaremos el máximo de precauciones para que no se pierda nada, pero es muy probable que no regrese usted durante bastante tiempo: meses, quizá un año, tal vez más. ¿Le preocupa eso?

—No —repliqué con sinceridad.

—Muy bien. Saldremos dentro de dos días de Southampton. ¿Podrá estar preparado en ese tiempo?

—Así lo creo.

—Ahora debo decirle que tenemos extraños aliados en nuestra búsqueda, señor Colum, y propiedades aún más extrañas para combatir.

Diciendo esto, se sacó del bolsillo una pequeña ampolla de hidromiel dorado, que me hizo coger.

—Guarde esto con cuidado, pues tiene la propiedad, si se toma en mínima cantidad, de aumentar el alcance de todos sus sentidos y de permitir a su yo astral moverse con independencia mientras usted duerme.

A continuación me dio una pequeña estrella de cinco puntas, que identificó como una especie de amuleto que garantizaría mi protección, mientras lo llevara conmigo, de seres como los Profundos, aunque no tenía poder contra los propios Arcaicos.

Después añadió un pequeño silbato de piedra a las extrañas cosas que ya me había entregado.

—En muchos aspectos, señor Colum, este silbato es su arma más poderosa. Cuando llegue el momento en que se encuentre en peligro mortal, sin otra escapatoria, si bebe usted un poco de hidromiel, mantiene la estrella de piedra en su poder y toca este silbato, pronunciando inmediatamente después estas palabras: *¡Iä! ¡Iä! ¡Hastur! ¡Hastur cf'ayak 'vulgtmm, vugtlagln, vulgtmm! ¡Ai! ¡Ai! ¡Hastur!,* entonces los pájaros Byakhee vendrán y lo trasladarán a un lugar seguro.

—Si los lacayos de los Arcaicos están en todas partes, ¿qué refugio queda? —pregunté.

—Hay uno, donde podemos estar a salvo. Y sin embargo, no estamos allí: estamos en Celaeno.

Sonrió con indulgencia ante mi incrédulo asombro.

—No lo culpo por pensar que estoy trastornado, señor Colum. Le aseguro solemnemente que lo que le digo es la absoluta verdad: Hastur y sus servidores no están sujetos a las mismas leyes del tiempo y el espacio que nos gobiernan a nosotros. La fórmula para llamarlos se oye, créame, desde cualquier lugar donde usted esté, y se contesta.

Se detuvo pensativo y observó mi cara.

—¿Desea echarse atrás ahora, señor Colum?

Hice despacio un gesto de negación con la cabeza, fascinado en contra de la sensatez, en contra de mi voluntad, en contra de mi entendimiento.

—¿Puede reunirse conmigo en Southampton pasado mañana? Nuestro barco es el *Princess Ellen;* zarpamos a las nueve de la mañana.

—Allí estaré —dije.

—Habrá una suma de dinero depositada en su cuenta antes de que me marche de Londres, señor Colum. Le bastará. Le ruego que suba a bordo del *Princess Ellen* aunque yo no esté allí: me reuniré con usted a su debido tiempo, y no se alarme si no aparezco en caso de que se haga tarde. Las reservas ya están hechas.

Vaciló un momento.

—Y permítame que le vuelva a insistir sobre el peligro que lo acompaña: créame, nunca se aleja de usted; *ellos* saben, desde que se ha publicado su libro, que usted es peligroso para ellos o puede llegar a serlo.

Diciendo esto, se marchó, y yo me quedé solo con la confusión de mis ideas y el convencimiento de que me hallaba a las puertas de una aventura más extraña que cualquiera concebida alguna vez por la mente del hombre.

2

Uno rara vez es consciente de la absoluta monotonía del mundo prosaico de todos los días hasta que el establecimiento de un fuerte contraste da pie a la comparación. También existe el peligro muy real de que uno pueda notar y entender que la pátina de lo vulgar que cubre todas las cosas no es sino un enmascaramiento de la lucha constante que se ejerce sin tregua entre fuerzas reconocibles del bien y el mal difuso, casi increíble, que yace eternamente a la espera apenas rebasados los límites de la consciencia, que yace a la espera no sólo del alma del hombre, sino del propio mundo, del mundo y de la posesión de sus tierras y mares y, más allá de eso, de los espacios estelares y todo lo que hay en el cosmos.

Estuve largo rato esa noche meditando sobre lo que el profesor Laban Shrewsbury me había dicho y sobre las cosas aún más espantosas que sólo había insinuado. Las largas horas de la noche se prestan bien a lo sobrenatural, lo mágico, lo terrible, pero el núcleo de la razón, la sólida subestructura de todo el conocimiento práctico que el hombre adquiere en sus primeros treinta años de vida no queda fácilmente desechada por cualquier fondo de conocimientos nuevos y contradictorios. Mi visitante había sido, virtualmente, poco más que un espectro nocturno; por convincente que fuera su historia, yo no sabía nada sobre él, aunque tenía en mi posesión los extraños objetos que me había dado.

Sin embargo, había ciertas maneras de obtener información. Mi viejo amigo Henry Pilgore tenía una de las más extensas bibliotecas de consulta. A pesar de lo avanzado de la hora, lo llamé por teléfono, poniendo una conferencia al pueblo de Somerset donde vivía. Me pidió que esperara mientras buscaba la información que pudiera tener, pero no tuve que esperar mucho. El profesor Shrewsbury estaba en el archivo; Pilgore leyó su resumen biográfico: su casa de Arkham, Massachusetts; su antigua relación con la Universidad Miskatonic; su vida excéntrica al dejar de enseñar; sus, al parecer, extensos viajes; su erudita obra, *Una investigación sobre los modelos mitológicos de los primitivos actuales con especial referencia al Texto de R'lyeh;* y finalmente: «Desapareció en septiembre de 1938. Se le supone muerto».

Se le supone muerto. Las palabras dieron vueltas en mi cabeza largo rato. Pero no me cabía duda de que, fuera lo que fuese, mi visitante había sido con total seguridad el profesor Laban Shrewsbury. ¿Y las cosas que había dejado para mí? El hidromiel, según había dicho, tenía extrañas propiedades.

Abrí la ampolla con cuidado, me puse una gota en el dedo y lo probé. Era insípido tirando a dulce, ambrosíaco al probarlo otra vez, pero no me produjo la menor sensación, ni siquiera algo parecido al suave estímulo de un vino flojo. Defraudado, devolví la ampolla a su lugar y me senté de nuevo en la oscuridad de mi habitación. A lo lejos, el Big Ben dio las dos de la mañana; me quedaba sólo un día más de estar en Londres, apenas eso, si quería estar en los muelles de Southampton a las nueve del día siguiente. Pero ahora me empezaron a asaltar las dudas: comencé a dudar de lo acertado de mi decisión; comencé a pensar que era una locura haberme comprometido...

Y entonces noté una sutil alteración de mi percepción sensorial. Poco a poco iba notando una percepción muy aumentada en todos los planos: oía e interpretaba atinadamente los ruidos propios de la calle; los olores, los aromas y perfumes de la noche que se colaban en mi habitación eran mucho más fuertes; pero al mismo tiempo experimentaba una cualidad aún más importante del hidromiel que había probado: mi capacidad de intuición aumentaba más allá de los límites que yo habría creído posibles, aumentaba hasta tal punto que percibí claramente a los vigilantes apostados no sólo en el edificio, sino también en la calle, e incluso a cientos de yardas de distancia.

Porque estaban allí. No sé decir por medio de qué maravillosa propiedad del hidromiel conseguía ver con la misma claridad que si hubieran estado ante mí los malignos rasgos de batracio y de pez de aquellas criaturas extrañamente repelentes disfrazadas de hombre, pero desde luego que los veía. Y supe en ese momento que todo lo que mi visitante me había contado era indudablemente cierto, por fantásticas que hubieran resultado sus palabras. Y esta comprensión estaba cargada de un terror absolutamente gélido y devastador, pues las visiones ilimitadas de un antiguo y poderoso horror, los conceptos extraños, los seres monstruosos que estaban implícitos en las palabras no pronunciadas de la revelación del profesor Shrewsbury eran paralizadores para la humanidad.

Lo que ocurrió entonces no tiene ninguna explicación lógica o científica.

Pasé a un estado de somnolencia durante el cual tuve un sueño vivísimo, en el que me veía recogiendo mis pertenencias para el viaje que se iba a realizar en breve, escribiendo una carta a mi editor para explicarle que estaría fuera de Londres varios meses, pidiéndole a mi hermano también por carta que se ocupara de aquellos de mis asuntos que necesitaran ser atendidos durante mi ausencia y, finalmente, alejándome furtivamente de mi domicilio haciendo un esfuerzo claro y fructuoso por esquivar a los que me seguían. Además, me dirigí rápidamente a la Estación de Waterloo, una vez cumplidas las formalidades relacionadas con los viajes al extranjero, y tomé el tren para Southampton, donde al cabo me encontré en los muelles y a bordo del *Princess Ellen,* aunque no sin otro sobresalto de miedo al darme cuenta de que, aunque había eludido a mis perseguidores de Londres, tenía otros vigilantes parecidos siguiéndome en Southampton.

Ahora bien, todo esto, como digo, fue un sueño de enorme intensidad, en nada parecido a ningún sueño que hubiera tenido anteriormente. Era tan real, de hecho, que me pareció que la figura de la silla era el sueño y el sueño la realidad. ¿O podrían haber sido ambas cosas a la vez? Recordé más tarde el comentario del profesor Shrewsbury sobre las extrañas propiedades del hidromiel dorado, que ciertamente, de eso estoy ahora convencido, no había sido inventado por el hombre, propiedades jamás concebidas por la humanidad sino procedentes de algún lugar remoto, incluso, quizá, de fuera de este mundo, de los lugares ocultos en el cosmos donde todavía acechan los Arcaicos, esperando eternamente para regresar al paraíso del que fueron expulsados hace eones.

Pues me desperté no en mi conocida habitación de Soho, sino en mi camarote a bordo del *Princess Ellen,* con el profesor Shrewsbury a mi lado. Gracias a esos extraordinarios poderes que tenía tras sus impresionantes gafas negras, adivinó la razón de mi asombro.

—Ya veo que ha probado usted el hidromiel, señor Colum —dijo tranquilamente. No estaba enfadado—. Habrá apreciado, pues, sus propiedades.

—Entonces, ¿no ha sido un sueño?

Hizo un gesto negativo con la cabeza.

—Fuera lo que fuese, lo que soñó era muy cierto. El hidromiel permitió a una parte de usted separarse de la otra: de esta forma quedó usted en condiciones de verse a sí mismo haciendo lo que debía hacer para cumplir con su compromiso. Tal vez venga bien que haya probado el hidromiel: le ha proporcionado el medio para comprender que lo estaban vigilando y siguiendo muy de cerca y, además, le dio el ingenio necesario para eludir a sus perseguidores. No estaremos libres de persecución mucho tiempo, puede estar seguro de ello.

Esperó hasta que me hube calmado un poco, adaptándome a la situación en la que ahora me encontraba de un modo tan sorprendente. Luego continuó:

—Nuestro destino es el puerto de Adén en Arabia, como le dije hace dos noches. Desde Adén nos dirigimos hacia el interior, o bien al lugar donde estaba la antigua Timna, que puede que recuerde usted por Plinio, quien la llamaba la «Ciudad de los Cuarenta Templos», y nos podemos preguntar de qué tipo eran algunos de éstos, o bien a la zona de los alrededores de Salalah, la capital de verano del sultán de Muscat y Omán, en busca de una fabulosa ciudad subterránea, una ciudad enterrada, que ha sido llamada la «Ciudad sin Nombre» por más de una autoridad. Éstas son las regiones habitadas antaño por los himaritas, hace unos veinte o treinta siglos. En las cercanías es probable que encontremos la casi legendaria Irem, la Ciudad de las Columnas, que vio el árabe Abdul Alhazred, en el curso de su estancia en el gran desierto del sur, el Roba El

Khaliyey o «Espacio Vacío» de los antiguos, que es también el «Dahna» o «Desierto Carmesí» de los árabes modernos, y que se dice que está habitado por malignos espíritus protectores y monstruos que causan la muerte. Le parecerá a usted cada vez más significativo que encontremos continuamente estas pretendidas «leyendas» de espíritus malignos y monstruos, sobre todo porque corroboran curiosamente las tesis centrales del modelo mitológico de Cthulhu, no importa a dónde vayamos o a qué lugares lleguemos. Finalmente, llegará usted a la conclusión, igual que yo hace mucho tiempo, de que no es una coincidencia.

Le aseguré que ya había adquirido un grado de fe sorprendentemente grande en las asombrosas cosas que había estado tratando de enseñarme; evidentemente, la fe total dependía del análisis subsiguiente que me fuera posible hacer, aunque estaba bastante preocupado con respecto a lo que me pudiera deparar el futuro.

Entonces él pasó a hablar de la obra del árabe Abdul Alhazred, el libro *Al Azif*, que se había convertido en el *Necronomicón*. Ningún otro había estado jamás tan cerca de revelar los secretos de Cthulhu y los cultos de Cthulhu, de Yog-Sothoth y, en realidad, de todos los Arcaicos; el libro, que al principio circulaba en secreto tras la misteriosa desaparición de Alhazred y su posterior muerte en el 731 d. C., aludía a cosas tan terribles que la mente del hombre apenas podía concebirlas y, de concebirlas, optaría al instante por rechazarlas antes que aceptar dentro de lo posible cualquier hecho potencial de una naturaleza tal que echaría por tierra muchos de los principios más fundamentales por los que se rigen las razas humanas, y relegaría al hombre a una posición aún más insignificante que la de su actual situación como una mota en el cosmos. La obra, además, era de tal carácter que todas las autoridades eclesiásticas, sin importar su tendencia, la condenaban y habían combatido con tanto éxito su propagación mediante la más férrea de las represiones que solamente quedaban unas escasas copias de las versiones griega y latina del texto, y estas pocas copias estaban todas guardadas bajo llave en diversas instituciones: la Bibliothéque Nationale de París, el Museo Británico, la Biblioteca de la Universidad de Buenos Aires, la Biblioteca Widener de Harvard, la Biblioteca de la Universidad Miskatonic de Arkham. El original árabe se había perdido hacía siglos, hacia 1228, cuando Olaus Wormius hizo su traducción al latín del libro.

El profesor Shrewsbury había leído el libro entero tanto en su versión latina como en la griega, y tenía la esperanza de descubrir en algún lugar de Arabia una copia en árabe, por no decir, en efecto, el manuscrito original, que, según afirmaba, no había desaparecido sino que había quedado en posesión de Alhazred, ya que lo que había desaparecido, en cambio, era una copia que había empleado Wormius. Esto no era más que una conjetura por parte del profesor, pero había buenas razones para llegar a esa conclusión, y comencé a darme cuenta de que la posesión de este manuscrito inapreciable era sin duda la meta principal de la expedición a Arabia. No podía dudar que hubiera algo más rondando por la cabeza del profesor Shrewsbury, y estaba claro que éste no quería hablar de ello, pues no dada la menor indicación sobre su naturaleza. En realidad, acabé por percibir al poco que, por muy franco y abierto que fuera el profesor Shrewsbury, dejaba mucho que desear en cuanto a su palimpsesto de la información relativa a los Mitos de Cthulhu y aquellos datos relacionados de los que tenía a bien hablar. Lo que buscaba, esperaba confiadamente en encontrarlo ya en Irem, ya en la no identificada «Ciudad sin Nombre», que podía ser cualquiera de las ciudades de los solares de Timna o Salalah.

Llegados a este punto, me pasó copias a máquina de algunas partes del *Necronomicón,* y se quedó sentado esperando pacientemente mientras yo leía, ojeando deprisa las diversas páginas que me había dado, pero leyendo lo suficiente, sin embargo, para comprender la importancia de las partes que había copiado.

«Quienquiera que hablare de Cthulhu recordará que sólo parece muerto: duerme, mas no duerme; ha muerto, mas no está muerto; aunque está dormido y muerto, volverá a surgir. Una vez más, debería demostrarse que

No está muerto lo que eternamente puede dormir,
Y con extrañas eras aun la muerte puede morir.»

Y más:

«El Gran Cthulhu se alzará desde R'lyeh, Hastur el Inefable regresará de la estrella oscura que está en las Híadas cerca de Aldebarán, el ojo rojo del toro, Nyarlathotep aullará por siempre en la oscuridad donde mora, Shub-Niggurath engendrará a sus mil crías, y éstas engendrarán a su vez y se harán con el dominio de todas las ninfas de los bosques, los sátiros, los duendes y los Trasgos, Lloigor, Zhar e Ithaqua cabalgarán por los espacios interestelares...»

Y aún más:

«Aquel que posea la piedra de cinco puntas podrá gobernar a todos los seres que se deslizan, nadan, se arrastran, caminan o vuelan aun hasta la fuente de la que no se regresa...»

Había mucho más: párrafos extrañamente inquietantes sobre el regreso de los Arcaicos, la devoción de los seguidores que les servían, algunos con forma de hombres, otros con formas mucho más raras. Había más nombres aún que saltaban de estas páginas y lo atenazaban a uno con un miedo primitivo: Ubbo-Sathia, Azathoth, el dios ciego e idiota, 'Umr At-Tawil, Tsathoggua, Cthugha y aun otros, todos ellos evocadores de una divinidad rara y horrible, de un despliegue terrorífico de criaturas grandes, gigantescas, en nada parecidas al hombre, tan antiguas como la Tierra misma y muy probablemente más antiguas que ésta, o incluso que el sistema solar tan conocido para los astrónomos de nuestro tiempo. Realmente, tras haber leído algunas de las páginas que me entregó, pocas ganas me quedaron de seguir leyendo, aduje el cansancio como excusa y se las devolví.

Entonces mi compañero me mandó dormir, mientras él, que al parecer no necesitaba dormir, se ocupaba de ciertos preparativos que le quedaban por hacer. Pero antes de acostarme, me llevó a cubierta y caminó hasta la proa conmigo, diciéndome solamente que mirara a mi alrededor y observara el agua atentamente. No estábamos solos en nuestro rumbo, pues un banco de grandes peces, que al principio tomé por marsopas, aparecía de vez en cuando en torno al barco; pero cuando comenté que eran marsopas, el profesor Shrewsbury se limitó a sonreír sardónicamente y no dijo nada. Se me ocurrió pensar cuando estaba a punto de dormirme poco después que no era probable que nos encontráramos un cardumen de marsopas a tan poca distancia de Southampton; y supe entonces, creo, qué era lo que nadaba tan furtivamente alrededor del *Princess Ellen,* aun cuando al principio me costó reconocérmelo a mí mismo.

Y al quedarme dormido, comencé a soñar.

Pero en esta ocasión los sueños eran de un carácter distinto del notable sueño que tuve despierto provocado por el hidromiel dorado: una curiosa mezcla onírica de seres espantosos y horribles, de los Profundos que podían seguir por tierra y por mar, de grandes criaturas con alas de murciélago que volaban en lo alto, de algo amorfo e imponente que acechaba en el fondo del mar, de enormes continentes hundidos, de ciudades perdidas y enterradas, antiguas como la arena flotante, que ocultaban algo de gran valor que necesitábamos, un sueño de huida y persecución, y de un final inevitable en el que no había forma de escapar de las criaturas cada vez más terroríficas que nos seguían el rastro con tanto ahínco.

3

Paso por alto el resto de nuestro viaje, que transcurrió con relativa tranquilidad. Es cierto que no pasaba un solo día sin que se viera algo en el agua –un lomo extrañamente encorvado que no se parecía al de un pez tanto como a uno le habría gustado, una escalofriante extremidad palmeada que se parecía horriblemente a una mano humana de dedos palmeados, un vislumbre aterrador de una cara medio humana, medio de batracio, con relucientes ojos de basilisco y una espantosa caricatura de una boca que cruzaba como un tajo su piel correosa–, pero esto sólo eran visiones ligerísimas, momentáneas, y resultaba difícil saber cuánto se había visto realmente y cuánto eran imaginaciones provocadas por los extraños hechos que había conocido. Y, dado que el barco seguía serenamente su rumbo y los demás pasajeros no daban muestras de haber visto nada inusitado, era fácil llegar a la conclusión de que lo que yo veía, a pesar de lo inquietante que resultaba, era producto en gran parte de una imaginación desbocada, lo cual, dadas las circunstancias, era bastante comprensible.

Asimismo, nuestro desembarco en Adén transcurrió sin incidentes. El profesor Shrewsbury no tenía intención de que nos quedáramos en aquella ciudad portuaria, pues, según explicó, los Profundos nos podían encontrar con igual facilidad en un puerto que en el mar, pero no les gustaba nada aventurarse tierra adentro, lejos del agua, ya que ésta era un elemento necesario para ellos y, aunque se podían mantener algún tiempo sin agua, una expedición por zonas desérticas no era algo que les fuera a atraer en exceso.

—No obstante —dijo el profesor con total despreocupación—, es de esperar que no tardemos en tener otros perseguidores alrededor, y debemos estar preparados para cualquier eventualidad.

Los guías y porteadores para nuestra expedición habían sido contratados por cable y nos esperaban en otro punto de la costa, en Damqut. Cuando llegamos a Damqut unos días después, tardamos unas pocas horas en tener todo dispuesto para nuestra marcha. En varias ocasiones, el profesor Shrewsbury examinó las calles y callejones cercanos de Damqut con marcada preocupación, pero por fin, convencido de que no rondaban por allí más que algunos individuos sospechosos que podrían haber pertenecido a los Profundos y que no podían hacer daño a nadie que poseyera la piedra de cinco puntas, dio la orden para salir de la ciudad.

Nuestra meta era el gran desierto inexplorado de Rub al 'Khali: el «Roba El Khaliye» de Alhazred. Nos dirigiríamos primero a Salalah y de allí teníamos la intención de desviarnos hacia el norte en dirección a otras posibles localizaciones de la Ciudad sin Nombre mencionada por Abdul Alhazred. No me cabía duda de que mi jefe tenía algunas ideas concretas sobre la localización de la Ciudad sin Nombre, pero no reveló nada; de modo que nos pusimos en marcha, exactamente igual que muchas otras expediciones lo habían hecho antes que nosotros, con una caravana de camellos, aunque había habido un momento de duda en el cual el profesor Shrewsbury había pensado hacer un primer viaje hasta Mareb en avión. Pero, como esto no nos permitiría desviarnos del rumbo principal del viaje, rechazó este plan provisional.

Del viaje por el desierto, desde Damqut hasta Salalah y pasada ésta, no sé qué escribir. Ciertamente, los incidentes de esa expedición *podrían* haber ocurrido por coincidencia; digo que podrían, pero dado nuestro propósito y dadas las intenciones de aquellas criaturas poco conocidas que trataban de impedir que alcanzáramos nuestra meta, no creo que fuera así. Durante nuestra primera noche en el desierto perdimos a uno de nuestros guías. Mi jefe y yo seguimos su rastro que se alejaba del campamento: había ido corriendo, pero sus huellas cesaban de repente; se había desvanecido en el aire literalmente, sin dejar rastro de su marcha. Nuestra segunda noche fue tranquila; en la tercera perdimos a un porteador. Esta vez el profesor Shrewsbury y yo encontramos el cuerpo del hombre: nos habíamos desplegado a partir del lugar donde cesaban sus huellas y encontramos el cuerpo casi oculto entre la arena. Un rápido examen nos mostró que parecía haber caído desde una considerable altura, pues muchos de sus huesos estaban rotos de una forma brutal.

No dijimos nada sobre su muerte al resto del grupo, aunque su desaparición, sumada a la del guía, hizo que cundiera la inquietud entre los hombres. Las deserciones no eran infrecuentes en absoluto: la desaparición del guía se había aceptado como una deserción, sin mayores planteamientos; la del porteador se había producido demasiado lejos de Damqut, pero aún seguíamos caminos transitados y la teoría de que había desertado convenció a algunos hombres. Pero la inquietud que había arraigado entre ellos no era en absoluto exclusiva suya, ni se debía solamente a la pérdida de dos de sus compañeros. Yo mismo la sentía: una serie de incidentes muy distintos de la desaparición de los dos hombres la avivó superando mi capacidad de reprimirla.

El hecho más extraño no era, analizándolo en conjunto, la desaparición de nuestros hombres. Era el intolerable convencimiento de estar siendo observados por vigilantes invisibles. Naturalmente, esta sensación era más fuerte de noche, pero ni siquiera bajo el sol abrasador nos librábamos de ella jamás, y de día iba acompañada de extrañas alucinaciones, denunciadas tanto por los guías como por los porteadores, de criaturas reptantes, parecidas a cocodrilos, que se movían rápidamente de un lado a otro a poca distancia de nuestra caravana y que evidentemente nos seguían. Podrían muy fácilmente haber sido animales del desierto, que podían haber adquirido la costumbre de seguir a las caravanas, salvo por el hecho de que no había forma de identificarlos como animales nativos de ninguna especie, pues eran de tamaño variado, algunos de ellos de apenas unas pulgadas de largo, otros de muchos pies, y marcadamente reptiles y, finalmente, que algunos de ellos parecían ir vestidos con unos ropajes irreconocibles, lo cual sólo sirvió para inquietar aún más a los miembros de nuestra caravana cuando lo vieron.

Podría haber dado la impresión de que estas extrañas criaturas eran al menos medio irreales, pues aparecían y desaparecían con tal rapidez que en más de una ocasión parecía que se esfumaban ante nuestra vista. Era muy probable que no fueran malignas: ninguna se acercaba nunca demasiado al campamento o a la caravana y todas desaparecían al instante en cuanto se hacía un movimiento en su dirección. El profesor Shrewsbury les disparó en varias ocasiones, pero con una puntería pasmosamente mala: no daba a ninguna, aunque había veces en que no era posible que hubiera fallado. Pero fallaba. El hecho de que nos siguieran afectaba a mi jefe de una forma insólita: en lugar de inquietarse por su presencia, en realidad parecía disfrutar de tenerlas cerca de nosotros, e importunaba a los hombres continuamente para que se fijaran en cuántas había, si notaban algún aumento y cosas así.

Habían pasado unos diecisiete días desde que saliéramos de Damqut y ya habíamos dejado atrás Salalah antes de que se notificara que la cantidad de nuestros extraños acompañantes había aumentado. Para entonces habíamos perdido un total de seis hombres y había un gran desasosiego entre los que quedaban. Esto no era solamente a causa del número menguante de los hombres que iban en la expedición, sino también porque, según expresó su portavoz, nos acercábamos a una zona prohibida y maldita de la región, una zona que todos los árabes evitaban llenos de terror.

Sin embargo, mi jefe era sordo a cualquier ruego. Me confió que había contado con la rebelión y que esto, de por sí, era una excelente señal, pues los escritos de Abdul

Alhazred especificaban que la región de la Ciudad sin Nombre era evitada por los nativos. Su inexorabilidad ante el ruego de los hombres de que cambiara su rumbo se vio fortalecida gracias a que ocurrió un hecho aún más significativo, aunque al principio yo no capté su importancia.

Ya estaba avanzada la noche cuando mi jefe me despertó. Estaba extraordinariamente excitado.

—Venga —susurró.

Lo seguí, perplejo.

Se arrodilló nada más salir de la tienda y puso la mano, con la palma hacia abajo, a unos centímetros de la superficie de la arena.

—Toque —ordenó.

Así lo hice y noté, como ya lo había notado en los tobillos, el movimiento de una corriente gélida de aire que soplaba sin parar por la superficie de la arena.

—¿Lo nota? —preguntó.

—¿El viento? Sí. ¿Qué es?

—El «viento espectral» de Alhazred. Se habla de él en el *Necronomicón*. También se menciona en las obras del fallecido H. P. Lovecraft. En ambas ocasiones procede de la misma fuente: la Ciudad sin Nombre. ¿De qué dirección viene?

—Más o menos del norte.

—Ésa será nuestra ruta mañana. De día no percibiremos el viento, pero por la noche lo volveremos a notar. Si lo seguimos, nos conducirá a nuestro objetivo. Entonces comienza nuestra auténtica tarea, señor Colum, sólo entonces. Mucho me temo que lo haremos usted y yo solos, así que nos conviene preparar nuestros camellos y las provisiones que nos sean absolutamente esenciales a los dos para el viaje de vuelta a Salalah.

Nos desviamos de la dirección de la frontera de Omán a la mañana siguiente y nos dirigimos al corazón de Rub al 'Khali. Hubo muchos murmullos entre los hombres; el mal gesto se adueñó de muchas caras y siguió allí durante todo el día. Pero seguían aún con nosotros al anochecer, a pesar de sus temores. También teníamos con nosotros un número creciente de nuestros extraños acompañantes del desierto, pero daban muestras de una curiosa aversión por el oasis donde acampamos para pasar la noche.

Una vez más, por la noche, mi jefe buscó el «viento espectral» y lo encontró, mucho más fuerte ahora, con velocidad suficiente para hacer ondear nuestras tiendas.

Pero él y yo no éramos los únicos miembros del grupo que lo habíamos notado. Al poco de que comenzara a soplar, lo cual se produjo poco después de la puesta del sol, los hombres lo habían percibido y, al notarlo, dieron rienda suelta a un torrente tal de quejas que el profesor Shrewsbury se vio obligado a hablar con ellos, cosa que hizo en árabe, explicándome después lo que habían hablado.

—No podemos seguir —había dicho el líder de los hombres.

—¿Por qué no?

—Mire. Es el viento de la muerte.

—Ya lo noto. ¿Se quedarán aquí mientras el señor Colum y yo seguimos adelante?

El líder consultó a los hombres, que mostraban una división de opiniones. No obstante, estaba seguro de que la mayoría de ellos se quedaría.

—Muy bien —el profesor Shrewsbury se volvió hacia mí—. Cogeremos ese equipo especial que he traído, lo aseguraremos a un camello y tendremos preparados nuestros propios camellos. Usted y yo seguiremos adelante ahora; el viento comenzó aproximadamente dos horas después de ponerse el sol y se mueve mucho más deprisa de lo que usted o yo nos podemos mover. No obstante, si nos damos prisa, deberíamos llegar a su fuente antes del amanecer, pues regresará por donde ha venido.

Al cabo de una hora avanzábamos por el ilimitado desierto, adentrándonos en el viento del norte. Viajábamos lo más deprisa que nos permitían nuestros camellos, y el profesor Shrewsbury tenía confianza plena en alcanzar su meta al amanecer o antes. La noche no era calurosa, pero el viento que nos venía de cara era un viento ártico, totalmente ajeno al desierto y cargado de olores y perfumes desconocidos. Había miríadas de estrellas en el cielo: ¡no es de extrañar que los árabes fueran de los primeros astrónomos conocidos! Pero no pude evitar preguntarme, al mirarlas, en qué punto realmente de aquellos espacios estelares estaban los colosales seres de la mitología sobre la que había hablado mi jefe: los Dioses Arquetípicos, los Arcaicos, cuya propia lucha se correspondía en efecto con las antiguas leyendas de la humanidad, incluso antes de que se escribiera la expulsión del cielo de Satán y sus seguidores.

Poco después de medianoche, el viento cambió de dirección. Estaba efectivamente regresando, tal y como había predicho el profesor Shrewsbury que lo haría, pues ahora soplaba hacia el norte, aumentando rápidamente de velocidad y fuerza. Y no disminuyó de velocidad hasta justo antes de amanecer, momento en que se produjo un perceptible decaimiento de su fuerza. Para entonces yo estaba enormemente cansado, pero el profesor Shrewsbury azuzó a su camello, seguro de que el lugar donde se hallaba la Ciudad sin Nombre no estaba muy lejos.

Su confianza no se vio defraudada, pues poco después de que aquel extraño viento frío muriera, dio un grito y señaló ante él algo que parecía ser una piedra solitaria en el mar de arena sobre el cual el sol no iba a tardar en alzarse abrasadoramente. Yo podría haber deducido por la sensación electrizante de malignidad que me había invadido que por fin habíamos alcanzado la meta que el profesor Shrewsbury había estado buscando: efectivamente, allí había una ciudad oculta, y las pocas piedras que se veían fugazmente gracias al movimiento de las arenas hablaban sombríamente de una civilización que ya era antigua antes de que comenzara la era cristiana.

Me pregunté cómo esperaba mi jefe descender al interior de esta ciudad sepultada. Ciertamente no tenía la menor posibilidad de penetrar hasta el nivel de sus calles mediante los picos y palas que habíamos traído, pues era evidente que la ciudad estaba enterrada a demasiada profundidad. Pero este problema no me preocupó más que un momento, ya que el profesor Shrewsbury no daba señales de ir a desmontar; por el contrario, se puso a seguir el viento que ahora aflojaba rápidamente, azuzando a su camello con ansiedad, hasta que me dejó atrás, mientras yo todavía pasaba por entre los chapiteles de aquellas ruinas enterradas. Cuando por fin desmontó, me llevaba una considerable ventaja; lo encontré ante una abertura cavernosa, hábilmente oculta entre las arenas.

Cuando yo también desmonté, los últimos vestigios del viento murieron, arremolinándose en silencio en torno a mis pies al colarse por la abertura, que mostraba unos escalones descendentes cubiertos de arena. De ella brotaba una negrura destructora y subía un frío que revelaba la humedad de debajo. Pero el profesor Shrewsbury ya estaba descargando al tercer camello, que iba atado al mío y me había supuesto un estorbo a la hora de seguir el ritmo de mi jefe.

–¿Es éste el lugar? –pregunté.

—Éste es el lugar —contestó él con toda seguridad—. Lo sé, porque ya he estado aquí.

Me lo quedé mirando desconcertado.

—Pero entonces, ¿por qué esta búsqueda? —pregunté.

—Porque nunca he venido por tierra, sólo por el aire. Venga, deje que le enseñe.

Comenzó a bajar los escalones delante de mí. Del desierto, en el que ya hacía un calor sofocante bajo los rayos del sol naciente, a este lugar frío y cavernoso había una diferencia como de una región tropical a una subártica; además, el aire se iba haciendo más frío y húmedo a medida que descendíamos, y al poco rato me di cuenta de que, una vez bajada la serie inicial de escalones de piedra, nos encontrábamos en una especie de cueva natural, que estaba hundida en la arena, a causa de los pronunciados declives escalonados por los que pasábamos, a una profundidad mucho mayor de la que, si no, podríamos haber imaginado. Tal vez en otra época hubiera estado coronada por una superestructura, destruida hacía mucho tiempo; pero ahora brillaba y relucía de forma extraña bajo los rayos de la linterna de mi jefe.

Me llamaron la atención casi al instante los restos que nos rodeaban de la antigua civilización que antaño había tenido aquí sus dominios. Aunque muchos corredores laterales conducían a las diversas estancias de la caverna central, todos ellos eran demasiado bajos para permitir a un hombre caminar erguido; pero dondequiera que hubiera altares —y era evidente que la cueva había sido utilizada como templo— éstos eran peculiarmente bajos, como si estuvieran hechos para unos seres que se arrastraban en lugar de caminar erguidos. El techo de piedra de la cueva había sido labrado por canteros y unos artistas primitivos habían decorado las paredes, que estaban cubiertas con unos dibujos espantosamente inquietantes, que representaban no al hombre, sino los hechos de una historia en la que no tomaban parte más que seres como reptiles o saurios: exactamente los mismos, acabé por pensar con inquieto rechazo, que aquellos seres como cocodrilos que habían vigilado la marcha de nuestra caravana de lejos y que nos habían acompañado hasta el oasis donde aún esperaba el resto de nuestra expedición.

Sin embargo, mi jefe daba la impresión de perseguir otro objetivo, pues pasaba rápidamente de una estancia de la cueva a otra hasta que llegó al final, y allí rodeó el altar y descubrió una puerta de piedra excavada en la roca de la pared. La abrió con facilidad, descubriendo otra escalera, un declive pronunciado que conducía a unas profundidades espantosamente repelentes, de las cuales emanaba una especie de olor con una carga nada desagradable de un aroma que recordaba al incienso. Sin vacilar, el profesor Shrewsbury se lanzó a la oscuridad de aquel corredor interminable, pues realmente era interminable: tardamos dos horas en bajar, ya que el corredor cambiaba de altura, por lo que de vez en cuando era necesario caminar con sumo cuidado. Bajamos de un nivel a otro, hasta que me dio la impresión de que realmente en aquel lugar debíamos de estar a una distancia inconcebible de la superficie de la tierra.

Pero por fin llegamos a un piso nivelado, al principio en un sitio donde ninguno de los dos podía erguirse del todo, pero al poco, a fuerza de arrastrarnos, atravesamos un corredor que se iba ensanchando y en el que, con gran asombro por mi parte, había cajas de madera con las tapas hechas de una sustancia similar al cristal, aunque no era cristal; pero éstas eran claramente unas cajas que nunca habían conocido la mano del hombre, de construcción ingeniosa, de tamaño parecido al de un féretro y pegadas a las paredes y a lo largo del suelo del corredor. Mi jefe fue pasando de una a otra, con ansiedad, y por fin se detuvo ante una de ellas soltando un prolongado y grave suspiro.

La enfocó de lleno con la linterna y me hizo un gesto para que me acercara.

–No se sorprenda por lo que vea, señor Colum –me advirtió.

No sé qué esperaba ver, pero lo que vi apenas podría haber sido más sobrecogedor. Pues, ciertamente, lo último que esperaba ver bajo el pseudocristal de la caja era el cuerpo de un hombre joven de mi propia época, sin duda de aproximadamente la misma edad que yo y, si se podía juzgar por sus ropas, o inglés o americano, aunque me inclinaba más por esto último.

–¿Es esto también un sueño o una alucinación? –exclamé.

–No, señor Colum, no lo es –contestó el profesor Shrewsbury–. Tampoco lo es éste... ni éste.

– ¡Dios santo! Hay tres. ¿Cómo han llegado estos cadáveres hasta aquí?

–Ah, si no son cadáveres.

–¡Pero no pueden estar vivos!

–Por favor, recuerde el inexplicable pareado de Alhazred. «No está muerto lo que eternamente puede dormir, Y con extrañas eras aun la muerte puede morir.» No, no están muertos; pero, por paradójico que pueda parecer, tampoco están vivos. Están depositados aquí a la espera del momento en que su esencia vital, sus almas, sus astrales –llámelo como quiera– sean traídos de vuelta. Pues éste es el secreto de los pájaros Byakhee: no vuelan hasta Celaeno, sino hasta aquí, a este dominio de Hastur, donde los cuerpos de estos jóvenes quedan preservados de esta forma. Dentro de poco ellos mismos regresarán de Celaeno y juntos todos nosotros haremos el viaje final de esta increíble búsqueda que ha llegado ya al umbral del secreto.

Pensé en lo que había dicho, recordando sus palabras sobre los Byakhee y su respuesta al silbato de piedra que yo llevaba en el bolsillo. Pero entonces, ¿dónde estaban? Expresé mi pregunta en voz alta.

–Puede que algunos estén aquí. Pero están en Kadath-del-Desierto-de-Hielo, en la proscrita Meseta de Leng, y en algunos otros lugares, algunos dentro de nuestro propio plano y otros existen al mismo tiempo en otro plano.

–¿Y quiénes son estos tres jóvenes?

–El primero es Andrew Phelan: me ayudó en Arkham. El segundo es Abel Keane: también él nos echó una mano... en Innsmouth. El tercero es Claiborne Boyd, que desempeñó una extraña misión en Perú.

–Y el cuarto será Nayland Colum –exclamé.

–Esperemos que no –dijo mi jefe con pasión–. Si tenemos éxito aquí, ya no debería ser necesario emplear tales métodos para escapar de la persecución.

–Usted sabía que estaban aquí –lo acusé–. ¿Cómo?

–Porque yo también fui uno de ellos durante un tiempo... e incluso antes de que cualquiera de ellos viniera aquí, pasé veinte años en una caja igual. Soy mucho más viejo de lo que usted podría creer, señor Colum, si añadimos esas dos décadas.

Se dio la vuelta.

–Pero nuestro propósito no es entretenernos aquí. Debemos seguir adelante, más lejos todavía. Hay criptas abajo en las que nunca he estado.

Se detuvo sólo el tiempo suficiente para añadir a mi carga una parte de la suya, que se estaba haciendo demasiado pesada para él; luego siguió adelante y de nuevo bajamos por unos estrechos escalones de piedra, de nuevo nos encogimos y nos arrastramos por corredores más estrechos, pasando de un nivel a otro. No tengo forma de saber cuánto nos adentramos en las entrañas de la tierra; por la luz de mi reloj, vi que ya hacía tiempo que había pasado el mediodía, aunque, curiosamente, no sentía ni hambre ni sed.

Ya muy abajo, cerca del final del corredor, las paredes revelaban impresionantes pinturas totalmente grotescas y extravagantes. Aquí aparecía representada una serie de escenas que debían de mostrar la Ciudad sin Nombre en su remoto pasado, aunque resultaba muy extraño que las escenas de la ciudad estuvieran hechas siempre como a la luz de la luna, de modo que causaban un efecto intangible y espectral. Sin embargo, un examen de las pinturas revelaba un mundo secreto y oculto, sin duda alguna subterráneo, en el que grandes ciudades florecían entre altas montañas y fértiles valles; esta región existía junto a los monolitos iluminados por la luna de la Ciudad sin Nombre, que aparecía ahora en decadencia, con los reptiles sagrados muriendo en masa y sus espíritus flotando por encima, mientras unos sacerdotes vestidos con vistosas túnicas maldecían las aguas y el aire. Una terrible escena final mostraba a un demacrado grupo de los habitantes saurios de la Ciudad sin Nombre cayendo sobre un ser humano y haciéndolo pedazos. A partir de este punto, sin embargo, las paredes y el techo grises carecían de ornamentación, cosa que yo agradecía, como es comprensible.

Por fin llegamos ante una gran puerta de bronce sobre la que estaba grabada una inscripción en árabe que mi jefe tradujo en voz alta:

—El que vino, ha regresado. El que vio, ha sido cegado. El que registró los secretos, ha sido silenciado. Aquí morará por siempre, ni en la tiniebla ni en la luz. Que nadie lo moleste.

Se volvió hacia mí, con una excitación patente incluso en la oscuridad de la estancia.

—¿Acaso puede ser otro que el árabe Alhazred? —preguntó—. Pues sólo él vino, vio y registró los secretos.

—Lo mataron.

—Lo torturaron y asesinaron, sin duda alguna —asintió el profesor Shrewsbury con calma—. Según cuenta la leyenda, fue atrapado por un monstruo invisible en pleno día y devorado espantosamente ante mucha gente; ésta es la historia que transmite el biógrafo del siglo XII, Ebn Khallikan, pero es más que posible que lo de que fue devorado fuera una ilusión y que fuera traído aquí para recibir el castigo y la muerte por su temeridad al revelar los secretos de los Arcaicos. Venga, vamos a entrar.

La puerta de bronce se resistió a nuestros esfuerzos durante un rato, pero por fin cedió, mostrando una pequeña habitación cuadrada, que estaba desnuda de todo mobiliario con la excepción de un sarcófago de piedra aplanado en el centro de la estancia. El profesor Shrewsbury se acercó a él sin vacilar y apartó la tapa, descubriendo unos restos andrajosos de ropa, unos cuantos fragmentos de hueso y polvo.

—¿Es él? —pregunté.

Mi jefe asintió con la cabeza.

—¿Y hemos hecho todo este viaje para esto?

—No sólo para esto, señor Colum. Tenga paciencia. Lo que ahora pase nos revelará si vamos a triunfar o fracasar. Dígame, ¿tiene todavía el hidromiel?

—Sí.

–Tome un poquito.

Seguí su ejemplo.

–Y ahora le ruego que se calme. Tendrá que sacar energía de usted para venir.

La somnolencia ya me estaba invadiendo. Siguiendo las instrucciones del profesor Shrewsbury, me tumbé en el suelo cerca del sarcófago y casi inmediatamente tuve un sueño de naturaleza similar a la de aquel primer sueño provocado por el hidromiel en mi casa de Soho. Una vez más me vi tomando parte en un drama, esta vez mucho más extravagante que el otro, que había sido bastante prosaico en esencia.

Vi al profesor Shrewsbury rodeando el sarcófago y a nosotros dos con una larga raya de polvo azul, a la que inmediatamente prendió fuego. Ardía con un fuego sobrenatural pero brillante, de modo que toda la habitación estaba iluminada y el sarcófago destacaba en altorrelieve. Entonces mi jefe hizo una serie de dibujos cabalísticos en el suelo en torno al sarcófago, rodeándolo de nuevo completamente. A continuación sacó de su persona unos documentos que parecían esas copias del *Necronomicón* que me había dado a leer, y recitó con voz clara parte de una de ellas.

«Aquel que conoce el lugar de R'lyeh;
aquel que posee el secreto de la lejana Kadath;
aquel que guarda la llave de Cthulhu;
por la estrella de cinco puntas, por la señal de Kish, por el consentimiento
de los Dioses Arquetípicos, que se presente.»

Recitó esto tres veces, completando un dibujo del suelo con cada súplica. Al término de su recitado, esperó. Entonces se produjo un fenómeno rarísimo y algo inquietante. Sentí que cedía algo de mí mismo, como si me estuviera quedando sin mi propia fuerza vital, y al mismo tiempo hubo un movimiento por encima del sarcófago, al principio poco más que un estremecimiento del aire, luego una neblina gradual, y después, ante mis ojos, los restos y jirones de ropa del sarcófago comenzaron a subir por el aire y a adquirir una forma desigual en torno a la neblina que se iba haciendo cada vez más densa, perdiendo su opacidad por la oscuridad, de modo que al poco rato flotaba encima del sarcófago una imagen espectral, una caricatura blasfema de un hombre, que no tenía cuerpo ni cara, sino sólo una sombra de ambos, con unos huecos negros y relucientes donde deberían haber estado sus ojos bajo un albornoz hecho jirones y un cuerpo oscuro e informe, muy delgado, sobre el cual colgaban lacios los restos de ropa que hacía mucho tiempo habían sido túnicas revoloteantes. Esta terrorífica aparición flotaba en el aire, inmóvil.

El profesor Shrewsbury se dirigió a ella.

—Abdul Alhazred, ¿dónde está Cthulhu?

El espectro alzó una manga y se señaló la boca. No tenía lengua: no podía hablar.

El profesor Shrewsbury no se amilanó.

—¿Está en R'lyeh?

Y, al no recibir una respuesta inmediata, pronunció estas palabras ininteligibles: «*Ph'nglui mglw'nafh Cthulhu R'lyeh wgah'nagl fhtagen*», que, según comprendí más adelante, era una frase ritual que significaba: «En su morada de R'lyeh Cthulhu muerto aguarda soñando.»

Esta vez, sin embargo, la aparición asintió apenas perceptiblemente.

—¿Dónde está R'lyeh?

Una vez más el horrible espectro de Abdul Alhazred se señaló la boca sin lengua.

—Haz un mapa en el techo —ordenó el profesor Shrewsbury.

Entonces la aparición realizó los movimientos de dibujar un mapa cuidadosamente detallado en el techo. Como no tenía nada con que dibujar, no podía hacer ningún tipo de marca; sin embargo, tan potente era el efecto del hidromiel que era evidente que el profesor Shrewsbury seguía los complejos movimientos con facilidad, copiándolos en un trozo de papel a medida que el espectro los dibujaba.

Al poco surgió un mapa complicado que no representaba ninguna región conocida de la Tierra, pero comprendí, igual que mi jefe, que el concepto que tenía Abdul Alhazred de la Tierra era quizá enormemente distinto al nuestro y que su reconstrucción de cualquier parte de la superficie terrestre dependía de los limitados conocimientos de su época, a los cuales podía haber añadido los conocimientos privados de los que hubiera hecho acopio por medios que le habían proporcionado suficiente información para permitirle componer el *Al Azif*.

Al terminar su dibujo, el profesor Shrewsbury lo sujetó en alto ante la aparición que había llamado del abismo.

—¿Éste es el lugar?

La aparición asintió.

—Y de estas islas, ¿cuál es la que está encima de R'lyeh?

El espectro señaló un puntito en el mapa de mi jefe, luego hizo un gesto críptico que el profesor Shrewsbury comprendió al instante.

—Ah, se hunde y vuelve a aparecer.

El profesor Shrewsbury ya estaba evidentemente satisfecho de este interrogatorio, y entonces pasó al asunto que a mí me había parecido que tenía todo el rato en la cabeza.

—Dime, Alhazred, ¿dónde está el *Al Azif* perdido?

No hubo una respuesta inmediata a la pregunta del profesor; la aparición se quedó inmóvil varios segundos; luego su cabeza giró a medias lentamente, lo cual podría haber sido un gesto de negación o simplemente un intento de ver algo invisible para otros ojos.

—¿Está en esta habitación?— insistió mi jefe.

El espectro asintió.

—¿Está en el sarcófago?

El espectro negó con la cabeza.

El profesor miró rápidamente a su alrededor. No había ningún escondrijo salvo en las paredes o el suelo.

—¿Las paredes? —dijo al azar.

De nuevo su suposición se vio confirmada.

—¿Al sur?

No.

—¿Al norte?

No.

—¿Al este?

Sí. Pero ahora parecía que la aparición estaba tratando de decir algo más a su extraña manera: la patética figura sin lengua, también sin ojos, pues los ojos y la lengua le habían sido arrancados antes de morir en la tortura infligida al árabe loco por su temeridad al escribir sobre los secretos de los Arcaicos y sus servidores, parecía desear penosamente decir algo de importancia.

El profesor, al verlo, intentó sonsacárselo. ¿Era sobre el manuscrito? Un asentimiento rápido con la cabeza. ¿El manuscrito estaba vigilado? Sí. ¿Había guardias aquí? No. ¿Estaban debajo? Sí. ¿Eso era todo? No, todavía había más. ¿El manuscrito no estaba completo? Sí, eso era. ¿Parte de él había sido destruida antes de que Alhazred pudiera esconderlo? Sí.

—Me llevaré lo que queda —dijo el profesor—. Regresa ahora al lugar de donde has venido, Abdul Alhazred.

Al instante los andrajos y los trozos de hueso cayeron juntos y se desplomaron, la neblina se posó como polvo y se desvaneció, los fuegos azules que rodeaban al sarcófago comenzaron a vacilar y apagarse. Al mismo tiempo que volvía a entrarme fuerza, el profesor se levantó, pues había estado de rodillas para copiar el fantástico dibujo hecho en el aire con el techo de fondo, y cerró el sarcófago.

Luego se acercó a mí y me sacudió.

—Dese prisa ahora, señor Colum —susurró—. Ya tenemos lo que nos hace falta; no hay tiempo que perder.

Nos pusimos entonces a examinar la pared este de la estancia buscando la piedra que tapaba los fragmentos del manuscrito del *Al Azif*. Estaría por la parte interior, razonó el profesor, pues sin duda el árabe habría estado atado o encadenado de alguna manera y su capacidad para llegar a las zonas altas de la pared se habría visto restringida. Mi jefe trabajaba con prisa febril, parándose de vez en cuando para escuchar, de forma que me pareció que estuvimos largo rato examinando las grandes piedras antes de dar con una lo bastante suelta como para servir de escondrijo. Pero no habíamos tardado, y detrás de la piedra encontramos las páginas de pergamino del *Al Azif*; el profesor Shrewsbury se apresuró a guardárselo en la chaqueta. Luego volvimos a colocar la piedra y juntos salimos de la habitación, cerrando la gran puerta de bronce a nuestras espaldas.

Durante unos segundos más, el profesor Shrewsbury se quedó en el umbral escuchando, con la cabeza inclinada un poco hacia la oscuridad estigia que teníamos a la derecha, las grandes fauces de negrura que señalaban la existencia de más misterios aún más allá del sitio al que habíamos llegado.

Fue entonces cuando comenzó el ruido. Hasta ese momento, el único sonido que había captado era el leve roce de la arena movida por el viento en las escaleras que bajaban desde el desierto de encima, pero esto había cesado poco después de que pasáramos a los infiernos, y entonces nosotros mismos éramos los causantes de los únicos ruidos que oíamos, propios de nuestro descenso. Pero ahora, surgiendo de alguna cripta espantosa situada aún más abajo, crecía y se hinchaba un sonido que sólo se puede describir como un gemido grave, acompañado de un roce como de un viento nocturno: un gemido como de muchas voces, pero, y esto era espantosamente inquietante, las voces tenían una cualidad totalmente inhumana imposible de describir, salvo únicamente como un sonido cargado del más extremado horror.

Por mi reloj vi que se aproximaba la puesta del sol, y al mismo tiempo percibí que volvía a iniciarse el «viento espectral», el cual evidentemente procedía de algún lugar mucho más profundo que las cuevas subterráneas en las que habíamos penetrado. Sentí un impulso arrollador de salir huyendo y cedí a él, pero el profesor Shrewsbury no tardó en atraparme y detuvo mi precipitada huida.

–Espere –me instó–, no podemos correr más que eso. Con las piedras estamos a salvo. Refugiémonos en un corredor lateral hasta que haya pasado lo peor del viento.

Así pues, nos metimos a rastras en uno de los bajos pasillos auxiliares que se comunicaban con el corredor principal y nos quedamos tumbados allí en silencio, con las linternas apagadas. Pronto sc hizo visible en el corredor que habíamos dejado una especie de iluminación gris, no una luz, sino una especie de emanación de las paredes, de modo que era posible divisar la pared más alejada y distinguir otros pasillos que se alejaban del corredor central. Entonces llegó el viento: llegó con un estallido furioso, acompañado de un caos creciente de voces, que sonaban como una protesta de chillidos y maldiciones, de gritos ululantes y lamentos de agonía, que venían con el viento. Y, mientras miraba fijamente hacia afuera, me dio la impresión de que el propio viento llevaba consigo innumerables caras, de saurio, de reptil, de batracio, todas ellas llorando su cautiverio en las criptas de debajo de la Ciudad sin Nombre; pasaban flotando en un torrente interminable, con las bocas bestiales abiertas en su protesta contra este destino que los condenaba para siempre a cabalgar sobre el terrible viento espectral, cuya temperatura polar llegaba hasta donde nosotros estábamos y helaba los huesos.

¿De dónde venían? ¿De qué vastas extensiones subterráneas se levantaba el viento para batir todas las noches su camino por los lugares desiertos que pocos pies humanos llegaban alguna vez a hollar? ¿Y por qué clase de brujería maldita estaban ligados de esta forma a este infierno de tinieblas? ¿Acaso era cierto que los dibujos de las paredes contaban en verdad la decadencia y el fin de esa antigua civilización que había existido mucho antes de la era del hombre, y que en algún lugar aún más profundo de esta Tierra existía un paraíso subterrenal como el representado en las paredes: un paraíso en el que había luz como la del sol y en el que los jardines y valles eran fértiles como no podían concebir los sueños de los hombres que caminaban por el desierto de arriba? ¿O es que este paraíso había caído a su vez ante los invasores que habían conquistado la Ciudad sin Nombre, los servidores de algún ser infernal tal vez adorado, tal vez desconocido entre los moradores de aquel lugar?

La furia gélida del viento, sumada a la cacofonía de las terribles voces, producía un estruendo espantoso en este lugar cerrado; resonaba ensordecedoramente, hasta el punto de que tuve que taparme los oídos con las manos para evitar que me estallasen los tímpanos. El profesor Shrewsbury hizo lo mismo y juntos estuvimos echados de esta forma una media hora o quizá más, antes de que el estallido aullante del viento hubiera pasado ante nuestro escondrijo, dejando sólo una corriente continua y pausada de viento frío que subía hacia la superficie.

–Ahora –dijo mi jefe–. Pero tenga cuidado. No sabría decir qué guardianes han sido apostados en la tumba de Alhazred.

El ascenso hasta el desierto donde las arenas fluctuantes ocultaban la faz de la Ciudad sin Nombre fue interminable. De vez en cuando, mi jefe se detenía y volvía sus ojos ciegos para enfrentar aquella oscuridad con la suya propia. A veces me parecía, no podía estar seguro, que oía ruidos de pisadas, como de perseguidores ocultos, pero el profesor Shrewsbury no decía nada, sino que se movía más deprisa para subir la empinada escalera que llevaba al refugio incierto del desierto iluminado por las estrellas que se extendía mucho más arriba. Las cavernas y los corredores resonaban con nuestros pasos, el viento helado nos azotaba los tobillos, las voces menguantes todavía sonaban con fantasmal insistencia muy por delante de nosotros, desde el desierto donde se esparcían y disminuían sobre las arenas antes de volver a ser arrastradas y recluidas de nuevo en aquel lugar de espera de las profundidades.

Pronto no hubo duda de que llevábamos perseguidores detrás, pero yo no tenía idea de su naturaleza. Mi jefe no parecía inquieto en exceso, pero noté que me instaba a apresurarme y él mismo avanzaba cada vez más deprisa, murmurando que nuestros camellos podrían haberse asustado por el viento y haber escapado, que nuestros guías y porteadores habrían empezado a desesperar de nosotros, pues ya era la segunda noche desde que dejáramos el campamento del oasis donde percibimos el viento por primera vez. Para entonces, además, yo me encontraba increíblemente cansado y agotado, pues llevaba sin dormir más de cuarenta horas y tenía muchísima necesidad de hacerlo, porque ya no parecía poder distinguir entre la realidad que me rodeaba y la fantasmagoría de visiones y sonidos en la que me descubría cayendo cada vez con mayor frecuencia.

Pero por fin llegamos a la superficie y, aunque no vimos al momento a nuestros camellos, no estaban muy lejos. Evidentemente, se habían asustado con el ruido del viento y se habían alejado de la boca del pozo, de la que aún salía un pequeño remolino de arena con el viento y de la que, sin duda, en pleno estallido desde abajo, debía de haber brotado una auténtica tormenta de arena. Mi jefe parecía estar ahora dominado por una prisa casi indecorosa; saltó sobre su camello en cuanto el animal se arrodilló ante él y azuzó al animal con órdenes bruscas. El curso que debíamos seguir estaba claramente indicado por la dirección del viento, que sin duda nos llevaría hasta el oasis cercano a la Ciudad sin Nombre, del mismo modo que nos había guiado la noche anterior hasta el solar de la propia ciudad.

Como antes, la noche era oscura: las estrellas relucientes estaban parcialmente ocultas por nubes que corrían en lo alto; el desierto brillaba con una especie de resplandor macabro, como una oscura luz interna que sólo tuviera una realidad espectral, y no se oía el menor ruido salvo los que hacían nuestros camellos y el roce del viento, que ahora era una corriente constante en dirección sur. De vez en cuando, el profesor Shrewsbury miraba hacia atrás, pero si veía algo en la superficie iluminada por las estrellas que se extendía a nuestras espaldas, no daba indicación de ello. Sin embargo, nos acompañaba una innegable atmósfera de temor: no se podía negar que nuestra invasión de la tumba del árabe loco, Abdul Alhazred, había desencadenado unas fuerzas que no teníamos poder para prever y, además, la advertencia de no interferir con los restos que estaban en el sarcófago no dejaba lugar a dudas, aunque mi jefe no se había arredrado ante ella. Estaba claro que, si no había nada en el desierto entre la Ciudad sin Nombre y nosotros, el profesor Shrewsbury esperaba que hubiera algo o que viniera de la evitada ruina rara vez hollada por pies humanos, pues su actitud delataba el miedo que sentía: no de los servidores de los Arcaicos, pues a éstos no los temía, sino de los poderes que los Arcaicos mismos podían controlar y enviar para cumplir sus órdenes.

En una ocasión se oyó un espantoso grito ululante detrás de nosotros, como de un animal que siguiera nuestro rastro, pero ese sonido no procedía de ninguna garganta conocida por el hombre, y ante este sonido el profesor azuzó aún más a su camello, y el propio animal, como si percibiera un horror sobrenatural detrás de él, se animó más y obedeció a su jinete. Sin embargo, a pesar del estremecimiento evidente de temor ante un horror desconocido, llegamos al campamento del oasis sin incidentes. Allí descubrimos que nuestros guías y porteadores habían desertado en masa, pero afortunadamente habían dejado provisiones suficientes para que pudiéramos volver sin problemas a Salalah o Damqut.

El que por fin llegáramos a Damqut me parece ahora al recordarlo una prueba de que, si nos estaban persiguiendo, cosa de la que estoy convencido, también estábamos bajo otra protección además de la que nos proporcionaban las piedras de cinco puntas que llevaban el sello de los Dioses Arquetípicos. Cuando ya llevábamos cuatro noches fuera del oasis cercano a la Ciudad sin Nombre vi por casualidad una cosa que volaba entre nosotros y las estrellas. Mi jefe se alarmó al instante, pero sus ojos ciegos, gracias al extraño poder que tenía, le permitieron identificar a nuestros alados acompañantes, pues volaban cerca de nosotros.

–Los Byakhee –murmuró, tras escudriñar los cielos–. Había pensado que debía de haber algunos cerca de la Ciudad sin Nombre. Por un momento, temí que pudiera ser El Que Camina En El Viento, Ithaqua, contra quien me temo que nuestro talismán no serviría de nada. Pero no: si éstos están aquí, también hay otros.

–¿Quién nos sigue? –pregunté.

–Los habitantes de la ciudad –contestó enigmáticamente.

–Pero no había habitantes en la Ciudad sin Nombre –protesté.

–¿Es que no los vio levantarse del más allá?

–Esos dibujos... ¿eran reales? –pregunté.

–Oh, sí: hubo una civilización en ese sitio que existió antes que la humanidad. Saurios y reptiles: seguidores de Cthulhu. Creía que lo había entendido usted: la Ciudad sin Nombre fue en tiempos una ciudad marina, sumergida lejos de la superficie del océano hace eras, mucho antes del cataclismo que hizo salir a la superficie esa parte de Arabia y alejó las aguas, dejando que los habitantes acuáticos de ese mundo perecieran fuera de su elemento bajo el sol abrasador que siguió al cataclismo.

—¿Qué cataclismo?

—No me cabe duda de que fue el mismo que hundió los continentes perdidos de la Atlántida y Mu. Y eso a su vez bien puede haber sido el Diluvio de los mitos cristianos. Le aseguro, señor Colum, que existen muchos relatos inquietantes y sugerentes en los libros antiguos que curiosamente corroboran las leyendas más viejas, subsistiendo de generación en generación de una forma u otra. De modo que los seguidores de Cthulhu perecieron aquí, salvo los de los niveles más profundos, que todavía dan origen al agua y también al viento helado que sube hacia el desierto y regresa. Todavía están ahí, pero son de tal naturaleza que ya no están sujetos a todas nuestras leyes dimensionales y nos persiguen en esa misma forma espectral que vimos antes de llegar a la Ciudad sin Nombre.

A partir de entonces estuve al acecho de aquellos curiosos seres con aspecto de saurios y, efectivamente, nos rodeaban por todos lados, apareciendo y desapareciendo con sobrenatural facilidad, sin causarnos problemas salvo el de soltar a nuestro tercer camello con parte de las provisiones, pérdida que subsanamos en parte comprando provisiones a una caravana que nos encontramos a medio camino de Salalah y que se dirigía a Omán. No supimos qué fue del animal: lo soltaron durante la noche, pero nuestros propios camellos no sufrieron daños, tal vez porque estaban más cerca de nosotros que el tercer animal.

Vimos a los Byakhee tres noches entre el oasis cercano a la Ciudad sin Nombre y el puerto de Damqut. Pero evitaban la civilización y sus ciudades. Sin embargo, era en las ciudades y a lo largo de la costa donde mi jefe temía más la amenaza de la persecución, y nada más llegar a Salalah hizo una copia exacta del valioso mapa y la mandó a una dirección de Londres, y a continuación una segunda copia, que envió a una dirección de Singapur: ambos debían quedar en depósito hasta que él llegara. No obstante, se quedó con el manuscrito fragmentario. Hecho esto, se enfrentó al resto de nuestro viaje con mayor presencia de ánimo, aunque no se engañaba con respecto a la naturaleza del mismo.

Y, ciertamente, en relación con esto su pesimismo no era exagerado. Pues, aunque nuestro viaje de Damqut a Mukalla y por fin a Adén transcurrió con relativa tranquilidad y sin las alarmas que habrían sido de esperar, el viaje desde Adén por el Mar Rojo rumbo a Suez y el Mediterráneo estuvo plagado de todo tipo de dificultades. Casi de inmediato, el profesor Shrewsbury notó que los estibadores ocupados en cargar el barco en el que habíamos tomado pasaje, el *Sana,* parecían ser extrañamente deformes, de modo que la mayoría daba la impresión de realizar su trabajo dando saltitos y arrastrando los pies en lugar de caminar de manera normal. No se notaba mucho: sin duda la mayor parte de los que pasaban por allí y los miraban no veían nada, pero a un observador experto como mi jefe, la importancia de las peculiaridades de los estibadores no se le escapaba. Era posible, explicó, que su presencia no fuera más que una coincidencia: en Massachusetts, algunas ciudades costeras albergaban una cantidad sorprendente de descendientes de un horrible experimento de cruce entre los nativos y los Profundos; tales experimentos no tenían por qué limitarse a una sola zona del globo, pues estos estibadores se parecían muchísimo a algunos habitantes de Innsmouth, Massachusetts, y de las colinas de los alrededores de Dunwich, donde florecieron en tiempos otros pueblos híbridos.

Pero los estibadores no nos plantearon problemas y hasta que no dejamos bien atrás Adén subiendo por el Mar Rojo, mi jefe no fue consciente de la naturaleza de lo que nos perseguía. Entró en mi camarote ayer noche, claramente perturbado.

—¿Los ha visto? —preguntó sin rodeos, refiriéndose a los perseguidores acuáticos.

Asentí con la cabeza.

—Los Profundos, con toda certeza —dijo—. Pero hay algo más. Escuche.

Al principio no oí nada salvo el ruido del movimiento del barco; luego, lenta, insidiosamente, percibí otro sonido, un sonido que no debería haberse oído en alta mar, el ruido estremecedor de unos pasos pesados que avanzaban por una gran sima de terreno pantanoso o cenagoso, pisadas lejanas y ruidos chapoteantes.

—¿Lo oye?

—Sí. ¿Qué es?

—Es algo más que los Profundos, algo contra lo que nuestra armadura es demasiado débil. ¿Tiene usted el hidromiel dorado y el silbato? ¿Se acuerda de la fórmula?

Le aseguré que así era.

—Esté preparado para usarlos. Pero todavía no ha llegado el momento.

Es ya muy avanzado el día siguiente. A primera hora de la tarde una tormenta que se había estado formando detrás de nosotros nos estalló encima, y su fuerza ha ido aumentando sin parar desde entonces. Viento, relámpagos, truenos y torrentes de lluvia han aplastado al *Sana* y la violencia de la tempestad parece aumentar. He escrito este relato a propósito para que aquellos de mis efectos que están en Londres sigan bajo custodia hasta que se reciba noticia de mi muerte, pues mi jefe me asegura que todavía no ha llegado la hora. También ha dejado claro que se trata de escapar o de permitir el sacrificio innecesario de todos los que viajaban a bordo del *Sana,* cosa que tiene la intención de evitar.

El profesor Shrewsbury acaba de entrar para decirme que ha llegado el momento. Se ha tomado un poco del hidromiel dorado, tiene el silbato preparado. Lo puedo ver desde donde estoy sentado escribiendo, lo puedo oír gritando a la tormenta: «*¡Ia! ¡Ia! ¡Hastur! ¡Hastur cf'ayak 'vulgtmm, vugtlagln, vulgtmm! ¡Ai! ¡Ai! ¡Hastur!*» Aguanta erguido la furia de la tempestad, se aparta sólo ante el azote de un tentáculo surgido de las profundidades.

Y luego los pájaros. ¡Dios santo! ¡Qué seres! ¡Qué fruto de un infierno olvidado!

Pero se monta en uno de ellos, sin miedo.

Algo golpea con fuerza contra el barco, algo llega demasiado tarde para cobrarse su presa.

Sé lo que debo hacer...

Del Cuaderno de Navegación del *Sana*:

«La tormenta del viernes causó la pérdida de dos pasajeros, el profesor Shrewsbury y Nayland Colum, que viajaban juntos. Ambos fueron vistos fuera de sus camarotes, a pesar de la violencia de la tempestad, y se supone que fueron arrastrados al mar y se ahogaron. Aunque la tormenta amainó con notable brusquedad tras la pérdida de estos pasajeros, no se pudo hallar rastro alguno de ellos. Se han enviado los papeles oportunos...»

La Isla Negra,
que es «La narración de Horvath Blayne»

1

No me cabe duda de que se debe hacer algún tipo de informe sobre los hechos que llevaron al llamado «experimento de alto secreto» realizado en una isla desconocida del Pacífico Sur en un día de septiembre de 1947. Se puede discutir la oportunidad de tal informe. Hay algunas cosas contra las que la raza humana, a la cual en cualquier caso no le queda más que un breve período de permanencia sobre este planeta que añadir al breve período de su anterior existencia, sólo puede ser prevenida y pertrechada de modo inadecuado; y siendo así las cosas, se puede pensar que sería mejor guardar silencio y dejar que el prójimo espere a que se desencadenen los acontecimientos.

Sin embargo, a fin de cuentas, hay personas mucho mejor preparadas que yo para juzgar, y la progresión de los hechos tanto antes como después de ese «experimento» ha sido tan inquietante y da tantas indicaciones de un mal increíblemente antiguo, que supera casi la comprensión del hombre, que me veo obligado a hacer este informe antes de que el tiempo oscurezca estos hechos –si es que puede oscurecerlos alguna vez– o antes de mi propia destrucción, que es inevitable y que puede, realmente, estar más cerca de lo que yo creo.

La historia comenzó de un modo bastante prosaico en el bar más famoso del mundo, en Singapur...

Vi a los cinco caballeros sentados juntos cuando acababa de entrar en el bar y me había sentado. No estaba lejos de ellos y me encontraba solo, y los miré por encima, pensando que entre ellos podría haber alguien a quien yo conociera. Un hombre mayor con gafas oscuras y un rostro extrañamente impresionante, y cuatro jóvenes, de entre finales de la veintena y poco más de treinta años, enfrascados en un debate llevado con considerable animación. No reconocí a ninguno, de forma que aparté la vista. Llevaba allí sentado unos diez minutos, tal vez un poco menos: Henry Caravel se me había acercado, había estado hablando conmigo de pasada y habíamos comprobado la hora a la vez; cuando acababa de irse oí que pronunciaban mi nombre.

–¿No podría ilustrarnos el señor Blayne?

La voz era amable, bien modulada, con una curiosa capacidad sonora.

Al levantar la vista, vi a los cinco caballeros que me contemplaban desde su mesa con expectación. En ese momento, el anciano se puso en pie.

–Nuestra discusión es arqueológica en cierto sentido, señor Blayne –dijo sin rodeos–. Si me permite, soy el profesor Laban Shrewsbury, un americano, compatriota suyo. ¿Quiere sentarse con nosotros?

Le di las gracias y, llevado de una fuerte curiosidad, me trasladé a su mesa.

Me presentó a sus compañeros –Andrew Phelan, Abel Keane, Claiborne Boyd y Nayland Colum– y se volvió de nuevo hacia mí.

–Por supuesto, todos sabemos quién es Horvath Blayne. Hemos seguido con sumo interés sus ensayos sobre Angkor-Vat y la civilización khmer, y, con mayor interés aún, sus estudios entre las ruinas de Ponapé. No es una coincidencia que estemos ahora hablando del panteón de las deidades polinesias. Díganos, en su opinión, ¿el dios del mar polinesio Tangaroa tiene el mismo origen que Neptuno?

–Probablemente sea de origen hindú o indochino –conjeturé.

–Ese pueblo no es básicamente marinero –dijo el profesor rápidamente–. Existe un concepto más antiguo que esas civilizaciones, aunque admitamos de entrada que la civilización polinesia es mucho más joven que las del continente asiático que dieron origen a ellas. No, no nos interesa tanto su relación con otras figuras del panteón como con el concepto que empezó por darles el ser. Y con su relación con tantas figuras y motivos de batracios o pisciformes que aparecen y se repiten en el arte, antiguo y moderno, que se encuentra en las islas de los Mares del Sur.

Yo aduje que mi ocupación básica no era la de artista y, ciertamente, no podía dármelas de ser un crítico de arte.

El profesor desestimó esto con cortés objetividad.

–Pero conoce el arte. Y me pregunto si puede usted explicar por qué los primitivos del Pacífico Sur habrían de destacar lo batracio o lo pisciforme en sus utensilios y en sus artes, mientras que los primitivos del Pacífico Norte, por ejemplo, destacan características que son claramente de aves. Hay excepciones, por supuesto: ya las conocerá usted. Las figuras de lagarto de la Isla de Pascua y las piezas batracias de Melanesia y Micronesia son propias de estas regiones; las máscaras y tocados de pájaro de las tribus indias del Pacífico Norte son propias de la costa canadiense. Pero a veces encontramos entre estas tribus indias costeras unos motivos inquietantemente familiares: piense, por ejemplo, en el aspecto marcadamente batracio del tocado del chamán de la tribu haida propia de la Isla Príncipe de Gales y en el tocado ceremonial de tiburón de los tlingit de Ketchikan, Alaska. Los totems de los indios del Pacífico Norte siguen básicamente un modelo de pájaro, mientras que cosas como las figuras de los antepasados talladas en los helechos arbóreos de las Nuevas Hébridas sugieren claramente habitantes de las aguas.

Comenté que el culto a los antepasados era común al continente asiático.

Pero no era ésta su tesis principal, cosa que advertí por la expectación con que sus compañeros lo escuchaban. No tardó en llegar a ella. En relación con las deidades marinas de los pueblos primitivos, ¿había tropezado yo alguna vez en el curso de mis investigaciones arqueológicas con alguna de las leyendas que hablaban del ser mitológico, Cthulhu, que, según él, era el progenitor de todos los dioses marinos y las deidades menores relacionadas con el agua como elemento?

Los comentarios que había hecho encajaron ahora en un esquema claro y bien urdido. Cthulhu, como el antiguo dios del agua, los mares, un ser elemental acuático en cierto sentido, debía ser considerado como la deidad básica del Pacífico Sur, mientras que los motivos de aves que aparecían en los utensilios y las obras de arte propios del Pacífico Norte se derivaban de un culto a un ser elemental aéreo en vez de a uno marino. Yo conocía, efectivamente, el Mito de Cthulhu, con su notable tradición tan parecida en esencia al mito cristiano de la expulsión de Satán y sus seguidores y sus intentos inagotables de reconquistar el cielo.

El mito, según lo recordé mientras escuchaba al profesor, que hablaba amenamente de Cthulhu, trataba de un conflicto entre unos seres conocidos como Dioses Arquetípicos, que según cabe presumir vivían en el cosmos a muchos años luz de distancia, y unos seres inferiores llamados Arcaicos o Primordiales, que probablemente eran las fuerzas promotoras del mal en oposición a las que representaban el bien, que eran los benévolos Dioses Arquetípicos. Al parecer todo había transcurrido en armonía en cierta época, pero luego una revuelta de los Arcaicos –que eran Cthulhu, señor de las aguas; Hastur, que recorría los espacios interplanetarios antes de su encarcelamiento en el tenebroso Lago de Hali; Yog-Sothoth, el más poderoso de los Arcaicos; Ithaqua, dios de los vientos; Tsathoggua y Shub-Niggurath, dioses de la tierra y la fecundidad; Nyarlathotep, su terrible mensajero, y otros– acabó con la derrota y el destierro de éstos a diversos lugares del universo, desde los cuales esperaban volver a alzarse contra los Dioses Arquetípicos y donde eran servidos por sus lacayos, sectas de hombres y animales alistados para su servicio. Además, en relación con Cthulhu, que se suponía que moraba en un lugar secreto de la Tierra, había unas leyendas bastante escandalosas e indecentes según las cuales algunos de sus seguidores batracios, conocidos como los Profundos, se habían apareado con hombres y habían creado unas horribles caricaturas de seres humanos que se sabía que vivían en ciertas ciudades costeras de Massachusetts.

Además, el Mito de Cthulhu había surgido de una colección de manuscritos increíblemente viejos y fuentes parecidas que supuestamente eran relatos verídicos, aunque no había nada que demostrara que no eran otra cosa más que ficción muy trabajada; estos libros y manuscritos –el *Necronomicón*, del árabe loco Abdul Alhazred; los *Cultes des Goules*, obra de un excéntrico noble francés, el conde d'Erlette; los *Unaussprechlichen Kulte*, de Von Junzt, un conocido herético que había recorrido Europa y Asia en busca de restos de viejos cultos; los *Fragmentos de Celaeno;* el *Texto de R'lyeh;* el *Manuscrito Pnakótico* y obras de ese estilo– habían sido aprovechadas por escritores de novelas contemporáneas, que los habían empleado liberalmente como fuente de increíbles relatos de fantasía y lo macabro, y éstos habían dado una especie de autenticidad a lo que, como mucho, era una colección de tradiciones y leyendas tal vez únicas en los anales de la humanidad, pero sin duda poca cosa más.

–Pero lo noto escéptico, señor Blayne –comentó el profesor.

–Me temo que tengo una mente científica –repliqué.

–Pues me parece que todos los que estamos aquí pensamos algo parecido de nosotros mismos –dijo.

–¿Debo entender que ustedes creen en este bloque de leyendas?

Me contempló de manera desconcertante a través de sus gafas oscuras.

–Señor Blayne, llevo más de tres décadas siguiendo el rastro de Cthulhu. Una y otra vez he estado seguro de haberle cerrado los caminos de entrada a nuestro tiempo; una y otra vez me he equivocado al pensar tal cosa.

–Pues si cree en un aspecto del panteón, debe creer en todo lo demás –contesté.

–No tiene necesariamente que ser así –replicó–. Pero hay amplias áreas de fe. Yo lo he visto y lo sé.

—Yo también —dijo Phelan, y su exclamación de apoyo fue repetida por los demás.

La mente auténticamente científica vacila tanto a la hora de rechazar las cosas como a la de apoyarlas.

—Comencemos con la lucha básica entre los Dioses Arquetípicos y los Primordiales —dije con cautela—. ¿Qué tipo de pruebas tienen ustedes?

—Las fuentes son casi infinitas. Piense en casi todos los escritos antiguos que hablan de una gran catástrofe que ocurrió en la Tierra. Mire el Antiguo Testamento, la batalla de Bet-Jorón, dirigida por Josué. «Y dijo a los ojos de Israel: Detente, Sol, en Gabaón, y tú, Luna, en el valle de Ayyalón. Y el Sol se detuvo y la Luna se paró...». Mire los *Anales de Cuauhtitlan* de la tradición de los indios nahua de México, que hablan de una noche interminable, un relato verificado por el sacerdote español fray Bernardino de Sahagún, quien, llegado al Nuevo Mundo una generación después de Colón, hablaba de la gran catástrofe en la que el Sol se levantó apenas por encima del horizonte y entonces se detuvo, una catástrofe presenciada por los indios americanos. Y en la Biblia de nuevo: «Mientras huían ante Israel... Yahveh lanzó del cielo sobre ellos hasta Azecá grandes piedras, y murieron...». Existen relatos paralelos en otros manuscritos antiguos: el *Popol Vuh* de los mayas, el *Papiro Ipuwer* de Egipto, el *Visuddhi-Magga* budista, el *Zend-Avesta* persa, los *Vedas* hindúes y muchos otros. Existen historias que coinciden curiosamente en muestras de arte antiguo: las tablillas de Venus de Babilonia, descubiertas en las ruinas de la biblioteca de Asurbanipal en Nínive, algunas de las panoplias de Angkor-Vat, que usted debe de conocer, y también están los relojes extrañamente alterados de la Antigüedad: el reloj de agua del Templo de Amón en Karnak, que ahora ya es inadecuado tanto para el día como para la noche; el reloj de sombra de Fayum, Egipto, que también es impreciso; el panel astronómico de la tumba de Senmut, en el que las estrellas aparecen en un orden que no es el suyo, pero que probablemente era correcto para la época de Senmut. Y estas estrellas, me permito decir, no son sólo por casualidad las del grupo Orión-Tauro, de las que se afirma que son la sede de los Dioses Arquetípicos –los cuales se cree que habitan en Betelgeuse o cerca de allí– y también de por lo menos uno de los Arcaicos, Hastur; y posiblemente eran la sede de todos los Arcaicos. De modo que la catástrofe debidamente registrada en los antiguos documentos muy bien puede haber sido una prueba de la batalla titánica que se estaba desarrollando entre los Dioses Arquetípicos y los rebeldes Arcaicos.

Señalé que había una teoría actual referente al comportamiento errático del planeta llamado hoy día Venus.

El profesor Shrewsbury desechó esto casi con impaciencia.

–Entretenido, pero es una pura tontería. La idea de que Venus es un antiguo cometa se puede desmentir científicamente; en cambio, la idea del conflicto entre los Dioses Arquetípicos y los Arcaicos, no. Sugiero, señor Blayne, que su convencimiento actual de que no cree no es tan fuerte como indican sus palabras.

En esto tenía toda la razón. Lo que este extraño anciano había dicho había removido y despertado un millar de recuerdos latentes, todos los cuales se fundían ahora en los acontecimientos del momento. Un arqueólogo no puede haber visto las figuras extrañas y grotescas de la Isla de Pascua sin percibir un pasado próximo; no puede haber contemplado Angkor-Vat o las ruinas proscritas de algunas de las Islas Marquesas sin notar vagamente el terror que acechaba en lugares antiguos; no puede haber estudiado las leyendas de pueblos antiguos sin reconocer que la tradición de la humanidad, por exagerada que sea, se basa en alguna remota realidad. Además, mis recién conocidos compañeros tenían un aire de seriedad evidente tras su afabilidad que resultaba casi siniestro sin ser malévolo. No me cabía duda de que estos caballeros hablaban totalmente en serio, pues cada uno de ellos atestiguaba sin palabras que estaba en esta búsqueda desde hacía más que una breve temporada.

–Verá usted –continuó el profesor Shrewsbury–, sería una tontería fingir que este encuentro ha sido una casualidad. Se han seguido sus movimientos con suficiente atención para permitir que se produjera. Es posible que usted, al estudiar las ruinas antiguas y los dibujos, jeroglíficos y otros restos descubiertos en ellas, haya dado con algo que nos podría proporcionar una pista para llegar al lugar que buscamos.

–¿Y qué lugar es ése? –pregunté.

–Una isla.

Diciendo esto, desplegó ante mí un mapa toscamente dibujado.

Examiné el mapa con un interés que aumentó considerablemente cuando me di cuenta de que éste no era un mapa corriente trazado por la mano de una persona mal informada, sino en realidad un mapa dibujado por alguien que evidentemente creía en las cosas que dibujaba; el hecho de que estas cosas no estuvieran situadas donde él las había puesto indicaba que se trataba de un artista de hacía siglos.

–Java y Borneo –dije, identificándolas–. Al parecer, estas islas son las Carolinas y el punto señalado está al norte. Pero las direcciones no están muy claras.

—Sí, ése es el fallo –asintió el profesor Shrewsbury secamente.

Lo miré con atención.

—¿De dónde ha sacado esto, profesor?

—De un hombre muy viejo.

—Sí que tiene que haber sido muy viejo –asentí.

—Casi quince siglos de edad –contestó él, sin sonreír–. Pero diga, ¿reconoce usted este sitio pasadas las Carolinas?

Hice un gesto negativo con la cabeza.

—Pues entonces recurrimos a sus propias investigaciones, señor Blayne. Usted ha estado en el Pacífico Sur desde el final de la Segunda Guerra Mundial. Ha ido de isla en isla y sin duda habrá visto que en algunas zonas se concede una marcada importancia al motivo del batracio o al pisciforme; poco importa, salvo que tenemos razones para creer que una isla por lo menos es el punto focal o está cerca del punto focal de la aparición de utensilios y obras de arte que recalcan lo batracio.

—Ponapé –dije.

Asintió y los demás aguardaron expectantes.

—Mire –siguió—, yo he estado en la Isla Negra que no tiene nombre y no aparece en los mapas porque no siempre es visible y sube a la superficie sólo muy de vez en cuando. Pero mi medio de transporte era algo heterodoxo, y mi intento de volar la isla y sus horribles ruinas no tuvo éxito; debemos encontrarla de nuevo y la encontraremos con rapidez siguiendo el rastro del motivo del batracio en el arte polinesio.

—Hay algunas leyendas –comenté– que hablan de una tierra que desaparece. Es de suponer que estuviera inmóvil, ¿no?

—Sí, aparece sólo cuando las sacudidas del fondo del océano la empujan hacia arriba. Y cuando surge no es por mucho tiempo, evidentemente. No necesito recordarle que se han producido temblores recientes registrados por los sismógrafos en la región del Pacífico Sur; por ello las condiciones son ideales para nuestra búsqueda. Podemos suponer que forma parte de una extensión mayor de tierra sumergida, muy posiblemente uno de los continentes legendarios.

–Mu –dijo Phelan.

–En el caso de que Mu haya existido –contestó el profesor gravemente.

–Hay muchas pruebas que permiten creer que así fue –dije–, lo mismo que la Atlántida. Si tuvieran que recurrir a su propia clase de pruebas, existen muchas leyendas que sustentan esa creencia: la historia bíblica del Diluvio, por ejemplo; las historias de los libros antiguos sobre catástrofes, el hundimiento de enormes extensiones de tierra representado en los dibujos encontrados en gran cantidad de yacimientos arqueológicos.

Uno de los compañeros del profesor sonrió y dijo:

–Se está usted emocionando, señor Blayne.

El profesor, sin embargo, me miró sin sonreír.

–¿Usted cree en la existencia de Mu, señor Blayne?

–Me temo que sí.

–Y posiblemente también en las antiguas civilizaciones que se dice que vivían en Mu y en la Atlántida –continuó–. Hay ciertas leyendas que se pueden atribuir a alguna de tales civilizaciones perdidas, señor Blayne, especialmente en relación con sus deidades marinas, y sobreviven cultos antiguos en las Baleares, en las islas de las Carolinas, en Innsmouth, Massachusetts, y en algunas otras zonas muy distantes entre sí. Si la Atlántida estaba frente a las costas de España y Mu cerca de la de Marshall, posiblemente podría haber existido otra tierra en algún tiempo frente a la costa de Massachusetts. Y la Isla Negra podría ser parte de otra extensión de tierra, aunque no lo podemos saber. Pero es cierto que el Diluvio de la Biblia y otras catástrofes legendarias similares bien podrían haber sido prueba de la lucha titánica que acabó en el destierro de Cthulhu a uno de los continentes perdidos de este planeta.

Asentí con la cabeza, consciente al parecer por primera vez del intenso escrutinio de los demás.

–La Isla Negra es hasta ahora el único camino conocido que lleva directamente hasta Cthulhu: todos los demás están fundamentalmente en posesión de los Profundos. Por ello debemos buscarla con todos los medios que estén a nuestro alcance.

Fue en este punto de nuestra conversación cuando percibí una sutil fuerza que competía con mi interés, el cual era mucho más profundo de lo que me había permitido mostrar: era una sensación ciega de hostilidad, una conciencia, como si dijéramos, de algo maligno en la atmósfera misma. Los fui mirando uno por uno, pero no había nada en sus ojos salvo un interés parecido al mío. Y sin embargo, la emanación de miedo, de enemistad, era inequívoca, tal vez aún más por su misma levedad. Dejé de mirar a mis compañeros y permití que mis ojos recorrieran el bar, por entre las mesas; no vi a nadie que mostrara indicios siquiera de saber que estábamos allí, aunque el bar, como siempre, estaba atestado de gente de todas las nacionalidades y de toda condición. La convicción de hostilidad, la emanación de miedo persistían, presionando mi percepción como si de algo tangible se tratara.

Volví a prestar atención al profesor Shrewsbury. Hablaba ahora del rastro de Cthulhu a través de las artes y artesanías de los pueblos primitivos, y sus palabras hicieron surgir de mis propios recuerdos mil detalles corroborativos: las curiosas figuras encontradas en el valle del río Sepik de Nueva Guinea; los dibujos de los paños Tapa de los habitantes de las Tonga; el Dios del Pescador espantoso y sugerente de los habitantes de las Cook, con su torso deforme y sus brazos y piernas sustituidos por tentáculos; el *tiki* de piedra de las Marquesas, de aspecto marcadamente de batracio; las tallas de los maoríes de Nueva Zelanda, que representan seres que no son ni hombres ni pulpos, ni peces ni ranas, sino una mezcla de las cuatro cosas; el repugnante dibujo para los escudos de guerra empleado por los nativos de Queensland, un dibujo de un laberinto submarino con una figura retorcida y maléfica al final, con los tentáculos extendidos como para cazar una presa; y los colgantes de concha similares de los papúes; la música ceremonial de Indonesia, en especial la música onírica de Batak, y las sombras chinescas de Wayang hechas con marionetas de cuero sobre historias antiguas que representan una leyenda de seres marinos. Todo esto apuntaba inequívocamente hacia Ponapé desde una dirección, mientras que las figuras ceremoniales empleadas en algunas islas de Hawai y las grandes cabezas de Rano-raraku de la Isla de Pascua la apuntaban igualmente desde la otra.

Ponapé, con sus ruinas evitadas, su puerto abandonado en el que las tallas tienen un significado indudable, tallas de terror obsesivo, de hombres pez, de hombres rana, de octópodos, todas ellas hablando en silencio de una forma de vida extraña y terrible desarrollada por unos habitantes que eran medio animales, medio humanos. Y de Ponapé, ¿adónde?

—Está pensando en Ponapé —dijo el profesor Shrewsbury en voz baja.

—Sí, y en lo que puede haber más allá. Si la Isla Negra no está entre Ponapé y Singapur, debe de estar entre esa isla y la de Pascua.

—La única indicación que tenemos es la del relato de Johannsen, descubierto en Lovecraft, y más adelante repetida en la historia de la desaparición del *H. M. S. Advocate*. 47° 53' de latitud Sur, 127° 37' de longitud Oeste. Eso cae dentro de la zona general. Pero puede que la latitud y la longitud no sean correctas; según el relato de Greenbie, ése es el punto donde el *Advocate* se metió en una tormenta «que tenía una fuerza tremenda». Por ello existe la posibilidad de que haya algún error, puesto que no tenemos modo de saber cuánto puede haberse desviado el barco de su rumbo, ni cuánto tiempo pasó desde la última vez en que Greenbie comprobó la longitud y la latitud. Dice que llevaban «un rumbo directo a las Almirantes o Nueva Guinea, pero vimos por las estrellas que habíamos desviado el rumbo hacia el oeste».

»El relato de Johannsen...

Lo interrumpí.

—Disculpe, no conozco estos relatos.

—Perdone. Es natural que no los conozca. No son esenciales para su trabajo, únicamente sirven como declaraciones curiosamente corroborativas. O más bien como declaraciones que resultan enormemente sugerentes a la luz de lo que sabemos. Si uno no cree en Cthulhu y en el panteón de los Dioses Arquetípicos y los Arcaicos, estos relatos carecen de sentido y se desechan con facilidad como productos de la histeria; sin embargo, si uno mantiene la mente abierta, tales relatos resultan tremendamente sugerentes. No se pueden desechar.

—Dejando a un lado estos relatos y también todo lo demás —dije—, ¿qué esperan ustedes de mí?

La Isla Negra

—Estimo que usted tal vez esté más capacitado para hablar con conocimiento de causa sobre las artes y utensilios del Pacífico Sur que cualquier otra persona de toda esta región. Estamos seguros de que los dibujos y esculturas primitivos de esta gente señalarán inequívocamente la posición aproximada de la Isla Negra. Concretamente nos interesa la existencia de cualquier obra parecida al Dios Pescador de la Isla Cook, que tenemos motivos para creer que es una representación, según la visión de una mente primitiva, del propio Cthulhu. Estrechando el círculo de su frecuencia, es lógico suponer que podemos dar con la situación de la isla.

Asentí pensativo, seguro de que podía casi sin esforzarme trazar el círculo que el profesor Shrewsbury imaginaba.

—¿Podemos contar con usted, señor Blayne?

—Más que eso. Si les sobra un hueco para mí, me uniré a su grupo.

El profesor Shrewsbury me dirigió una larga mirada en silencio que me resultó algo desconcertante, pero por fin dijo:

—Tenemos sitio para usted, señor Blayne. Esperamos salir de Singapur dentro de dos días.

Me entregó su tarjeta, haciendo una rápida anotación en el reverso.

—Me encontrará en esta dirección si me necesita.

2

Me despedí del grupo del profesor Shrewsbury con extraños recelos. Me había ofrecido a acompañarlos casi de forma involuntaria: no tenía intención de hacer más que lo que el profesor había pedido, pero un impulso más fuerte que mi voluntad me había empujado en cambio a prestarme a ir con ellos en busca de su objetivo. Una vez fuera del bar, me pregunté por qué no había puesto en duda la extraña historia del profesor: las pruebas que había presentado eran meramente circunstanciales, y yo no podría haber asegurado que alguna vez hubiera dado realmente con algo más que justificara esa creencia; y, sin embargo, me encontré con que creía sin vacilaciones no sólo en la existencia de la Isla Negra, sino también en la vasta mitología esbozada tan esquemáticamente ante mí, en todo ese panteón de Dioses Arquetípicos y Arcaicos del que había hablado ese anciano de gafas negras curiosamente convincente, pero también extrañamente repelente. Además, me di cuenta de que mi fe procedía de algo más que las palabras del profesor Shrewsbury: surgía de un profundo convencimiento interno, como si hubiera sabido todo esto mucho antes, pero me hubiera negado a aceptarlo o no hubiera podido darme cuenta de ello porque nunca había surgido la ocasión propicia para darme cuenta.

Y, sin embargo, siempre me había sentido extrañamente inquieto al ver precisamente objetos de arte tales como los que había indicado el profesor Shrewsbury y, sobre todo, al ver el Dios Pescador espantosamente indecente de los isleños de Cook. Lo que evidentemente había sugerido el profesor Shrewsbury era que esta obra había tenido un modelo real; y de esto a mí, a pesar de mi preparación arqueológica, nunca me había cabido la menor duda. Podía ahora plantearme descubrir las razones de mi creencia a la vista de la anterior fama de escéptico que me había creado en mi especialidad: no pude contestar, excepto para señalar un convencimiento interno mucho más fuerte que cualquier forma de fría racionalización. Pues no se podía negar que el análisis del profesor Shrewsbury no se basaba en hechos de por sí, que la explicación de los diversos acontecimientos y el tipo de pruebas que presentaba eran hipotéticos en extremo, que también cabían otras soluciones, ya que los anales de los pueblos primitivos están cargados de numerosos símbolos y costumbres extraños que no guardan la menor relación con los esquemas de vida del hombre contemporáneo. Pero ningún desafío conseguía alterar mi convicción. Sabía, como si hubiera estado allí, que efectivamente existía una isla que no aparecía en los mapas cerca de Ponapé, que era parte de un reino sumergido que realmente podría haber sido R'lyeh y parte de Mu, que era la fuente de un increíble poder, y no había lógica que pudiera explicar mi convencimiento o mi rechazo total de la posibilidad de tomar en consideración cualquier otra explicación del esquemático panorama que el profesor Shrewsbury había ofrecido. También él lo sabía: los hechos que había alegado no eran sino una mínima fracción de las pruebas que se podían presentar.

¿Y qué impulso fue el que me llevó a ocultarme en las sombras a la espera de que salieran el profesor Shrewsbury y sus compañeros? No lo sabía, pero me quedé escondido hasta que los cinco hombres dejaron el bar, observándolos mientras salían. No tuve el impulso de seguirlos, pero supe como por instinto que no estarían solos, como en efecto así fue. Los que los seguían caminaban a una considerable distancia detrás de ellos: uno, un segundo, otro más, a espacios muy separados.

Me adelanté y me puse frente a uno de ellos. Me miró a los ojos con desafío por un instante, me aguantó la mirada y la apartó. Un lascar, según me pareció, pero extrañamente deforme, con una cabeza curiosamente repelente, escorzada, de frente pequeña, y una boca repugnantemente ancha, casi sin barbilla, pero con un pliegue colgante de piel que se le metía en el cuello. Y, además, la piel era áspera, verrugosa. No sentí horror al verlo. Tal vez las insinuaciones del profesor Shrewsbury me habían preparado para una aparición como ésta, pues había sabido que allí habría alguien. Sin embargo, también estaba seguro de que, al menos por ahora, mis nuevos amigos no estaban en peligro.

Me dirigí a mi casa al poco rato, muy pensativo y preocupado, pues era evidente que me inquietaba algo más que la historia del profesor Shrewsbury y la búsqueda de los cinco del mitológico Cthulhu. Una vez en mis habitaciones, me vi arrastrado hacia el paquete de papeles que me había llegado de mi abuelo Waite –pues mi apellido no había sido siempre Blayne, ya que me lo habían cambiado en el hogar de mis padres adoptivos en Boston–, mi abuelo Asaph Waite, al que no tenía conciencia de haber visto nunca y que pereció con mi abuela, mi padre y mi madre en un desastre que arrasó su ciudad cuando yo no era más que un niño de pecho y mientras estaba en casa de unos primos de Boston que al acto me adoptaron tras una pérdida que, para cualquier otro niño, habría supuesto una espantosa tragedia.

Los papeles de mi abuelo estaban envueltos en un hule –había sido un marino de Massachusetts, en tiempos agente de la famosa familia Marsh, quienes durante generaciones habían sido navegantes y habían viajado por toda la superficie de la Tierra– y los tenía en mi poder desde hacía años. Había examinado el pequeño paquete de vez en cuando, con emociones y recelos extraños; esta noche algo que había dicho el profesor Shrewsbury me trajo los papeles a la memoria y quise volver a mirarlos, sin más tardar.

Consistían en partes de un viejo diario –algunas páginas habían sido arrancadas aquí y allá–, fragmentos de unos cuantos documentos y parte de algo que pretendía ser los propios escritos de mi abuelo titulados simplemente *Invocaciones,* aunque en una esquina inferior alguien había añadido: *a Dagon.* Las *Invocaciones* me vinieron a la mano primero. Evidentemente, se pretendía que fueran al menos semipoéticas y estaban escritas de una forma a veces coherente, otras aparentemente incoherente, a no ser, cosa que ahora estaba dispuesto a admitir, que me faltara la clave adecuada para comprenderlo. Leí solamente una de ellas, pero con bastante más atención de la que le había prestado anteriormente.

«Por todas las profundidades de Y'ha-nthlei, y los que allí moran, para el Uno Sobre todo;
»Por el Signo de Kish, y todos los que lo obedecen, para su Autor;
»Por la Puerta de Yhe, y todos los que la emplean, que han marchado antes y vendrán después, para Aquel A Quien Conduce;
»Por El Que Ha De Venir...
»*Ph'nglui mglw-naft Cthulhu R'lyeh wgah-nagl fhtagn.*»

Reconocí en la última línea incomprensible dos de los nombres que el profesor Shrewsbury había utilizado, y me quedé más inquieto que nunca al descubrirlos en mi posesión, aunque me hubiera hecho con ellos de una manera tan fortuita.

Pasé a continuación al diario, que correspondía evidentemente, a juzgar por las notas relativas a hechos de la época en Estados Unidos, a 1928. Las anotaciones no eran frecuentes, pero resultaba notable que, tras un comienzo en que mi abuelo había apuntado, al estilo de un diario, comentarios sobre los acontecimientos políticos e históricos de su época, su atención se iba centrando cada vez más en algo misterioso y personal, para lo cual el diario no ofrecía ninguna clave. Las anotaciones relativas a algo que preocupaba a mi abuelo extraordinariamente comenzaban a finales de abril de ese año.

«23 de abril. Anoche otra vez en el A. D., donde vi lo que según M. es El Amorfo, con tentáculos, inhumano. ¿Podría haber esperado otra cosa? M. muy excitado. No puedo decir que compartiera su emoción salvo que me encontré vacilando entre el extremo de M. por una parte y un extremo similar de aversión por otra. Una noche tormentosa. No sé a dónde irá a parar todo esto.

»24 de abril. He observado que se perdieron muchos barcos en la tormenta de anoche. Pero ninguno de aquí, aunque muchos salieron hasta el A. D. Así que es evidente que hemos sido protegidos para otro propósito que será revelado a su debido tiempo. Hoy me encontré a M. en la calle; no me hizo ni caso, como si no supiera quién era yo. Ahora comprendo por qué lleva siempre los guantes negros. ¡Si los que no comprenden llegaran a *verlo*!

»27 de abril. Un forastero en la ciudad, preguntando al viejo Zadok. Se ha corrido la voz de que va a haber que ocuparse de Z. Una pena. Siempre pareció un viejo tontaina inofensivo y hablador. Tal vez demasiado hablador. Pero nadie le ha oído decir nada. Dicen que el forastero lo emborrachó.»

Había apuntes parecidos y otras anotaciones de viajes extraños al sitio conocido sólo como A. D., al cual evidentemente sólo se llegaba por mar –el Atlántico– pero que no estaba lejos de la ciudad, pues no se decía que hubiera que recorrer una gran distancia por el mar para alcanzar el lugar desde la ciudad. Estos apuntes variaban de intensidad, pero se iban haciendo cada vez más caóticos; era evidente que en la ciudad se había producido una seria inquietud a causa de las preguntas entrometidas de un forastero que había visitado esa comunidad cerrada. Hacia finales de mayo, escribía:

«21 de mayo. Se rumorea que un "federal" estuvo hoy haciendo preguntas por la ciudad. Visitó la Compañía Refinadora de M. Yo no lo he visto, pero Obed mencionó que él sí. Es un hombre bajo y delgado, de piel muy oscura. Un sureño, tal vez. Se supone que viene directamente de Washington. M. ha cancelado la reunión de esta noche y también un viaje al A. D. Leopold iba a haber sido el s. esta noche. Ahora se lo saltarán y se elegirá al siguiente.

»22 de mayo. El mar muy agitado anoche. ¿Rabia en A. D.? No se debería haber retrasado el viaje.

»23 de mayo. Crecen los rumores. Gilman informó de haber visto un destructor cerca del A. D. anoche, pero nadie más lo vio. Gilman tiene demasiada imaginación. Habría que castigarlo por aumentar el creciente desasosiego.

»27 de mayo. Algo va mal. Más forasteros en la ciudad. También barcos frente a la costa, al parecer armados. Los muelles examinados por estos forasteros herméticos. ¿Son de verdad agentes federales o son otros: de H., por ejemplo? ¿Cómo podríamos saberlo? Se lo he sugerido a M. pero dice que no, que no pueden serlo, lo "sentiría" si así fuera. M. no parece estar inquieto, pero no está tranquilo del todo. Todo el mundo acude a él.

»Junio. Se han ocupado de Z., ante las narices de los agentes federales. ¿Qué pueden querer? Estoy convenciendo a J. para que mande al niño con Martha.»

Era a este período del diario al que correspondía una de las cartas; al darme cuenta, había colocado la carta dirigida a mi madre adoptiva entre las páginas del diario en este punto, y ahora la abrí y la volví a leer.

«7 de junio de 1928.

»Querida Martha:
»Escribo con bastantes prisas porque aquí hemos tenido que tomar decisiones a todo correr en estos últimos días. Las cosas se han puesto de tal forma que sería mejor mandarte a Horvath para que lo cuides. John y Abigail han aceptado aunque de mala gana, así que te lo mando con Amos. Sería mejor que Amos se quedara con él durante una semana o dos, hasta que se acostumbre a vosotros y a vuestra forma de vida allí en Boston. Luego Amos puede volver a casa, aunque no lo necesito por ahora, y si a vosotros os hace falta, no dudéis en quedaros con él hasta que os convenga enviárnoslo de vuelta.

»Con todo cariño,
»*Asaph Waite.*»

Quedaban relativamente pocos apuntes en el diario y todos estaban sin fechar, apareciendo simplemente bajo el encabezamiento de «junio». Iban dando cada vez mayor sensación de preocupación, traicionando lo que debía de ser la enorme inquietud de mi abuelo.

«Junio. M. habla de preguntas muy molestas. Relacionadas directamente con el A. D. y los "tejemanejes" de allí.

La Isla Negra

Alguien debe de haber hablado con los federales. ¿Pero quién? Si M. lo supiera, seguiría a Z. Aquí no caben los traidores y quien sea será perseguido y destruido. Y no sólo él, sino también todos los que están con él o los que lo apoyan, incluyendo, si está casado, a su mujer y su familia.

»Junio. Preguntas sobre los "ritos" de la Sala de Dagon. Quienquiera que haya hablado *lo sabe.*

»Junio. Operaciones a gran escala en los muelles. Un destructor en el A. D. Rumores insensatos de que el gobierno va a tomar el control de la situación.

»Junio. Es cierto. Han comenzado las explosiones y han empezado a extenderse los incendios desde los muelles. Acabarán por descontrolarse. Algunos se han ido al mar, pero el fuego está aislando a otros a menos que salgan de la ciudad y la rodeen...»

Al volver a leer estos apuntes, me sentí más perturbado que nunca. El carácter de la catástrofe que acabó con mis progenitores todavía no estaba claro. Podían haber quedado atrapados en los incendios que siguieron a las inexplicables «explosiones»; podían haberse visto envueltos en las propias explosiones. Fuera lo que fuese lo que había ocurrido, los hechos que tuvieron lugar en aquella ciudad de Massachusetts se habían producido en 1928; en ese mismo año mis padres y mis abuelos habían muerto en una catástrofe sin nombre: no era injustificado suponer que estos acontecimientos estaban relacionados. Los apuntes del diario de mi abuelo realmente no revelaban nada salvo que alguna empresa con la que estaba relacionado, evidentemente dirigida por el tipo llamado M., había llamado la atención de los agentes federales que habían invadido la ciudad y habían aplicado medidas correctoras. No había la menor pista sobre el carácter de la empresa, pero probablemente era ilegal, pues no había nada en los papeles de mi abuelo que lo pudiera identificar.

Las cartas restantes –sólo quedaban otras dos– estaban escritas también en junio de 1928. Una era para mis padres adoptivos.

«10 de junio de 1928.

»Queridos Martha y Arvold:
»He enviado por correo desde Arkham una copia de mis últimas disposiciones, en caso de que me sucediera algo, nombrándoos albaceas y administradores de los fondos que legaré a Horvath. Aparte de las sumas que aparecen para vosotros como legado, he dejado todos mis bienes a mi hijo y a mi nuera, pero en caso de que murieran, a Horvath. Espero no ser demasiado pesimista, pero tampoco creo en el optimismo injustificado. Los acontecimientos de los últimos días no son muy alentadores.
»Con cariño,
»*Asaph.*»

La segunda carta no llevaba fecha, pero por lo que decía debía de haber sido escrita también en junio; no era un original, como las dirigidas a mis padres adoptivos, sino una copia que evidentemente había conservado mi abuelo.

«Querido W.:
»Unas rápidas líneas para comunicarte que M. cree que todo está perdido por ahora. No cree que puedan causar-

se daños a Y'ha., pero ninguno de nosotros está seguro. El lugar está plagado de agentes federales. Ahora pensamos que todo es obra de Zadok, pero ya nos hemos ocupado de Z. No sabemos con quién hablo, pero tenemos motivos para creer que era uno de nosotros. No escapará. Aunque se le persiguió por los caminos que salen de la ciudad y se escapó, será perseguido para siempre por lo que ha hecho. Naturalmente, puedes decir, como lo han dicho algunos, que esto nunca habría ocurrido si los Marsh se hubieran apartado de esos extraños seres de P., pero el Pacífico Sur está muy lejos de Massachusetts, y quién habría imaginado que podían llegar hasta este arrecife. Me temo ahora que a todos se nos está poniendo lo que la gente llama "el aire Marsh". No es bonito. No escribiré más, pero te suplico, si nos pasa algo, y puede que así sea, pues esto ha impresionado tanto a los agentes federales que no parece que vaya a haber ningún juicio aquí para nadie o para nada que decidan destruir, que hagas lo que puedas por mi nieto, Horvath Waite, a quien encontrarás bajo la custodia del señor y la señora de Arvold W. Blayne, en Boston.

»*Asaph.*»

Éstas eran las reacciones de mi abuelo Waite acerca de la catástrofe que se abatió sobre su ciudad y sobre él y su familia en aquel verano de 1928. Yo ya había leído estos papeles antes, pero nunca con tal fascinación. Tal vez fuera el conocimiento que tenía de los mismos, que se me había quedado en la memoria, lo que explicaba mi interés en el plan que ocupaba al profesor Shrewsbury. Y, sin embargo, no conseguía creerme del todo que fuera por eso. Junto con el convencimiento de que dentro de los límites de la búsqueda del profesor Shrewsbury estaba la solución del misterio que había preocupado a mi abuelo, estaba también un recuerdo obsesionante que flotaba siempre al borde de la consciencia, y era esto, aunque careciera de nombre y de rostro, lo que motivaba mi interés más profundo y preocupado por el rastro de Cthulhu, por el que estaba a punto de abandonar, al menos por ahora, todas mis investigaciones arqueológicas, mis esperanzas y ambiciones para mi futuro en el campo que había elegido como propio. La obligación era más fuerte que mi voluntad.

Volví a guardar los papeles de mi abuelo, envolviéndolos en el hule en el que habían llegado hasta mis padres adoptivos, y luego, como no estaba cansado en absoluto, me puse a rastrear, según había pedido el profesor Shrewsbury, la existencia de ciertos motivos espantosamente sugerentes en las pautas artísticas de los isleños del Pacífico Sur, en particular el Dios Pescador de la Isla Cook. Estuve trabajando en esto sin parar durante más de dos horas, consultando no sólo las referencias que poseía, sino también mis abundantes notas y dibujos. Al cabo de ese tiempo me di cuenta de que el Dios Pescador había aparecido de una forma u otra desde Australia por el sur hasta las Kuriles por el norte, pasando por Camboya, Indochina, Siam y los Estados Malayos, pero también había confirmado, como ya había previsto, que el grado de su aparición era incalculablemente mayor en las cercanías de Ponapé. Fuera como fuese la forma en que se trazara el círculo, su centro estaría en Ponapé o cerca de esta isla; no me cabía la menor duda de que el objetivo de la búsqueda del profesor Shrewsbury estaba en sus proximidades.

Y tampoco tenía la menor duda de que algo inconcebiblemente maligno reposaba en aquel lugar oculto. Pues era de Ponapé de donde el M. de los papeles de mi abuelo Waite había venido, provocando como consecuencia los incidentes que iban a culminar en la tragedia de 1928. La repetición de la isla en las leyendas y en los relatos corroborativos relacionados con la misma no era algo fortuito ni una casualidad: Ponapé era el puesto avanzado de la civilización humana, el puesto avanzado más cercano a la puerta que daba al mundo extraño y terrible de los Arcaicos, de los que sólo Cthulhu yacía dormido para siempre, a la espera de los acontecimientos que algún día lo despertarían de su sueño secular y le harían caer una vez más sobre los confiados pueblos de la Tierra, para conquistar y someter todo el planeta a su dominio.

3

Zarpamos rumbo a Ponapé al segundo día, a bordo de uno de los vapores de línea que recorrían las islas. Yo había creído que tendríamos un barco propio, pero el profesor Shrewsbury dijo como explicación que se habían hecho otros arreglos en Ponapé. Nos reunimos en cubierta poco después de soltar amarras, principalmente con el propósito de comparar notas, y descubrí que todos ellos hablaban con la mayor naturalidad del mundo sobre el hecho de haber estado bajo vigilancia en Singapur.

—Y usted —dijo el profesor Shrewsbury volviéndose hacia mí—. ¿Notó usted si lo seguían, señor Blayne?

Hice un gesto negativo con la cabeza.

—Pero me había parecido que alguien les seguía los pasos a ustedes —reconocí—. ¿Quiénes eran?

—Los Profundos —explicó Phelan—. Están por todas partes, pero nos han seguido otros muchos más peligrosos. La estrella nos protege de ellos; no nos pueden hacer daño mientras la llevemos encima.

—Tengo una para usted, señor Blayne —dijo el profesor Shrewsbury.

—¿Quiénes son los Profundos? —pregunté.

El profesor Shrewsbury me dio una explicación al momento. Los Profundos, dijo, eran servidores de Cthulhu. Al principio sólo eran acuáticos: horriblemente parecidos a seres humanos, pero esencialmente de naturaleza de batracio o de pez; pero hacía un siglo aproximadamente unos comerciantes americanos habían llegado al Pacífico Sur y habían hecho alianza con los Profundos, apareándose con ellos y creando de esta manera una especie híbrida que podía vivir con igual facilidad tanto en la tierra como en el mar; esta especie híbrida era la que se encontraba en la mayor parte de las ciudades portuarias del mundo, nunca muy lejos del agua. Parecía indudable que estaban gobernados por una especie de superinteligencia marina, puesto que nunca tardaban en descubrir a algún miembro del grupo del profesor Shrewsbury, todos los cuales ya habían tenido encuentros anteriores con los seguidores de Cthulhu y, en realidad, con algunos servidores de otros Arcaicos. Su propósito era claramente amenazador, pero la fuerza de la estrella de cinco puntas, que llevaba el sello de los Dioses Arquetípicos, eliminaba su poder. Sin embargo, si alguno de ellos dejaba de llevar la estrella, podía ser víctima de los Profundos, o del Abominable Mi-Go, o del pueblo Tcho-Tcho, los Shoggoths, los Shantaks, o cualquiera de entre la veintena o más de esos seres humanos y semihumanos dedicados al servicio de los Arcaicos.

El profesor Shrewsbury se disculpó para ir a su camarote y traerme la estrella de la que había hablado. Era una piedra de superficie áspera, de color gris, con un sello apenas visible que representaba una columna de luz, según pude distinguir. No era grande, apenas me cubría la palma, pero me produjo un efecto extrañísimo, porque sentí como si me quemara la carne y me resultaba curiosamente repelente. Me la metí en el bolsillo y me pareció que pesaba muchísimo; también allí me producía una sensación de fuego en la piel, a pesar de la tela que había entre medias; a los demás no parecía causarles el mismo efecto, según pude juzgar. De hecho, al poco rato me pesaba tanto y me hacía sufrir de tal manera con la sensación de calor, que me fue necesario disculparme y correr a mi camarote para poder quitarme la piedra de encima y dejarla entre mis pertenencias.

Sólo entonces pude reunirme con mis compañeros, donde adopté el papel de oyente en una discusión sobre hechos que me resultaban incomprensibles: no sólo sobre Cthulhu y Hastur y los servidores de ambos o los de los otros, no sólo sobre los Dioses Arquetípicos y aquella batalla titánica que debía de haber ocurrido hacía eones y haber implicado a incontables universos, sino también sobre algunas aventuras que estos cinco habían corrido juntos, pues hacían repetidas alusiones a tablas antiguas, a libros que, a juzgar por las fechas que se mencionaban en el curso de su conversación, habían sido hechos mucho antes de que la humanidad hubiera aprendido a escribir sobre papiro siquiera. También hablaban mucho de una «biblioteca» en «Celaeno», cosa que yo no conseguía entender. No me animaba a preguntar, pero deduje que habían pasado un período de exilio en un lugar que sin duda debía de ser un retiro inapreciable desde el punto de vista arqueológico, una ciudad o biblioteca en un lugar llamado «Celaeno», del cual yo no sabía nada y estaba dispuesto a admitir que desconocía un sitio tan antiguo arqueológicamente hablando con un nombre que hasta entonces había relacionado sólo con las estrellas.

Sus alusiones a los Arcaicos también daban a entender que había peleas entre estos seres, entre Hastur y Cthugha por un lado y Cthulhu e Ithaqua por otro; evidentemente estos seres sólo estaban unidos en contra de los Dioses Arquetípicos, pero rivalizaban entre sí por la adoración de sus siervos y la destrucción o seducción de aquellos habitantes de sus regiones que estuvieran bajo su férula. También deduje que el profesor Shrewsbury y sus compañeros se habían juntado en muchos casos por pura casualidad, que todos habían estado expuestos a peligros parecidos y que todos habían acudido finalmente al refugio que el profesor había descubierto muchos años antes. También resultaba algo desconcertante el pensar en ciertas referencias que hacía el profesor a hechos en los que había participado, pero que habían tenido lugar hacía mucho más tiempo del que habría sido posible, teniendo en cuenta su edad; pero finalmente, llegué a la conclusión de que debía de haberme equivocado y que había entendido mal.

Esa noche tuve el primero de los extraños e inquietantes sueños que se repitieron durante nuestro viaje. Aunque dormía bastante bien, nunca dejaba de soñar. Esa noche soñé que me encontraba en una gran ciudad debajo del mar. Mi vida subacuática no me causaba problemas: podía respirar, moverme con toda libertad y llevar una existencia normal en las profundidades del océano. Sin embargo, la ciudad no era moderna: era antigua –muy posiblemente el tipo de ciudad que podría imaginar un arqueólogo–, mucho más antigua que cualquiera que yo hubiera conocido hasta entonces, con enormes edificios monolíticos, en las paredes de muchos de los cuales aparecían pintadas representaciones del sol, la luna, las estrellas y algunos frutos grotescos y horribles de la imaginación del artista, algunos de ellos asombrosamente parecidos al

Dios Pescador de los isleños de Cook. Además, algunos de los edificios tenían puertas de un tamaño poco común, tanto por su anchura como por su altura, como si hubieran sido construidas para seres que superaban la concepción humana.

Paseé por las calles y veredas de la ciudad sin que nadie me molestara, pero no estaba solo. De vez en cuando se veía a otros seres humanos o semihumanos, la mayoría de ellos con un aspecto y unos movimientos extrañamente de batracio, y mi propia forma de moverme era bastante más de batracio que humana. Al poco rato vi que todos los habitantes iban en una misma dirección y fui tras ellos, uniéndome a la corriente. De esta forma no tardé en llegar ante una elevación del fondo del mar, en cuya cima se alzaba un edificio en ruinas que era claramente un templo. El edificio era de piedra negra, de bloques que recordaban a las pirámides egipcias; ya no estaba entero, sino que se había desmoronado, revelando tras el gran portal un corredor que iba hacia abajo, hacia el fondo del mar. Alrededor de esta puerta, en un semicírculo, se agrupaban los habitantes de aquellas profundidades marinas, y yo entre ellos, a la espera de algún acontecimiento que estaba predestinado a ocurrir.

Acabé por percibir un cántico ululante que se alzaba de entre ellos, pero no conseguía entender las palabras, pues la lengua no era una que yo conociera. Sin embargo, estaba convencido de que debía conocerla, y varios de los extraños seres que tenía cerca me miraron de un modo particularmente asqueroso, acusadoramente, como si hubiera cometido una falta de educación. Pero su atención no tardó en desviarse de mi persona y centrarse en aquella puerta en ruinas. Al tiempo que otros estaban aún uniéndose a la muchedumbre desde la ciudad de abajo, se empezó a formar una especie de resplandor en la puerta, una luz extrañamente difusa, ni blanca ni amarilla, sino verde pálida, ondulante, como el movimiento de las auroras polares, aumentando de intensidad a medida que pasaban los segundos. Luego, al fondo del pasillo, surgiendo de la luz, apareció una gran masa amorfa de carne, precedida de unos flagelantes tentáculos increíblemente largos, una cosa con la cabeza de lo que podría haber sido un ser humano gigantesco en la parte superior y un ser octópodo en la inferior.

Apenas tuve una breve y horrorizada visión de aquello; luego grité y me desperté.

Estuve un rato tratando de averiguar la razón de ser del sueño que había tenido. No había duda de que procedía de mis conocimientos acerca de las antiguas leyendas; ¿pero cómo podía explicar mi punto de vista en el sueño? No era un intruso, ya que de hecho iba a descubrir el punto de salida de Cthulhu. Además, era testigo de algo que iba más allá de lo que estaba establecido en cualquiera de las referencias o fuentes que yo había leído, y nada de lo que había soñado había aparecido en lo que el profesor Shrewsbury había dicho.

Pero di vueltas a este problema en vano. La única explicación de la que me podía fiar estaba en el arrebato de una imaginación calenturienta, que era posible que hubiera creado el material de mi sueño. Sosegado por el suave movimiento del barco, volví a quedarme dormido y de nuevo tuve un sueño.

Esta vez, sin embargo, el escenario era distinto. Soñé que presenciaba unos hechos cataclísmicos entre las constelaciones y las galaxias. Allí se estaba librando una gran batalla entre unos seres que superaban todos los conceptos de un simple ser humano. Eran grandes, en constante cambio, masas de algo que parecía ser pura luz: a veces en forma de columnas, a veces como grandes globos, a veces como nubes; estas masas luchaban titánicamente contra otras masas que también cambiaban de manera constante no sólo de intensidad y de forma, sino también de color. Su tamaño era monstruoso: comparado con ellas, yo era lo que una hormiga a un dinosaurio. La batalla se desarrollaba en el espacio, y de vez en cuando uno de los adversarios de las columnas de luz era atrapado y lanzado hacia fuera, disminuyendo ante la vista y cambiando de forma de una manera espantosa, tomando el aspecto de una figura sólida y carnosa, pero que sufría incesantes metamorfosis.

De pronto, en medio de este enfrentamiento interestelar, fue como si se hubiera bajado un telón tapando la escena: ésta se desvaneció bruscamente y poco a poco otra ocupó su lugar, o, en realidad, una serie de escenas: un extraño lago de aguas negras, perdido entre peñascos en un paisaje totalmente desconocido, ciertamente extraterrestre, con un movimiento borboteante y arremolinado en el agua y la aparición de una cosa demasiado horrible para ser descrita; un paisaje pelado, oscuro, azotado por el viento, con riscos nevados que rodeaban una gran meseta, en cuyo centro se alzaba una estructura negra que recordaba a un castillo con muchas torres, dentro del cual se hallaban sentados en sus tronos cuatro seres sombríos con aspecto humano, acompañados de unos enormes pájaros con alas de murciélago; un reino marino, que tenía poco que ver con Carcassone, parecido a aquel con el que ya había soñado anteriormente; un paisaje nevado, que recordaba a las regiones canadienses, con una gran figura caminando a largas zancadas por él, como sobre el viento, tapando las estrellas, mostrando en su lugar unos grandes ojos relucientes, una caricatura grotesca de la humanidad en los desiertos árticos.

Estas escenas pasaron ante mis ojos en sueños a una velocidad cada vez mayor y sólo una era remotamente reconocible: una ciudad costera que, estaba seguro, se encontraba en Massachusetts o al menos en algún punto de la costa de Nueva Inglaterra, y allí vi, caminando por las calles, gente que recordaba haber visto en el pasado, en especial la figura tapada siempre con velos de la mujer que había sido mi madre.

El sueño se terminó por fin. Me desperté de nuevo, sin sentir nada de sueño, cargado de mil preguntas desconcertantes, incapaz de conocer el significado y la importancia de lo que había visto en sueños, el caleidoscopio de incidentes totalmente incomprensibles para mí. Me quedé tumbado tratando de hilarlos, de imaginar o crear un eslabón común; no pude encontrar ninguno salvo la nebulosa mitología de la que había hablado el profesor Shrewsbury de un modo totalmente superficial.

Me levanté al cabo de un rato y salí a cubierta. La noche estaba tranquila, brillaba la luna, el barco avanzaba sin pausa por el Pacífico Sur rumbo a nuestra meta. Era tarde, más de medianoche, y me quedé junto a la borda contemplando las cosas que pasaban: las estrellas, preguntándome dónde existía, si eso era posible, vida como la que conocía el hombre; el mar, sobre cuyas aguas de suave oleaje destelleaba y relucía la luz de la luna, preguntándome si, en realidad, habían existido alguna vez los legendarios continentes hundidos, si se habían hundido ciudades bajo la superficie del mar hacía siglos y qué habitantes de las profundidades acechaban en aquellas simas todavía desconocidas para el hombre.

Sin embargo, al poco rato el sonido de nuestra travesía comenzó a tener un curioso efecto ilusorio y, al mismo tiempo, me dio por imaginar que unas formas oscuras nadaban con el barco, a su lado, formas con apariencia, aunque distorsionada, de seres humanos; para mi mente ya sobreexcitada parecía como si el agua misma susurrara mi nombre una y otra vez: *¡Horvath Blayne! ¡Horvath Blayne!* y entonces fue como si una decena de voces susurrara a su vez: *¡Horvath Waite! ¡Horvath Waite!* hasta que por fin me vi dominado por la convicción de que debía volver, irme, regresar a mi hogar ancestral, como si no supiera que había quedado destruido en el holocausto de 1928. Esta ilusión se hizo tan fuerte de una manera tan abrumadora que finalmente me volví y fui en busca de la relativa calma de mi camarote, donde me eché una vez más en la litera, con la esperanza esta vez de quedarme dormido sin soñar.

Entonces por fin me dormí.

4

Al llegar a Ponapé, nuestro grupo fue recibido por un oficial de la Armada americana, de rostro severo y uniforme blanco, quien llevó al profesor Shrewsbury a un lado y habló un momento con él, mientras nosotros esperábamos, junto con un marinero de aspecto desastrado que también parecía querer decir algo al profesor. Este marinero no tardó en captar la atención del profesor; ciertamente el profesor Shrewsbury no dio muestras de molestarse por el trato familiar del marinero y a los pocos minutos éste caminaba a su lado, hablando con animación en un dialecto que yo no comprendía muy bien.

El profesor sólo lo escuchó un momento. Luego detuvo a nuestro grupo y cambió bruscamente nuestros planes inmediatos.

—Phelan y Blayne, vengan conmigo. Los demás diríjanse a nuestro alojamiento. Keane, mande a buscar al general de brigada Holberg y pídale que venga a verme.

Por tanto, Phelan y yo fuimos con el profesor Shrewsbury y su rudo acompañante, quien nos precedió por calles y callejas tortuosas hasta un edificio que sin duda era poco más que una casucha. Allí, echado en un camastro, nos esperaba otro marinero. Evidentemente, los dos hombres habían sabido con antelación que íbamos a llegar, pues el profesor había pedido meses atrás noticias sobre cualquier tradición acerca de una misteriosa isla que surgía de vez en cuando y desaparecía del mismo modo extraño. Estaba claro que era este tipo de noticia lo que el marinero enfermo deseaba ahora comunicar.

Se llamaba Satsume Sereke; era de origen japonés, pero con una clara mezcla de sangre, y tenía una educación mayor de lo normal. Estaba cerca de la edad madura, pero parecía más viejo. Había zarpado como tripulante en un mercante, el *Yokohama,* desde Hong Kong; el barco se había ido a pique y él era uno de los que había escapado en un bote salvavidas. Antes de permitirle continuar, el profesor Shrewsbury nos pidió que anotáramos cuidadosamente lo que dijera Sereke. El relato que yo apunté no se desviaba un ápice del de Phelan. Por supuesto, no tratamos de reproducir la forma exacta de hablar del enfermo.

—Llevábamos rumbo a Ponapé. Bailey tenía una brújula y por eso sabíamos a dónde íbamos. La primera noche después de la tormenta llevábamos un buen ritmo, Henderson y Melik iban a los remos, con Spolito y Yohira; estaba despejado, teníamos agua y comida suficientes y nadie soñó nada, o sea, que vimos algo en el agua. Pensamos que eran tiburones o marsopas, quizá agujas, no lo veíamos muy bien. Estaba oscuro y estaban lejos del bote, simplemente nos seguían y avanzaban con nosotros. Hacia la hora de mi guardia, se acercaron. Tenían un aspecto raro, como si tuvieran brazos y piernas en vez de aletas y cola, pero se movían tanto que no había forma de estar seguro. Entonces, rápido como un rayo, algo alargó un brazo dentro del bote y cogió a Spolito: se lo llevó de un tirón; él chilló y Melik fue a cogerlo, pero desapareció antes de que Melik pudiera llegar hasta él. Melik dijo que había visto algo como una mano palmeada; después de eso casi se volvió loco de miedo; Spolito se hundió y ya no volvió a aparecer. Todos los que nos seguían desaparecieron rápido; luego regresaron, una hora después, y esa vez se llevaron a Yohira del mismo modo. Después de eso, nada, y cuando llegó la mañana vimos la isla.

»Había una isla donde antes no había ninguna. No crecía nada en ella y estaba negra de cieno, creo. Pero tenía restos de edificios, edificios que yo no había visto nunca, con grandes bloques de piedra de formas raras. Había una puerta abierta, muy grande, medio rota. Henderson tenía los prismáticos y miró atentamente. Luego los pasó a los demás. Henderson quería ir a ese sitio, pero yo no. El caso es que se puso a hablar y Masson, Melik y Gunders decidieron ir a tierra; Benton y yo no queríamos y al final quedamos en que remaríamos hasta allí y Benton y yo nos quedaríamos en el bote con los prismáticos para vigilar a los otros.

»Saltaron y fueron chapoteando por el barro y las algas hasta las piedras y luego siguieron hasta aquella puerta. Estaban los cuatro allí y yo los estaba mirando con los prismáticos. No sé cómo ocurrió, pero una cosa grande y negra salió de golpe por la puerta y cayó sobre los cuatro. Se echó hacia atrás con un horrible ruido de succión, pero Henderson, Mason y los otros ya no estaban. Benton también lo había visto, pero no tan claramente. No fui a mirar, ya no quería ver más. Remamos lo más deprisa que pudimos y nos alejamos de allí. No dejamos de remar hasta que el carguero *Rhineland* nos recogió.

–¿Comprobaron la latitud y longitud de la isla? –preguntó el profesor Shrewsbury.

–No. Pero perdimos el barco aproximadamente a 49° 51' de latitud Sur y 128° 34' de longitud Oeste. Está en dirección a Ponapé, pero no cerca de Ponapé.

–¿Vio usted a esa cosa por la mañana, de día?

–Sí, pero había brumas, brumas verdes; no estaba claro.

–¿A qué distancia de Ponapé?

–Tal vez un día.

El profesor Shrewsbury no consiguió aclarar nada más. No obstante, parecía satisfecho; se quedó sólo el tiempo suficiente para asegurarse de que Sereke se recuperaría de la impresión y el agotamiento que lo atenazaban; luego regresó al alojamiento que había reservado para nosotros.

Allí encontramos al general de brigada Holberg, un hombre severo y canoso de unos sesenta años, que nos estaba esperando. Nada más acabadas las presentaciones, fue directo al tema de su presencia y las razones de la misma.

–Una autoridad a la que no puedo desobedecer me ha dado la orden de que me ponga a su disposición, profesor Shrewsbury.

Sonrió glacialmente.

–Al parecer, la Operación Ponapé es un proyecto personal de usted, señor.

–Habrá leído ya algunos de los documentos, ¿verdad?

–He leído los documentos, sí. No tengo ningún comentario que ofrecer. Éste es su terreno, no el mío. Tengo un destructor preparado para su uso tan pronto como desee subir a bordo. Hay un portaaviones al alcance de la radio y el arma está dispuesta, pendiente de mi orden. Tengo entendido que primero intentará usted la destrucción por medio de otras armas, ¿no es así?

–Ése es el plan, sí.

–¿Cuándo tiene pensado partir de Ponapé, señor?

–Dentro de una semana, general.

–Muy bien. Estaremos a su disposición.

Los acontecimientos de aquella semana en Ponapé fueron básicamente triviales y se relacionaron principalmente con la obtención de poderosas armas explosivas para emplearlas en la Isla Negra, si es que conseguíamos dar con aquella tierra desconocida. Pero detrás de estas tareas superficiales había algo profundamente inquietante. No se trataba sólo del hecho innegable de que estuviéramos bajo vigilancia: ya lo dábamos por descontado. No se trataba sólo de que tuviéramos constantemente la sensación de que nos aguardaba una misión de singular magnitud: también esto era de esperar. No, era algo más, era la percepción de la cercanía de un inmenso y primitivo poder, del que emanaba una malevolencia casi tangible. Todos sentíamos esto; sólo yo sentía algo más.

Pero no podría definir el miedo intangible contra el que me debatía. Era mucho más que un temor del mal que acechaba en el mar frente a Ponapé; era algo que tocaba todas las fuentes de mi ser, algo integral a mi yo esencial, algo que era omnipresente como una corriente oculta que latiera en mi misma sangre y mis mismos huesos. Por mucho que lo intentara, no me podía librar de ello; lamenté mil veces haber aceptado la invitación del profesor Shrewsbury aquella noche en Singapur, que ya parecía increíblemente lejana. Esta nube se cernió sobre mí sin mitigarse día tras día hasta el día en que salimos de Ponapé.

Ese día amaneció bochornoso y sofocante y, para mí, cargado de malos augurios. Zarpamos temprano en el destructor *Hamilton*, con el general Holberg a bordo. El profesor Shrewsbury había calculado un rumbo: había mantenido más charlas con el marinero Sereke y había llegado a localizar aproximadamente un punto. Tampoco había estado ocioso el general, según deduje: una escuadra de aviones había estado explorando el mar en las cercanías del lugar donde el *Yokohama* se había hundido, y un piloto había informado que había visto una zona de brumas extrañas en el mar; no se había visto ninguna isla, pero la existencia de una masa inmóvil de niebla era de por sí lo bastante extraña como para llamar la atención. Se habían enviado la latitud y la longitud y hacia este punto puso rumbo el *Hamilton*.

Sin embargo, a pesar de mis presentimientos, nuestro viaje transcurrió con marcada tranquilidad. Las nubes que habían tapado el sol al amanecer se levantaron hacia mediodía; también el bochorno desapareció y dio paso a un aire limpio y menos húmedo. Reinaba un ambiente de emoción, una especie de tensión que todos compartíamos, salvo el general, cuya actitud era la de un militar que cumple una orden sin creer que sea necesaria. El profesor y él mantuvieron una conversación sobre la capacidad de destrucción de la guerra moderna. ¿Y qué era probable, quiso saber el profesor Shrewsbury, que le ocurriera a una extensión de tierra tan pequeña como la Isla Negra?

—Desaparecería del mapa –dijo el general lacónicamente.

—No sé yo –contestó el profesor–. Ya veremos.

No sé si yo esperaba de verdad que el destructor llegara a la Isla Negra; ciertamente no compartía la tranquila seguridad del general. Pero al atardecer de aquel día avistamos una isla desconocida y al poco rato arriábamos un bote en el que íbamos el profesor Shrewsbury, Phelan, Keane y yo; un segundo bote transportaba material, así como a Boyd y a Colum y a dos hombres del destructor. Significativamente, los cañones del barco apuntaban a la estructura que se entreveía en la isla.

No me sorprendió descubrir que la Isla Negra era la cumbre del templo de mi sueño. Allí estaba, exactamente como yo la había visto, con la puerta labrada abierta y la boca de aquella gran entrada bostezando al sol a pesar de una capa de niebla que lo cubría todo de un color verdoso. Las ruinas eran imponentes, aunque estaban claramente destrozadas por terremotos y, de forma muy evidente, por explosivos, cuyo daño ineficaz difería del daño mayor de un terremoto, que había hecho saltar en pedazos muchos de los ángulos del colosal edificio de piedra. Las piedras, como el suelo, eran negras y formidables y tenían la superficie cubierta de jeroglíficos terribles e imágenes monstruosas. El edificio estaba hecho a base de ángulos y planos pertenecientes a una geometría no euclidiana, lo cual sugería de forma horrible dimensiones y esferas ajenas, como si este edificio y lo que quedaba de la ciudad sumergida más allá del mismo hubieran sido construidos por extraterrestres.

El profesor Shrewsbury nos aleccionó antes de ir a tierra.

—Creo que el relato de Sereke es básicamente cierto —dijo—, y no tengo esperanzas de que este ataque selle la abertura o destruya a sus guardianes. Por ello debemos estar preparados para huir a la menor indicación de que se acerca algo desde abajo. No tenemos por qué temer a cualquier otra cosa que pudiera aparecer: las piedras nos protegerán de ello; pero si Aquel que espera soñando abajo se alza, no podemos osar quedarnos. Por tanto, no perdamos ni un segundo en minar la puerta.

La superficie de la isla era pegajosa. El cieno no llevaba suficiente tiempo expuesto al sol para haberse secado; además, las pálidas brumas verdosas que seguían flotando sobre la isla eran húmedas y despedían un ligero hedor, no sólo a las superficies expuestas de algo que llevaba mucho tiempo bajo el agua, sino de algo más, un olor como de animal que no era ni almizclado ni acre, sino empalagoso, casi de carroña. La atmósfera de la isla diferiría enormemente de la del mar que la rodeaba: quizá fuera el olor empalagoso, quizá la humedad, quizá la emanación de las antiguas piedras. Y sobre todo ello flotaba una capa de terror, aún más inexplicable por el sol que todavía brillaba alegremente y la presencia protectora del *Hamilton,* que aguardaba no muy lejos de la orilla.

Trabajamos rápidamente. No obstante, ninguno de nosotros podía eludir la creciente sensación de malevolencia que era palpable. La atmósfera de terror que envolvía la isla fue aumentando sin parar, así como el temor ante algún horror inminente; la tensión crecía entre nosotros, a pesar de que el profesor Shrewsbury mantenía una vigilancia incesante ante el umbral mismo de la gran caverna, en la cual se podía entrar por la puerta rota; era evidente que esperaba que hubiera peligro por esta parte y no por alguna otra, aunque las mismas aguas que rodeaban la isla estaban cargadas de peligros, si la historia de Sereke no estaba adornada por la imaginación.

Al mismo tiempo yo percibía con agudeza fuerzas hostiles que parecían casi personales: las sentía físicamente, totalmente aparte de la confusión caótica de mis ideas. En verdad, la isla me afectaba profundamente, y su efecto se iba acumulando, no sólo en cuanto al miedo sino también en cuanto a una honda depresión de mi ánimo, no sólo el temor sino un trastorno básico de tal naturaleza que me provocaba un conflicto interno, cuyo significado yo no conocía, pero un conflicto que resultaba alarmantemente desorientador, de modo que me encontraba al mismo tiempo deseoso de ayudar y ansioso por impedir o destruir el trabajo que estaban realizando mis compañeros.

Casi sentí alivio cuando oí gritar de pronto al profesor:

—¡Que viene!

Levanté la vista. Había una tenue luminosidad verdosa en las profundidades oscuras del otro lado de la puerta, una luminosidad justo como la que yo había visto en mi sueño. Supe, sin el menor asomo de duda, que lo que surgiría de esas fauces sería como el ser que también vi en mi sueño, una caricatura terrorífica y espantosa de un ser octópodo con media cabeza grotescamente gigantesca de un ser humano. Y por un instante sentí el impulso no de seguir a los otros, que ya se dirigían a los botes, con el detonador para los explosivos que habían quedado colocados alrededor de la puerta, sino de lanzarme a ese pozo de tinieblas, por los inmensos escalones, hasta ese lugar infernal en la maldita R'lyeh donde el Gran Cthulhu yacía soñando, a la espera de su hora para alzarse una vez más y apoderarse de las aguas y los suelos de la Tierra.

El momento pasó. Me volví ante la llamada perentoria del profesor Shrewsbury y fui tras él, mientras la malevolencia de aquel osario se alzaba detrás de mí como una nube, y con la horrible convicción de que estaba marcado como víctima especial de aquel espantoso ser que subía desde las profundidades de debajo de aquel templo maldito. Fui el último en llegar a los botes y al instante nos alejamos rumbo al destructor.

Todavía había luz, aunque el día ya estaba muy avanzado. El sol no se había puesto aún, de modo que lo que ocurrió en aquella isla aterradora pudimos verlo todos con total claridad. Nos habíamos adentrado en el mar todo lo que permitían los cables de los explosivos. Allí esperamos la orden del profesor Shrewsbury para hacerlos saltar y por ello tuvimos la oportunidad de ver la aparición del horroroso ser de las profundidades.

El primer movimiento fue el de unos tentáculos, que salieron deslizándose por la abertura, reptando por las grandes peñas, acompañados de un horrible sonido chapoteante, baboso, como de grandes pasos en las entrañas de la tierra. Y de pronto se alzó dentro de la puerta, precedida de una emanación de luz verde, una cosa que era poco más que una masa de protoplasma, de cuyo cuerpo surgían agitándose mil tentáculos de todas las longitudes y grosores, en cuya cabeza, que cambiaba constantemente de forma pasando de un bulto amorfo a un simulacro de la cabeza de un hombre, se abría un solo ojo malévolo. Un ruido espantoso, como de arcadas, acompañado de gritos ululantes y un silbido aflautado, llegó hasta nosotros a través del agua.

Cerré los ojos: no podía soportar ver en la realidad el horror que había visto en sueños hacía tan poco.

En ese instante, el profesor Shrewsbury dio la senal.

Los explosivos estallaron con una tremenda conmoción. Lo que había sobrevivido a aquella primera explosión, incluida ahora la propia puerta, saltó por los aires en todas direcciones. También la cosa de la puerta se hizo pedazos y, a los pocos momentos, trozos de los bloques de piedra cayeron sobre ella, destrozándola aún más. Pero, ante nuestro horror, cuando el ruido de la explosión se hubo apagado, aún llegaron hasta nuestros oídos, sin alteración, los gritos ululantes, los silbidos y los ruidos de arcadas que habíamos oído. Y allí, ante nuestros ojos, la masa destrozada de la cosa de las profundidades se fue juntando como agua, ¡*reformándose*, recomponiéndose una vez más!

La expresión del profesor Shrewsbury era grave, pero no vaciló. Ordenó que los botes regresaran al destructor de inmediato; lo que habíamos visto prestó fuerza y empuje a nuestros brazos y llegamos al *Hamilton* en muy poco tiempo.

El general Holberg, con unos prismáticos en la mano, nos observaba desde el puente.

—Ha sido espantoso, profesor Shrewsbury. ¿Hacemos uso del arma?

El profesor Shrewsbury asintió en silencio.

El general Holberg levantó un brazo.

—Ahora observemos —dijo.

La cosa de la isla seguía creciendo. Se alzaba ahora por encima de las ruinas, expandiéndose hacia el cielo, comenzando a deslizarse hacia el borde del agua.

—Horrible, horrible —musitó el general Holberg—. ¿Qué diablos es?

—Tal vez algo de otra dimensión —replicó el profesor cansado—. Nadie lo sabe. Puede que incluso el arma sea impotente contra ello.

—Nada puede resistir eso, señor.

—La mente militar —masculló el profesor.

El *Hamilton* se alejaba, cobrando velocidad.

—¿Cuánto tardará, general?

—El portaaviones ya habrá recibido nuestra señal a estas alturas; el avión estaba cargado. No tardará más de lo que tardemos nosotros en llegar al límite de seguridad.

En la isla una gran masa negra destacaba contra el sol poniente, disminuyendo ahora sólo porque nos alejábamos de ella a toda velocidad. Al cabo de un rato la propia isla desapareció y sólo quedó la horrenda masa negra, recortada contra el cielo.

Por encima pasó rugiendo un aeroplano, que se dirigía a la isla.

–Allá va –exclamó el general Holberg–. Por favor, aparten la vista. Incluso a esta distancia la luz será cegadora.

Nos dimos la vuelta obedientemente.

A los pocos instantes se oyó el ruido, de forma brutal. Al cabo de unos segundos la fuerza de la explosión nos alcanzó como si nos golpearan físicamente. Pareció pasar mucho tiempo antes de que el general hablara de nuevo.

–Miren ahora, si quieren.

Nos volvimos.

Encima del lugar donde había estado la Isla Negra se cernía ahora una nube gigantesca, que subía hinchándose en forma de seta hacia el cielo, una nube mayor que el tamaño de la propia isla, de color blanco, gris y pardo, de aspecto hermoso en sí misma. Y supe lo que había sido el «arma», recordando Hiroshima y el experimento de las Bikini, supe qué fuerza titánica había caído sobre aquella isla horrendamente amenazadora surgida del Pacífico por última vez para ser volada en pedazos con todo lo que contenía, para siempre.

–Me parece que no puede haber sobrevivido a eso –dijo el general Holberg tranquilamente.

–Ruego al cielo que tenga usted razón –dijo el profesor Shrewsbury con firmeza.

Recuerdo ahora, tras todos estos meses, lo serio y solemne que estuvo el profesor Shrewsbury al despedirnos. Recuerdo que dijo algo solidario y no lo comprendí en ese momento, pero desde entonces he llegado a saber que de alguna manera, a pesar de que tras esas gafas negras que llevaba siempre, aquel hombre extraño y sabio no tenía ojos con los que ver y sin embargo veía, percibía más de lo que yo mismo conocía acerca de mí.

Ahora pienso en esto a menudo. Nos separamos donde nos habíamos conocido, en Singapur. De Singapur regresé a Camboya, luego a Calcuta, después al Tíbet y de vuelta a la costa, de donde zarpé hacia América, impulsado ya por algo más que la curiosidad sobre la arqueología, por una urgencia de saber más de mí mismo, de mi padre y mi madre, de mis abuelos. Nos separamos como amigos, unidos por un lazo común. Las palabras del profesor Shrewsbury habían sonado esperanzadas, pero ligeramente proféticas. Tal vez, dijo, *Él* hubiera muerto en la explosión atómica, pero debíamos reconocer, insistió, que algo de una dimensión ajena, algo de otro planeta, podía no estar sujeto a nuestras leyes naturales; sólo se podía alimentar la esperanza. Su trabajo o estaba hecho o había llegado al límite al que podía llegar, salvo una vigilancia incesante para obstruir temporalmente todo camino hacia la libertad que pudieran intentar Cthulhu o los que lo seguían, que lo adoraban y acataban las órdenes de los Arcaicos.

Porque sólo yo, de los seis que éramos, no tenía la menor duda. No me refiero a la muerte y desintegración de la cosa de la Isla Negra, sino a su supervivencia. Sabía por un instinto que entonces no pude explicar que R'lyeh aún seguía en sus profundidades, herida pero no destruida, que el que moraba en aquellas profundidades subacuáticas aún existía en cualquier tipo de forma que quisiera adoptar, que sus adoradores aún se inclinaban sumisos ante él en todos los mares y puertos del mundo.

Fui a casa para averiguar por qué había tenido lo que reconocía como una sensación de afinidad con los Profundos, con la cosa que vivía en el reino hundido de R'lyeh con Cthulhu, de quien se decía antaño y todavía se dice y se seguirá diciendo hasta su nuevo advenimiento: *«Ph'nglui mglw'nafh Cthulhu R'lyeh wgahnagl fhtagn»*. Volví a Massachusetts para descubrir por qué mi madre llevó velos la mayor parte de su vida, para averiguar qué significaba ser uno de los Waite de Innsmouth, destruida por los agentes federales en 1928 para exterminar la plaga maldita que había caído sobre los habitantes, incluidos los Waite que eran mis abuelos y mis padres.

Pues su sangre corre por mis venas, la sangre de los Profundos, el fruto de aquel negro apareamiento en el Pacífico Sur. Y sé que me he ganado su odio especial por ser un traidor a esa sangre, pues ahora mismo siento el anhelo de bajar a las profundidades, de dirigirme a la gloria de Y'ha-nthlei allá en el Atlántico frente al Arrecife del Diablo más allá de Innsmouth, al esplendor de R'lyeh en las aguas cercanas a Ponapé, y ahora mismo siento el miedo de acudir a ellos con el sabor de la traición en mi boca.

De noche los oigo, gritando *«Horvath Waite. ¡Horvath Waite!»*.

Y me pregunto cuánto tardarán en salir en mi busca y encontrarme.

Pues era inútil albergar la esperanza, como la albergaba el profesor Shrewsbury, de que Cthulhu pudiera haber sido derrotado con tanta facilidad. La batalla de los Dioses Arquetípicos había sido mucho mayor, mucho más titánica que incluso esa impresionante bomba que había borrado a la Isla Negra de la faz del Pacífico en aquel día memorable. Y aquella batalla interestelar había durado desde mucho tiempo antes de que la victoria recayese del lado de los Dioses Arquetípicos, que eran todopoderosos, cuya grandeza superaba a la de todos los demás y que desterraron a los Arcaicos a la oscuridad exterior para siempre.

Tras mi sobrecogedor descubrimiento, pasé semanas preguntándome cuál de nosotros sería el primero al que encontrarían. Me pregunté cómo se llevaría a cabo: ciertamente sin emplear métodos brutales, nada de crímenes alarmantes que pudieran hacer que el profesor Shrewsbury, Andrew Phelan y los demás reanudaran sus actividades.

Y hoy los periódicos me han dado una respuesta.

«Gloucester, Mass.–El reverendo Abel Keane, recién ordenado como sacerdote, se ahogó hoy mientras nadaba cerca de Gloucester. Era considerado un excelente nadador, pero se hundió ante la vista de muchos otros bañistas. Todavía no se ha recuperado su cuerpo...»

Ahora me pregunto: ¿quién será el próximo?

¿Y cuánto tiempo pasará en la interminable progresión de los días antes de que los que sirven a Aquel me conduzcan a la expiación en esas negras profundidades donde el Gran Cthulhu yace soñando, a la espera de su hora para alzarse de nuevo y tomar posesión de las tierras y los mares y todo lo que vive en ellos, de nuevo como antes, una vez más y para siempre?

Notas sobre los Mitos de Cthulhu

Los Mitos de Cthulhu constituyen un esquema mitológico desarrollado gradualmente por el fallecido H. P. Lovecraft en la fase final de su obra creativa dentro del género de lo macabro. Según Lovecraft, todo «se basa en la tradición o leyenda esencial según la cual antaño este mundo estaba habitado por otra raza que, por practicar la magia negra, perdió su posición y fue expulsada, pero que vive aún en el exterior dispuesta siempre a volver a apoderarse de esta tierra». Su parecido con los mitos cristianos —así como con otros esquemas mitológicos comunes tanto a la historia como a la novela— es inmediatamente reconocible para el lector culto.

Los Mitos evolucionaron muy despacio y hay muchos indicios de que, al menos en sus etapas iniciales, Lovecraft no tenía intención de crear los Mitos de Cthulhu de la manera en que al final cobraron forma. Su esquema fue creciendo poco a poco y por fin adoptó su forma definitiva cuando el propio Lovecraft se dio cuenta de la cantidad de deidades, libros, nombres de lugares y demás ornamentos de los Mitos que ya estaban implícitos en los cuentos que había escrito. En realidad, no hay una línea clara y definida que separe los relatos dunsanianos de Lovecraft de los cuentos que son claramente parte de los Mitos, aunque se puede decir que estos últimos comenzaron con *La Ciudad sin Nombre,* donde aparece por primera vez el *Necronomicón* del árabe loco Abdul Alhazred, y que teminaron, cronológicamente, con *The Thing on the Doorstep* (La cosa en el umbral). Las primeras indicaciones de forma aparecen en *La llamada de Cthulhu.*

Las deidades que aparecen en los Mitos de Cthulhu de Lovecraft consistían primero en los Dioses Arquetípicos, que, aunque están por encima de la moralidad corriente, por encima del «bien» y del «mal», eran no obstante una propuesta de orden y por ello representaban las fuerzas de la ilustración opuestas a las fuerzas del mal, representadas por los Primigenios o Primordiales, que se rebelaron contra los Dioses Arquetípicos y fueron arrojados –como Satán– a la oscuridad exterior. Los Dioses Arquetípicos (de los que sólo a uno, Nodens, Señor del Gran Abismo, se le da un nombre) vivían en Betelgeuse o cerca de allí, en la constelación de Orión, y rara vez intervienen en la lucha incesante entre los poderes de la oscuridad, que persiguen obtener el control, y las razas de la Tierra. Los Primigenios, que tienen terroríficas apariciones en los relatos de Lovecraft, estaban dirigidos por el dios ciego e idiota, Azathoth –una «plaga amorfa de infernal confusión que blasfema y farfulla en el centro de toda infinitud»–, e incluían a Yog-Sothoth, que compartía el liderazgo con Azathoth, un ser no sujeto a las leyes del tiempo y el espacio, pero coexistente con todo el tiempo y coextensivo a todo el espacio, Nyarlathotep, el Mensajero, el Gran Cthulhu, desterrado a la oculta R'lyeh en las profundidades del mar, Hastur el Inefable, a las Híadas, Shub-Niggurath, «la cabra negra de los bosques y sus mil crías», todo lo cual sugiere paralelismos con los elementos del aire, la tierra, el agua, etc.

Comentaristas y críticos –el más reciente entre ellos Cohn Wilson [véase *The Strength to Dream* (El poder de soñar)]–

han sugerido que Lovecraft se tomaba en serio los Mitos de Cthulhu. Nada podría estar más lejos de la verdad. Lovecraft creó sus Mitos como puro entretenimiento, nada más. No fue un trabajo totalmente original, puesto que tomó prestados con toda libertad detalles triviales pero pintorescos de otros escritores –Poe, Arthur Machen, Lord Dunsany, Ambrose Bierce, Robert W. Chambers– y para desarrollar sus ideas originales instaba a otros escritores para que contribuyeran al despliegue de deidades, las razas prehumanas y las razas híbridas contemporáneas que las servían (como los Profundos, los Abominables Hombres de las Nieves de Mi-Go, etc.), los nombres de lugares (como Kadah del Desierto de Hielo, la Meseta de Leng y esas ciudades de Massachusetts que se corresponden con Marblehead, Wilbraham y Salem: Kingsport, Dunwich y Arkham, que fue adoptada como pie de imprenta de Arkham House), los libros proscritos, rara vez encontrados (como el *Necronomicón*, los *Manuscritos Pnakóticos*, los *Cantos de Dhol*, los *Siete Libros Crípticos de Hsan*, el *Texto de R'lyeh*, etc.).

De esta manera crecieron los Mitos de Cthulhu. Los relatos básicos de los Mitos de Cthulhu escritos por Lovecraft eran un total de trece: *La Ciudad sin Nombre, El ceremonial, La llamada de Cthulhu, La sombra fuera del espacio, El horror de Dunwich, El susurrador en la oscuridad, The Dreams in the Witch-House* (Los sueños en la casa embrujada), *El morador de las tinieblas, La sombra sobre Innsmouth, En la noche de los tiempos, En las montañas de la locura, El caso de Charles Dexter Ward* y *The Thing on the Doorstep* (La cosa en el umbral). A éstos, otros escritores añadieron casi cien relatos más, a veces desarrollando los Mitos con deidades, nombres de lugares, libros, etc., de su propia cosecha, a veces trabajando dentro del esquema original de Lovecraft: escritores como Clark Ashton Smith, Robert E. Howard, August Derleth, Robert Bloch, Henry Kuttner y, el más reciente, J. Ramsey Campbell, que creó un entorno completo en Inglaterra análogo al escenario de Arkham-Dunwich-Kingsport de Massachusetts.

Así, a las colecciones originales de Lovecraft que contenían relatos de los Mitos de Cthulhu no tardaron en sumarse libros escritos por otros autores que desarrollaron aún más los Mitos: *Los Perros de Tíndalos* y *The Horror from the Hills* (El horror de las colinas) de Frank Belknap Long; *Out of Space and Time* (Fuera del espacio y el tiempo), *Lost Worlds* (Mundos perdidos), *Genius Loci and Other Tales* (Genius Loci y otros relatos), *The Abomination of Yondo* (La abominación de Yondo) de Clark Ashton Smith; *The Lurker at the Threshold* (El que acecha en el umbral), *The Survivor and Others* (El superviviente y otros), *Something Near* (Algo cercano), *Someone in the Dark* (Alguien en la oscuridad), *The Mask o Cthulhu* (La máscara de Cthulhu) y el presente libro de August Derleth; *The Opener of the Way* (El que abre el camino) de Robert Bloch, y relatos menores, no recopilados, escritos por estos y otros autores.

Lovecraft se divertía con este mundo *outré* de su propia creación del mismo modo que, de niño, le había encantado recrear el mundo de la antigua Grecia y, de joven, el de la Inglaterra del siglo XVIII. En las primeras historias de los Mitos de Cthulhu aparecía una cita de Algernon Blackwood que define su propósito: «Es concebible que tales potencias o seres hayan sobrevivido... que hayan sobrevivido desde una época enormemente lejana en que... la conciencia se manifestaba, quizá, por medio de figuras o formas que ya hace mucho tiempo se retiraron ante la marea de la ascendiente humanidad... formas de las que sólo la poesía y la leyenda han conservado un fugaz recuerdo y les han dado el nombre de dioses, monstruos, seres míticos de todo tipo y especie». Los Mitos de Cthulhu de Lovecraft eran su propio «recuerdo fugaz», que no perseguía más que su propio entretenimiento y el de un público creciente, que, conocedor de los relatos a medida que aparecían en *Weird Tales*, pedía más. Para resumir, las historias de los Mitos de Cthulhu son unos relatos menores pero curiosos e interesantes dentro de la tradición de lo gótico, y el hecho de que haya habido lectores que han llegado a presentarse en librerías y bibliotecas buscando los libros inventados de los Mitos habría asombrado a Lovecraft y le habría dado nuevas pruebas de la credulidad de muchas personas ante la palabra impresa.

Índice

La casa de Curwen Street,
que es «El manuscrito de Andrew Pelan» 7

El vigilante que vino del cielo,
que es «La Declaración de Abel Keane» 69

El barranco de Salapunco,
que es «El testamento de Claiborne Boyd» 127

El Guardián de la Llave,
que es «El Informe de Nayland Colum» 179

La Isla Negra,
que es «La narración de Horvath Blayne» 229

Notas sobre los Mitos de Cthulhu 279